À PROPOS DE L'AUTRICE

Situés aux siècles les plus mouvementés de l'histoire anglaise, les romans d'Helen Dickson, toujours fertiles en rebondissements, nous tiennent en haleine jusqu'à la dernière page. Ses héroïnes, fougueuses et anticonformistes, vont jusqu'au bout de leurs rêves.

Fascinée par le lord

HELEN DICKSON

Fascinée par le lord

Traduction française de
CAROLE PAUWELS

Les Historiques

HARLEQUIN

Collection : LES HISTORIQUES

Titre original :
A TRAITOR'S TOUCH

Ce roman a déjà été publié en 2018

HARPERCOLLINS FRANCE
83-85, boulevard Vincent-Auriol, 75646 PARIS CEDEX 13
Service Lectrices — Tél. : 01 45 82 47 47 - www.harlequin.fr
ISBN 978-2-2804-8450-3 — ISSN 1159-5981

Composé et édité par HarperCollins France.
Imprimé en février 2023 par CPI Black Print (Barcelone)
en utilisant 100% d'électricité renouvelable.
Dépôt légal : mars 2023.

FSC www.fsc.org MIXTE Papier issu de sources responsables FSC® C159065

Pour limiter l'empreinte environnementale de ses livres, HarperCollins France s'engage à n'utiliser que du papier fabriqué à partir de bois provenant de forêts gérées durablement et de manière responsable.

Note de l'autrice

J'ai pris beaucoup de plaisir à écrire ce roman, qui se déroule de 1745 à 1746, durant une période troublée de l'histoire de l'Angleterre et de l'Écosse.

Vous y trouverez de sombres secrets de famille, des blessures cachées, du désespoir, le véritable amour... Et bien plus encore.

La belle et intelligente Henrietta Brody est contrainte de fuir Londres pour échapper à un diabolique meurtrier. Elle se lance alors dans un périlleux voyage à travers les paysages rudes et désolés d'Écosse pour rejoindre son oncle. Elle trouvera en chemin une aide inattendue en la personne de Lord Simon Tremain, un loyal défenseur de la cause jacobite, dont les valeurs sont malheureusement à l'opposé des siennes.

Alors que la bataille de Culloden et la période historique sont bien réelles, les personnages — à l'exception du Bonnie Prince Charlie *— sont entièrement fictifs.*

Prologue

1734

Alors que sa demi-sœur Marie, fille aînée de James II, régnait sur l'Angleterre avec son époux Guillaume d'Orange, James Edward Stuart, connu sous le nom du *Prétendant*, ou du *Chevalier de Saint-George*, reprit les revendications de son père, lequel avait invariablement échoué dans ses tentatives pour recouvrer son trône.

James Edward Stuart fut proclamé par ses soutiens roi James III d'Angleterre et d'Irlande et VIII d'Écosse, et reconnu roi par Louis XIV à la mort de son père.

Il ne parvint cependant pas à régner, ce qui déchaîna la colère de ses partisans. Connus sous le nom de Jacobites, soutenus par la France et l'Espagne, ceux-ci étaient essentiellement implantés en Irlande et dans les Highlands d'Écosse, où se déroulèrent plusieurs révoltes.

L'avènement au trône de George Ier de Hanovre donna lieu à un nouveau soulèvement. Comme toutes les autres, cette tentative de restauration échoua, et James Edward Stuart se réfugia à Rome.

Considérant comme des usurpateurs tous les rois et les reines qui se succédèrent au trône, les Jacobites continuèrent à les combattre très activement.

Ce fut ainsi que, après la découverte d'un complot visant à enlever la famille royale, Andrew Brody fut arrêté avec les autres opposants à la monarchie en place, et pendu à Carlisle, une ville anglaise située à une quinzaine de kilomètres au sud de l'Écosse.

Son corps fut ramené chez lui à Glasgow dans une simple caisse en bois.

Afin d'éviter à son épouse et à sa jeune enfant la vision horrible de son visage déformé par la rigidité cadavérique, le couvercle resta cloué.

Mary, sa femme, devint folle de chagrin.

Inconsolable, elle pleura jour et nuit, refusa de s'alimenter, et tomba gravement malade.

Deux semaines après, leur fille de sept ans, Henrietta, pensant que sa mère était peut-être sortie faire un tour dans le jardin, partit à sa recherche.

Ne la trouvant pas, elle décida de regagner la maison. Mais, pour une raison qu'elle ne comprit pas totalement elle-même, la fillette s'arrêta et regarda du côté de la rivière, dont la surface bleutée scintillait au soleil, de l'autre côté de la barrière clôturant le jardin.

Située non loin de l'université de Glasgow, fondée en 1451 sous Jacques II d'Écosse, leur maison était bâtie à proximité de la rivière Kelvin, un affluent du fleuve Clyde, et il n'y avait que quelques pas à faire pour atteindre sa rive.

Après un moment d'indécision, Henrietta commença à marcher dans cette direction.

Peut-être était-ce pour satisfaire une sensation de

nostalgie, pour se rappeler des temps plus heureux, quand la rivière était un endroit magique, où elle allait se promener l'été en famille, attentive au clapotis de l'eau, au pépiement des oiseaux, à la brise tiède qui, en soufflant, déplaçait des odeurs de fleurs et d'herbe fraîchement fauchée.

Ou peut-être était-ce quelque chose de plus sombre, comme un funeste pressentiment, qui l'incitait à aller y voir de plus près.

Quoi qu'il en soit, elle s'avança jusqu'à la berge. Et ce fut alors qu'elle vit le corps d'une femme flotter sur le ventre, ses cheveux formant un halo ondoyant à la surface de l'eau.

Il s'agissait de sa mère.

L'estomac d'Henrietta se révulsa, et elle hurla « maman », avant de s'approcher, espérant qu'il ne soit pas trop tard, mais sachant que c'était le cas.

Pivotant sur les talons, elle courut vers le jardin, où elle savait qu'elle trouverait le jardinier en train de ratisser les feuilles mortes.

— Aidez-moi ! cria-t-elle. Ma mère… Elle est dans la rivière. Je ne sais pas quoi faire. Aidez-moi ! Je vous en supplie, aidez-moi !

Le jardinier, un homme dans la force de l'âge et à la silhouette de géant, jeta son râteau et courut vers la rivière, suivi de près par la fillette.

En voyant le corps, il évalua rapidement la situation.

Sans perdre un instant, il entra dans l'eau, il tira sa maîtresse jusqu'à la terre ferme et la retourna sur le dos.

Puis il observa la silhouette inerte, le visage si blanc mais toujours magnifique dans la mort.

Pauvre femme, songea-t-il. Il fallait qu'elle ait atteint le fond du désespoir pour commettre un tel acte.

Se sentant totalement démuni, il regarda la fillette. Elle se tenait comme une petite statue de glace, les yeux écarquillés et emplis d'horreur, et il pouvait ressentir la détresse qui lui broyait l'âme.

Lentement, Henrietta tomba à genoux, fixant le visage livide de sa mère, caressant de sa petite main les cheveux noirs plaqués sur son front, murmurant des mots que personne ne pouvait entendre.

La fillette se rappelait toutes ces journées passées avec sa mère, l'insouciance avec laquelle elles chantaient et bavardaient.

Mais à présent elle était partie. La jeune femme délicieuse, vive et pleine d'esprit n'était plus.

Une idée effroyable taraudait la fillette : plus jamais elle ne reverrait sa mère. Mais elle ne devait pas y penser, ou bien elle perdrait la raison comme sa pauvre maman.

Finalement, le jardinier se releva, en titubant un peu sous le coup de l'émotion. Il n'était pourtant pas porté à la sensiblerie, mais c'était bien triste quand même de perdre sa mère aussi jeune, et dans de telles circonstances.

— Il semblerait que votre mère ait eu un accident, Miss Henrietta, dit-il en guise d'explication, tout en sachant que c'était faux. Je vais la ramener à la maison.

La petite ne releva pas les yeux, occupée qu'elle

était à caresser les cheveux de sa mère, tout en lui murmurant de tendres paroles, comme si elles étaient seules au monde.

— Je prendrai bien soin d'elle, c'est promis. Mais je crois que nous devrions la ramener maintenant.

Le jardinier attendit encore un peu, observant un cygne et ses trois oisons évoluer à la surface de l'eau.

Quelle grâce, quelle beauté dans ce spectacle de la nature. Et quelle cruauté aussi de voir que la vie continuait, indifférente aux drames qui la ponctuaient.

Malgré l'arrivée de l'automne, un soleil radieux éclairait le paysage, le ciel était d'un bleu presque irréel, et une étrange douceur flottait dans l'air.

Non, songea le jardinier, *ce n'était pas un jour pour mourir.*

La fillette se leva. Son visage ruisselait de larmes, et la confusion voilait son regard vert, comme si elle essayait désespérément de comprendre pourquoi sa mère l'avait quittée.

— Je vous en prie, ne lui faites pas de mal.

Déglutissant avec peine, le jardinier hocha résolument la tête, avant de fixer solennellement le jeune visage.

— Je ne lui en ferai pas.

Et alors, avec des gestes d'une délicatesse qui ne lui était pas coutumière, il se pencha et souleva la défunte dans ses bras, en essayant de ne pas la regarder tandis qu'il la transportait vers la maison.

Ce second décès, si tôt après celui de son père, en fut trop pour l'enfant.

Elle commença à paniquer.

Elle ne voulait plus vivre là.

Elle ne voulait plus avoir peur en permanence de la mort.

Le frère de son père, oncle Matthew, vint et la prit dans ses bras.

Il secouait la tête, en proie au désespoir, les yeux brillants de larmes. Il essaya de lui fournir des explications. Tout ceci s'était produit parce que son père était un Jacobite.

Henrietta ne savait pas ce que cela signifiait, et oncle Matthew essaya de le lui expliquer. Elle ne comprit pas tout, si ce n'est que les Jacobites avaient causé la mort de son père et de sa mère.

Matthew considérait que les hommes devraient être libres de vénérer Dieu à leur façon, dès lors qu'ils obéissaient à leur roi et ne faisaient de mal à personne.

Malheureusement, son frère avait soutenu le mauvais roi. La cause jacobite était toute sa vie. Il avait même considéré sa conduite au gibet comme un véritable moment de gloire, comme si on célébrait sa bonne conduite, au lieu de le condamner pour ses actes séditieux contre la Couronne.

Ce nouvel éclairage sur les circonstances de la mort de son père, suivie presque aussitôt par le suicide de sa mère, hanta la fillette jour et nuit.

La colère et la haine dirigées contre les Jacobites s'entremêlèrent, se développant en elle au point de consumer son corps et son âme.

Jamais elle n'avait expérimenté un tel degré de détestation.

Puis oncle Matthew l'emmena à Londres, mettant autant de distance que possible entre elle et le dramatique événement.

Chapitre 1

1745

Le baron Charles Lucas et son épouse Dorothy avaient accueilli Henrietta à bras ouverts.

Sensibles à sa situation désespérée, ils lui avaient fait une place dans leur cœur et dans leur maison, avec cette insouciante bonté inhérente à ceux qui possèdent une bonne naissance et jouissent d'une vie heureuse.

À présent, ils étaient tous deux décédés, ainsi que leur cocher, victimes d'un accident de calèche alors qu'ils rentraient du théâtre.

En l'espace de vingt-quatre heures, Henrietta avait été obligée de grandir rapidement, et de se contenir par égard aux domestiques en deuil.

Mais sous des apparences de calme, elle était dévastée par la perte des deux personnes qui lui avaient donné une raison de vivre, et envers qui elle avait conçu un amour véritable et dénoué d'égoïsme.

Réalisant combien elle était seule désormais, elle ferma les yeux, et songea qu'elle allait devoir étudier sérieusement comment tirer le meilleur parti des circonstances et penser à son avenir.

Après avoir évalué les avantages qu'il y avait pour sa nièce à demeurer à Londres, et notamment le fait de pouvoir apprendre tout ce qui était de mise pour une jeune lady, Matthew l'avait placée chez le baron Lucas et son épouse Dorothy, la meilleure amie de sa mère. Il avait toute confiance en ces deux personnes de qualité, et bien que ne connaissant rien aux enfants, étant lui-même un célibataire endurci, il était persuadé qu'Henrietta serait très heureuse dans son nouveau foyer. Et en effet, le baron et la baronne Lucas avaient été ravis de devenir les tuteurs légaux d'Henrietta, la considérant comme la prunelle de leurs yeux, l'enfant qu'ils n'avaient jamais eu.

Matthew était la seule famille qui restait à Henrietta. Fort intelligent, et doté d'une curiosité sans égal, il n'avait eu de cesse dans sa jeunesse de parfaire son éducation.

Afin d'étancher sa soif de connaissances, il avait donc voyagé pendant quelque temps. Lorsqu'il était rentré chez lui, espérant être accueilli par son frère, il avait été confronté à une tragédie inattendue.

N'ayant jamais été marié, et semblant éprouver un certain déplaisir à fréquenter la société, il avait acquis, après la mort brutale de son frère bien-aimé, un cottage rural non loin d'Inverness où, entouré de ses précieux livres, il était devenu une sorte d'ermite. Toutefois, Henrietta ne doutait pas de trouver là-bas un accueil chaleureux, même si, d'après ce qu'elle avait entendu dire, la vie était rude et solitaire sur la lande écossaise.

Mais peut-être n'aurait-elle pas à quitter Londres. Dorothy lui avait en effet assuré qu'elle serait bien dotée.

Henrietta se rappelait encore comment la chère lady avait insisté pour qu'elle l'appelle « ma tante », affirmant que sa mère et elle étaient proches comme des sœurs, et promettant d'honorer la mémoire de son amie en prenant le meilleur soin de la fillette qui lui était confiée.

Forte de cette pensée réconfortante, Henrietta prit une grande inspiration et redressa les épaules.

Mais ce semblant de sérénité fut de courte durée.

Quelques minutes plus tard, en effet, un bruit de roues sur le gravier la fit se précipiter à la fenêtre.

Aussitôt, son cœur se serra.

Il faisait sombre, mais grâce aux lanternes du carrosse elle pouvait voir que le neveu de sa bienfaitrice était arrivé à Whitegates pour réclamer son héritage.

Cynique, présomptueux, grossier, c'était le genre d'homme que d'ordinaire elle fuyait comme la peste. Hélas, elle ne pouvait se soustraire à la conversation qui allait suivre.

Suivi de son épouse, Claudia, Jeremy Lucas pénétra d'un pas décidé dans le hall et se dirigea vers le salon, où Henrietta feuilletait sa correspondance, principalement des lettres de condoléances lui ayant été adressées par les amis de ses tuteurs.

À l'instant où il entra dans la pièce, l'atmosphère s'alourdit. Grand, mince et vêtu à la dernière mode, il se déplaçait avec cette arrogance que confèrent le pouvoir et l'argent, comme si le monde lui appartenait.

C'était un personnage populaire et très recherché en ville, et il pouvait être charmant quand la situation le demandait. Mais Henrietta savait combien en réalité il était froid et calculateur.

Par ailleurs, il avait la fâcheuse tendance de se

présenter à la maison sans prévenir, la dernière fois remontant au lendemain de l'accident.

Toutefois, il n'avait pas jugé utile de venir aux funérailles, qui s'étaient déroulées à peine vingt-quatre heures auparavant.

Henrietta se leva, lissant du plat de la main sa jupe noire tandis qu'elle se tournait vers lui.

Jeremy, elle le savait, éprouvait un vif ressentiment à son égard, et n'avait jamais fait le moindre effort pour le dissimuler.

— Jeremy ! Je ne vous attendais pas. Néanmoins, vous êtes le bienvenu.

La courtoisie d'Henrietta était sans doute quelque peu forcée mais, de toute évidence, Jeremy n'en avait cure. Campé tel un coq de combat sur le tapis oriental, les yeux brillants d'avidité, il passait en revue tous les objets précieux qu'il convoitait depuis des années.

— Cela me semble tout à fait normal, rétorqua-t-il avec arrogance, puisqu'il s'agit de ma maison.

Le visage crispé, tandis qu'elle s'efforçait de retenir une repartie sarcastique, Henrietta s'arma de courage en songeant à ce qui l'attendait. Pour avoir déjà eu affaire à cet homme par le passé, elle savait que ce ne serait pas plaisant.

Elle lança un regard à Rose, qui s'était postée dans l'embrasure de la porte, et affichait une expression pensive.

— Tout va bien, miss Brody ? demanda la domestique, non sans jeter des coups d'œil nerveux aux visiteurs.

— Oui, merci Rose.

La jeune femme recula, mais resta en vue. Sa loyauté envers sa maîtresse demeurait aussi forte qu'au jour où elle était venue vivre chez le baron Lucas, et elle avait depuis fort longtemps prouvé que l'on pouvait lui accorder toute confiance en des temps troublés.

— Apportez-nous des rafraîchissements, voulez-vous, Rose ?

La domestique esquissa une révérence et s'en alla prestement.

Le salon offrait suffisamment d'intimité pour une conversation privée, cependant les domestiques étaient raisonnablement proches pour qu'Henrietta ne se sente pas menacée.

Le simple fait de penser une chose pareille, c'est-à-dire qu'elle puisse courir un danger dans sa propre maison, montrait à quel point elle se méfiait de Jeremy.

— Ces domestiques sont terriblement irrespectueux ! C'est inadmissible, l'informa Jeremy.

Il s'assit lourdement dans un fauteuil et étendit ses longues jambes devant lui, une lueur malfaisante éclairant son regard bleu pâle tandis qu'il observait Henrietta avec insolence.

— Mais peu importe. Je ne suis pas venu discuter de quelque chose qui peut aisément se remplacer.

Henrietta se crispa, tous ses sens en alerte.

— Se remplacer ? De quoi parlez-vous ?

— Des domestiques, on en trouve treize à la douzaine. Étant donné que je vais m'installer ici, ils ont intérêt à savoir rester à leur place s'ils veulent que je les garde.

— Vous avez parfaitement raison, Jeremy, pérora Claudia, de sa voix de fausset. Vous devez leur montrer dès le début comment vous entendez faire fonctionner la maisonnée, et leur faire comprendre que vous ne tolérerez aucun manquement.

Henrietta reporta son attention sur l'épouse de Jeremy,

en prenant sur elle de ne rien laisser transparaître de son mépris.

Au cours de ses précédentes visites, Claudia n'avait pas caché combien elle était affligée par les flamboyants cheveux roux d'Henrietta. N'éprouvant aucune vergogne à qualifier tous les Écossais d'arriérés, elle se permettait également de traiter Henrietta de païenne, un terme que beaucoup d'Anglais de confession protestante employaient à l'encontre des catholiques romains. Pas une fois son mari ne l'avait reprise, mais il partageait sans doute cette opinion, et se délectait probablement de l'humiliation d'Henrietta.

Fidèle à elle-même, Claudia était vêtue avec ostentation, et faisait largement étalage de ses généreux atouts. Poudrée à l'excès, elle arborait plus de fard que ne le recommandait le bon goût. Ses cheveux bruns étaient rassemblés en un volumineux chignon bouclé, et sa joue s'ornait d'une mouche de velours noir.

Le nez levé de façon dédaigneuse, son regard noisette empli d'hostilité, Claudia grimaça un sourire, avant d'ôter ses gants et de les déposer négligemment sur une console.

Puis elle se mit à déambuler à travers la pièce, ses jupons bruissant dans son sillage, et laissa glisser ses doigts parfaitement manucurés sur les surfaces cirées, s'attardant ici sur une figurine, là sur un livre…

— Si vous êtes venu me parler du testament, dit Henrietta, en essayant de masquer l'aversion que lui inspirait Jeremy, le notaire vient demain.

— J'en connais le contenu, Henrietta. J'ai déjà appelé Braithwaite. Comme vous le savez, il est le notaire de notre famille depuis plus de dix ans.

— Il a été absent ces deux dernières années. Je crois qu'il se trouvait en Amérique.

— Je ne l'ignore pas, répliqua Jeremy, visiblement agacé par l'interruption. Mais il est rentré récemment, et il a recueilli les dernières volontés de mon oncle…

— Qu'il vous aurait, dites-vous déjà communiquées. À l'évidence, il doit y avoir une erreur, et votre oncle ne vous a pas informé…

— Calmez-vous ! ordonna Jeremy d'un ton sec.

Il se leva et la toisa sévèrement, sa longue et molle silhouette frémissant tel un serpent prêt à frapper.

— Ce que vous avez à dire ne m'intéresse pas. Mon oncle a conservé une copie du testament dans son bureau, et je la trouverai quand je passerai en revue ses papiers, ce que j'ai l'intention de faire ce soir même.

Levant l'index d'un geste menaçant, il s'avança d'un pas vers Henrietta.

— Comprenez bien que tout me revient : la maison, l'argent… Tout. Et j'ai l'intention d'en prendre possession immédiatement.

L'inquiétude commença à gagner Henrietta.

Pas une fois elle n'avait abordé ce sujet avec ses bienfaiteurs. En réalité, elle n'avait jamais eu aucune raison de le faire, n'étant pas de nature vénale, et leur faisant entière confiance.

Mais peut-être n'y avait-il pas lieu de se mettre martel en tête. Elle savait que ses tuteurs se souciaient d'elle, et qu'ils auraient fait en sorte qu'elle ne se retrouve pas dans le dénuement après leur décès.

« Oui, bien sûr », se dit-elle, passablement rassérénée. Il était impossible qu'ils aient négligé la question, même si elle-même n'y avait jamais songé.

Ses espoirs retombèrent lorsque Jeremy reprit la parole, avec un petit sourire satisfait.

— Vous n'êtes pas mentionnée. Comment pouvez-vous croire que ma tante et mon oncle vous aient laissé quelque chose ? Vous ne faisiez pas partie de la famille. Vous n'étiez rien pour eux.

— Jeremy a raison, approuva Claudia de sa voix désagréablement aiguë.

Interceptant le regard dédaigneux d'Henrietta, elle s'enflamma.

— Et ne me regardez pas comme ça ! Jeremy va effacer cette mimique condescendante en vous envoyant empaqueter vos effets.

Du regard, elle chercha l'approbation de son mari, qui haussa mollement les épaules.

— N'est-ce pas, mon cher ? insista-t-elle.

— Mais oui, ma douce.

Claudia n'en avait pas encore terminé de cracher son venin. Le regard mauvais, elle se mit à éructer :

— Vous vous croyez meilleure que moi, n'est-ce pas, espèce de sorcière écossaise ? Eh bien, vous vous trompez, ma pauvre fille. Vous n'êtes même pas digne de nettoyer mes chaussures !

Bien qu'offensée par les paroles de Claudia, Henrietta s'intima l'ordre de rester calme.

Certes, elle était blessée, vulnérable, à la merci de ces deux monstres, mais ce serait faire trop d'honneur à cette femme que d'alimenter un sentiment de supériorité que sa basse extraction ne justifiait en rien.

— Permettez-moi de ne pas partager votre opinion, dit-elle avec un petit sourire.

Doublement éprouvée par l'épreuve qu'elle vivait,

après la perte de ses tuteurs, et par la cruauté de Jeremy, Henrietta pouvait au moins s'enorgueillir d'avoir conservé son sens de la repartie.

— Et, reprit-elle, contrairement à ce que vous sous-entendez, je n'espérais certainement rien qui ait de la valeur. Après avoir perdu mes parents, et m'être retrouvée seule au monde, j'ai été extrêmement reconnaissante à vos proches de m'accueillir dans leur maison.

Sa voix se brisa discrètement sur la fin de la phrase.

— J'étais très dévouée à votre tante et à votre oncle, et je sais qu'ils se sont attachés à moi au fil des années.

— Il est certain que vous avez su y faire, avec vos manigances, commenta Claudia, avec un ricanement mauvais.

Henrietta fit mine de ne pas avoir entendu et poursuivit, s'adressant toujours à Jeremy :

— Votre oncle était particulièrement méthodique dans ses affaires, et je ne puis croire qu'il n'ait pas pris de dispositions pour moi, ne serait-ce que pour me permettre de libérer la maison avant que vous en preniez possession.

Jeremy eut un sourire narquois.

— Eh bien, ce n'est pas le cas, répliqua-t-il.

À l'évidence, il se délectait de la remettre à sa place, mais Henrietta parvint à garder son calme.

— Je suppose qu'ils en avaient assez de vous voir rêver du jour où vous prendriez possession de la maison, et qu'ils avaient l'espoir de vous marier avant leur décès, afin que vous ne puissiez spolier leur héritier légal, ajouta-t-il.

Henrietta ne s'en laissa pas compter, et le toisa fièrement.

— Vous parlez de vous, j'imagine.

Le regard de Jeremy se posa sur elle.

— Pour qui vous prenez-vous ? demanda-t-il, avec une petite moue dégoûtée. Une lady ?

— Si vous connaissiez vraiment votre tante et votre oncle, vous ne me parleriez pas sur ce ton, et vous ne m'accuseriez pas de méfaits inexistants. Le baron et la baronne Lucas étaient bons et attentionnés, et n'auraient pas permis que je sois mise dehors aussi aisément.

— C'est pourtant le cas. Je possède cette maison, à présent. Je suis le maître ici et, dès qu'il aura été fait lecture du testament, je veux que vous partiez.

Henrietta avait à présent la certitude que Jeremy ignorait que son oncle avait modifié ses dispositions testamentaires, mais également changé de notaire.

Insatisfait de la façon dont Me Braithwaite conduisait ses affaires, l'homme n'étant guère connu pour sa discrétion, le baron Lucas avait en effet porté son choix sur Me Goodwin, un notaire de la ville, dont la probité, le bon sens et l'empathie avaient fait leurs preuves.

Henrietta ne pouvait manquer de s'étonner que Me Braithwaite, qui était un ami proche de Jeremy, ne l'en ait pas informé. Sans doute y était-il tenu sur le plan légal ? À moins qu'il n'ait quelque chose à y gagner ?

Elle faillit le dire elle-même à Jeremy, mais quand elle vit la façon dont il la toisait à nouveau, lui faisant silencieusement comprendre qu'il la mettrait dehors sur-le-champ si elle s'avisait de le contrarier davantage, elle resta muette.

Jeremy, devinant probablement sa peur, et ressentant sans doute alors un regain de pouvoir, eut un ricanement cruel qui glaça le sang d'Henrietta.

— Vous, jeune demoiselle, reprit-il, en lui agitant l'index sous le nez, cela fait bien trop longtemps que vous vivez aux crochets de cette famille, en profitant de la naïveté de ma tante et de mon oncle pour mener grand train.

Impressionnée malgré elle, Henrietta fit un effort surhumain pour ne rien laisser paraître, tandis que Jeremy poursuivait :

— Vous croyez sans doute que cela vous est dû, mais vous n'êtes pas à la hauteur de vos ambitions. Quoi qu'il en soit, c'en est assez ! Veuillez faire vos bagages et vous tenir prête à partir dès que Braithwaite nous aura donné lecture du testament.

— Bien dit, Jeremy ! Vous l'avez remise à sa place, dit Claudia d'un ton mauvais.

Caressant du bout des doigts un épais rideau de damas, elle observa d'abord le chandelier de cristal, puis le tapis turc sous ses pieds, avant de poursuivre :

— Ce n'est qu'une moins-que-rien, une mendiante. Elle n'est pas de notre monde. Il était temps que quelqu'un la remette à sa place.

C'était pour Henrietta le comble de l'ironie. Claudia n'était-elle pas elle-même une théâtreuse que Jeremy avait ramassée à Drury Lane ?

Elle se serait volontiers esclaffée si la situation n'avait pas été aussi sérieuse.

Jeremy laissa son regard s'attarder sur Henrietta, notant ses magnifiques cheveux cuivrés, sa longue et nerveuse silhouette, sa taille fine, et les rondeurs que ne parvenait pas à dissimuler sa tenue de deuil.

Certes, il avait l'intention d'exercer sa vengeance sur la protégée de son oncle, et le fier port de tête de l'orpheline, doublé d'un regard de défi, ne faisait que l'y encourager.

Cependant, il devait bien admettre que Claudia souffrait mal la comparaison avec cette farouche et fraîche beauté. Pour tout dire, il y avait longtemps que Claudia n'affolait plus ses sens. Et sa vulgarité, amusante lorsqu'elle était une jeune artiste de théâtre, gouailleuse et insolente, commençait à l'agacer prodigieusement. Elle était même du plus mauvais effet dans les cercles huppés qu'il fréquentait.

Alors que cette ardente Écossaise... Oui, décidément, il se verrait bien lui conter fleurette...

— Vous ne pouvez pas faire ça, dit Henrietta. Je vous supplie de reconsidérer votre décision.

Il afficha une petite moue pensive.

— Je suppose que je pourrais me laisser fléchir... Mais c'est donnant, donnant.

— Ne commencez pas à marchander avec elle, protesta Claudia. Elle s'en va, et voilà tout !

Indifférent à l'interruption de sa femme, Jeremy contemplait avec fascination le décolleté d'Henrietta.

— Je suppose que nous pourrions trouver un terrain d'entente, poursuivit-il d'un ton lourd de sous-entendus.

Henrietta se recroquevilla sous le poids du regard de Jeremy. Elle sentait ses yeux lui brûler la peau à travers l'étoffe de sa robe.

Le cœur battant à tout rompre, elle se risqua à le regarder.

La lueur prédatrice dans les yeux de Jeremy, le sourire confiant qui étirait ses lèvres minces indiquaient avec la plus grande clarté que ses pensées n'étaient pas du genre qu'une jeune et décente lady devait encourager. Certes, elle n'avait aucune expérience des hommes, mais elle savait reconnaître quand l'un d'eux avait des vues sur sa vertu.

— Naturellement, il faut considérer la question de votre tutelle, ma chère Henrietta, déclara Jeremy d'un ton docte. Cela ne peut être négligé. En tant qu'héritier de mon oncle, je suppose que cette responsabilité me revient. Auquel cas, j'ai autorité sur vous, puisque vous n'avez pas encore atteint l'âge légal de prendre vos décisions seule. Vous devez donc m'obéir.

L'arrogance de son expression eut finalement raison de l'hébétude d'Henrietta.

— Je ne suis pas votre pupille ! répliqua-t-elle. Je ne pense pas qu'il soit fait mention d'un transfert de tutelle dans quelque testament que ce soit. D'ailleurs, je ne comprends pas votre soudaine sollicitude. Il y a quelques minutes à peine, vous étiez prêt à me jeter à la rue.

Le regard de Jeremy se fit moins menaçant.

— J'ai réagi un peu hâtivement, je le reconnais. Mais je suis prêt à vous autoriser à rester quelque temps.

— Mais avec une contrepartie, l'interrompit Henrietta, outrée par ce qu'il était en train de suggérer. Comment osez-vous m'insulter ainsi ? Le simple fait de suggérer ce genre de choses est déjà écœurant, mais le faire en présence de votre femme l'est doublement. Je préfère encore me retrouver à la rue que de rester ici.

Le visage de Jeremy s'empourpra, et ses yeux lancèrent des éclairs.

— Et c'est ce qui va vous arriver, vous pouvez y compter ! lança-t-il, tout son corps vibrant de rage. À présent, allez dans votre chambre, et n'en sortez que lorsque je vous en donnerai la permission.

Il y avait dans sa voix un avertissement qui fit frissonner de peur Henrietta.

— Avec le plus grand plaisir, dit-elle.

Pivotant sur les talons, elle quitta la pièce au moment où deux domestiques y entraient, portant des plateaux chargés d'un service à thé en argent, de tasses en délicate porcelaine, et de pâtisseries, qu'en d'autres circonstances, elle aurait trouvé appétissantes.

Henrietta avait gravi la moitié de l'escalier quand elle se ravisa et décida d'informer Jeremy que son oncle avait changé de notaire.

La porte était entrebâillée, et elle s'immobilisa quelques instants, s'armant de courage pour faire face à la nouvelle confrontation qui allait suivre.

Mais, en entendant la voix criarde de Claudia, elle resta où elle était.

— Je remercie le Seigneur qu'elle s'en aille. Elle ne pouvait pas continuer à vivre ici.

— Ne vous inquiétez pas, ma chère.

Jeremy mordit dans un petit-four recouvert d'un glaçage blanc, et fit tomber sur le col de sa redingote des miettes, qu'il balaya d'un geste distrait de la main, avant de poursuivre :

— Vous n'aurez pas à la supporter longtemps.

— Quel malheur que nous n'ayons pas pu nous débarrasser d'elle en même temps que ces deux vieux fous, dit Claudia, d'un ton geignard. Elle devait pourtant les accompagner ce soir-là.

Elle soupira avec exagération, aussi mauvaise comédienne dans la vie qu'au théâtre.

— Enfin, tout s'est déroulé comme vous l'espériez puisque vous héritez de tout.

— Il était temps. Je ne pouvais pas attendre davantage. Avec les créanciers à nos portes, c'était ça ou la prison. Aussi, il n'est pas question que cette petite intrigante récupère un objet ou un penny de ce qui m'appartient.

— N'oubliez pas que cette fille est une papiste, ajouta Claudia. Il nous faut donc redoubler de prudence. Ces gens-là sont connus pour poignarder les bonnes gens dans leur lit. Et quand on connaît les exactions de son père, on se dit qu'elle a de qui tenir. Heureusement qu'il a fini au bout d'une corde. C'est tout ce qu'il méritait.

Henrietta était pétrifiée d'horreur.

Ainsi, ces deux-là étaient responsables de la mort de ses bienfaiteurs. Et elle aurait subi le même sort si un rhume ne l'avait empêchée d'accompagner le baron Lucas et la baronne Dorothy au théâtre ce soir-là.

Mais ce qui la mettait le plus en colère, c'était la façon dont cette créature sortie du ruisseau osait évoquer la mémoire de son père.

Jugeant qu'elle en avait assez entendu, elle s'éloigna lentement de la porte à reculons, et se dirigea silencieusement vers le bureau du baron. Là, elle ouvrit l'un après l'autre les tiroirs de son écritoire, et ne tarda pas à trouver ce qu'elle cherchait.

Jeremy avait raison. Il y avait bien une copie du

testament. Mais il s'agissait du nouveau document, celui consigné par Me Goodwin.

Lorsqu'elle entendit Jeremy quitter le salon et traverser le hall pour aller aboyer des ordres au personnel de cuisine, Henrietta franchit prestement la porte du bureau, en serrant d'une main le testament contre son cœur.

Redoutant de faire du bruit, elle trottina furtivement vers l'escalier et regagna sa chambre.

Henrietta ferma soigneusement la porte, et regarda autour d'elle avec le sentiment qu'elle voyait pour la dernière fois cette chambre élégante et confortable, où elle avait passé les plus belles années de sa vie, et dont elle chérissait le moindre détail.

Seule la douce lueur des flammes qui dansaient dans la cheminée éclairait la pièce, mais elle n'avait aucun mal à distinguer, trônant au milieu de la pièce, imposant et majestueux, le grand lit à baldaquin, habillé de tentures et d'une courtepointe indigo. Elle connaissait l'emplacement de chaque bibelot, de chaque meuble, des coussins patiemment brodés par la baronne… Elle aurait pu décrire par le menu les tableaux aux moulures dorées représentant de délicieux paysages…

Mais le temps n'était pas à l'apitoiement. Il n'y avait pas une minute à perdre.

Les mains tremblantes, elle ouvrit la copie du testament et le lut sommairement.

Les dernières volontés du baron Lucas lui firent l'effet d'un coup de tonnerre.

Le premier choc passé, elle comprit que, si elle tenait à la vie, elle devait s'enfuir sur-le-champ.

En tant qu'unique parent du baron Lucas, Jeremy était en droit d'imaginer que tous les biens et avoirs de son oncle lui reviendraient.

Mais le baron lui avait tout légué à elle.

Nageant en plein cauchemar, Henrietta réalisa qu'elle était complètement seule, à la merci de démons qui avaient l'intention de la détruire.

Qui pouvait dire ce que serait tenté de faire Jeremy s'il découvrait qu'elle avait connaissance du terrible crime commis par lui, et pour lequel il serait assurément pendu si cela venait à se savoir ?

Et demain, lorsqu'il apprendrait que son oncle avait changé de notaire et rédigé un nouveau testament, lui laissant tout, les répercussions seraient terribles.

Or, elle n'avait pas la force de se dresser contre lui.

L'espace d'un instant, elle envisagea d'aller trouver refuge auprès des amis de ses tuteurs, mais y renonça très vite. Jeremy avait toujours été très apprécié de tous et, compte tenu des événements choquants qui avaient eu lieu dans sa famille, Henrietta savait qu'elle n'était pas très bien vue de la bonne société.

Personne ne croirait à la conversation qu'elle avait surprise entre Jeremy et Claudia, où celui-ci reconnaissait avoir assassiné son oncle et sa tante pour faire main basse sur leur fortune et ainsi éviter la prison pour dettes.

Ce serait sa parole contre celle de Jeremy. Et, même si Me Goodwin établissait que l'héritage lui revenait bel et bien, jamais l'homme de loi ne croirait qu'elle courait un danger mortel.

Elle n'avait personne vers qui se tourner, et ne pouvait compter que sur elle-même pour sauver sa peau.

Forte de ce triste constat, elle écouta ce que lui soufflait son instinct.

Elle n'allait pas rester assise à attendre que Jeremy l'élimine avec la même ingéniosité vicieuse qu'il avait employée à l'encontre de sa tante et de son oncle.

Il lui fallait s'enfuir, et le plus rapidement possible.

Pressentant qu'un drame était en train de se jouer, Rose n'avait pas tardé à aller frapper à la chambre de sa maîtresse, pour lui demander si elle avait besoin de quelque chose.

Henrietta expliqua rapidement à sa fidèle domestique le différend au sujet de l'héritage et la décision qu'avait prise Jeremy de la jeter dehors.

Elle omit toutefois de préciser que Jeremy avait reconnu avoir tué ses tuteurs.

Elle avait toujours le plus grand mal à admettre qu'il ait pu faire quelque chose d'aussi horrible mais, s'il pouvait agir ainsi avec sa propre chair et son sang, il était évident qu'il n'aurait aucune pitié pour elle.

Sans perdre davantage de temps, elle envoya Rose lui chercher des vêtements d'homme, plus pratiques pour une longue chevauchée, et qui lui permettraient plus aisément de passer inaperçue. Elle lui demanda également de donner instruction à Robbie, le jeune palefrenier, de seller sa jument et d'amener discrètement l'animal derrière la maison, sans en dire un mot à quiconque.

Restée seule, Henrietta rassembla quelques affaires dont elle pourrait avoir besoin : la copie du testament, une bourse contenant quelques pièces de monnaie, et ses bijoux, qu'elle pourrait vendre en cas de nécessité.

Elle eut aussi la présence d'esprit de s'armer d'une petite dague ayant appartenu à son père, pour se défendre contre les vagabonds et les bandits de grand chemin.

Lorsque Rose revint avec des vêtements appartenant à Robbie, Henrietta s'empressa de les enfiler, en s'interdisant de faire grise mine devant les accrocs et les taches dont ils étaient truffés.

Observant dans le miroir sa nouvelle apparence, elle ne put s'empêcher de songer que Lady Lucas l'aurait vertement admonestée d'oser monter à cheval dans une tenue aussi immodeste et dénuée de féminité.

Y avait-il quelque chose qui risquait de la trahir ? se demanda-t-elle. Son petit nez insolent, ses yeux verts en amande, ses longs cils, sa bouche trop rose et délicate ?

Petite et mince, elle n'aurait aucun mal à passer pour un jeune garçon — même Jeremy ne la reconnaîtrait pas, vêtue ainsi — mais elle devait absolument faire quelque chose pour ses cheveux. En effet, les longues et soyeuses mèches bouclées constitueraient vite un handicap, et elle en avait déjà suffisamment comme ça.

— Je m'inquiète beaucoup pour votre sécurité, dit Rose, qui n'hésitait jamais à lui parler franchement. J'espère que vous savez ce que vous faites.

— Pas du tout, répondit Henrietta. Tout ce que je sais, c'est que je ne peux pas rester ici avec Jeremy. Et pour que mon personnage soit crédible, je veux que vous me coupiez les cheveux.

Rose eut l'air horrifié par sa requête.

— Vos beaux cheveux ? Je ne peux pas faire ça.

— Mais si, vous le pouvez. C'est absolument nécessaire.

— Mais… Miss… Vous n'y songez pas !

— Il y va de ma survie, vous dis-je. Le moment n'est

pas à jouer les coquettes. Et puis, ce n'est pas si grave que ça. Ils repousseront très vite.

D'un geste décidé, elle lui tendit une paire de ciseaux.

— Maintenant, dépêchez-vous. Je dois partir avant que Jeremy ne vienne me chercher.

Rose achevait de faire disparaître les longues mèches bouclées qu'elle avait maladroitement cisaillées, quand Henrietta entendit une porte claquer au rez-de-chaussée.

Lorsque la voix furieuse de Jeremy s'éleva, elle se mit à trembler de tous ses membres, imaginant que la malheureuse domestique à laquelle il s'adressait n'en menait pas large non plus.

— Où est-elle, bon sang ? Dans sa chambre, je suppose. Allez me la chercher.

Soudain, Henrietta sentit les bras de Rose autour d'elle. Une brusque bouffée d'émotion lui fit à son tour étreindre sa fidèle domestique.

Avant de fondre en larmes, elle s'écarta et redressa fièrement la tête.

— C'est terrible que vous soyez obligée de quitter votre maison, dit Rose, en essuyant du bout des doigts une larme qui roulait sur sa joue. Où irez-vous ?

Dans la situation dramatique où elle se trouvait, il n'y avait qu'un endroit où Henrietta pouvait aller, qu'une personne à qui elle pouvait demander de l'aide : son oncle. Or, ce dernier se trouvait à des centaines de miles de là, dans l'immensité sauvage de l'Écosse, et elle n'ignorait pas que ce serait pour elle un défi monumental d'arriver là-bas saine et sauve.

Craignant que Jeremy n'interroge Rose, et ne parvienne,

à force de menace, à lui tirer les vers du nez, Henrietta considéra qu'il était mieux pour la domestique d'ignorer ses projets.

— Je ne peux pas vous le dire, Rose. Mais j'ai l'intention de quitter Londres. Je vous écrirai lorsque j'aurai atteint ma destination, c'est promis. Souhaitez-moi bonne chance.

— Je le fais toujours, miss. Que Dieu vous protège. Je prierai pour vous.

Enveloppée dans une cape noire, ses cheveux roux noircis à la cendre et dissimulés sous un grand chapeau, Henrietta se précipita sans attendre vers la porte de service, tandis que Jeremy tempêtait à travers la maison.

Réalisant ce qu'elle s'apprêtait à faire, elle frissonna. Il aurait été moins dangereux d'entreprendre ce voyage de jour, mais elle ne pouvait pas reporter son départ.

Sans un regard en arrière, telle une ombre, elle quitta le domaine sans croiser âme qui vive.

Heureusement, aucun nuage noir ne planait au-dessus de sa tête. Il n'y avait pas de vent et, en cette fin août, l'air était encore tiède.

Par chance, elle connaissait bien les environs, et il n'y avait pas un chemin, pas un étang, pas un bois qui ne lui soit familier. Cependant, Hampstead Heath avait la sinistre réputation d'être un repaire de criminels, et le risque d'en croiser était encore plus élevé la nuit.

Poussée par le besoin de mettre le plus de distance possible entre elle et Jeremy, Henrictta avait lancé sa monture au grand galop à travers la lande.

À l'approche du bois, elle dut ralentir, de crainte d'être désarçonnée par une branche basse.

Avançant au pas dans l'obscurité, la lune et les étoiles lui étant cachées par la frondaison, elle tendait l'oreille, à l'affût du moindre son. Mais, hormis l'écho étouffé des sabots de sa jument sur la terre battue, tout était silencieux.

Elle s'arrêta aux abords d'une clairière, pour observer la sombre silhouette d'un cottage en ruines.

Alors qu'elle s'apprêtait à longer la bâtisse, elle réalisa qu'une lanterne avait été allumée, et que quelqu'un se tenait à l'extérieur.

Redoutant que l'inconnu ne se jette sur elle si elle venait à chevaucher à proximité, elle descendit de cheval et attacha sa monture à une branche basse.

Le cœur battant à tout rompre, elle se baissa et s'approcha rapidement de l'angle de la bâtisse.

Tandis qu'elle prenait appui contre le mur, elle réalisa alors que ses jambes tremblaient.

Pendant un bref instant, la panique faillit la submerger mais, les doigts pressés contre ses lèvres, elle parvint à se contenir au prix d'un énorme effort de volonté.

Un rayon de lune éclairait partiellement la ruine mais, au cœur des ombres projetées par les murs, l'obscurité recouvrait tout, tel un épais manteau de velours noir.

Retenant son souffle, Henrietta osa jeter un coup d'œil vers l'endroit où se trouvait autrefois la porte.

Un homme se tenait là, longue et sombre silhouette dans les ténèbres.

Elle attendit que les battements de son cœur ralentissent, et que sa respiration redevienne normale.

Quelque part sur la lande, une chouette hulula, le son glaçant se répercutant longuement dans le silence.

Respirant à peine, Henrietta se pressa contre le mur.

Soudain, des bruits de sabots résonnèrent, mêlés au cliquètement des harnais.

Reculant contre le mur, elle se dissimula dans l'ombre.

Trois hommes chevauchèrent jusqu'à la bâtisse, et mirent pied à terre. L'homme qui les guettait s'approcha pour les accueillir.

Rongée de curiosité, Henrietta prit le risque de s'avancer afin de mieux voir, tout en se demandant la raison de cette réunion furtive.

Ses yeux s'étaient habitués à l'obscurité, et elle put aisément distinguer les silhouettes des chevaux et des hommes.

Ils discutèrent un moment à voix basse, puis deux d'entre eux se détachèrent du groupe, et s'approchèrent de l'endroit où elle se trouvait.

— Ravi de te voir, Jack, dit celui qu'elle avait vu en train de faire le guet.

— De même, Simon. Tu attendais depuis longtemps ?

— Une demi-heure, environ.

— Tu arrives de Douvres, j'imagine ?

— J'ai rencontré le Français, répondit Simon. C'est un homme de confiance.

— Que serions-nous sans nos fidèles agents de liaison, approuva Jack. Quant à toi, mon ami, il te reste encore une longue route à faire avant d'atteindre Édimbourg.

— Certes, mais c'est nécessaire. J'ai l'intention de m'arrêter chez moi, à la frontière. J'ai des dispositions à prendre au cas où les choses ne tourneraient pas comme nous l'espérons. Mais j'espère pouvoir mettre cap au nord avant l'aube.

— Ah bon ? Pourquoi cela ?

— Il se trouve que le prince Charles est arrivé en Écosse avec une poignée d'hommes. Ce sera bientôt de notoriété publique. Convaincu que les Jacobites anglais sont en train de susciter une rébellion, il a l'intention d'envahir l'Angleterre. Je dois me rendre dans le Nord pour évaluer la situation.

— Je suis dévoué à la cause, affirma Jack, mais soulever une révolte pour asseoir à nouveau son père sur le trône me semble être de la folie.

— Je le pense aussi, dit Simon. Mais notre *Bonnie Prince Charlie*, comme nous le surnommons en Écosse, n'en démord pas. Depuis que son père l'a nommé prince-régent, lui donnant l'autorité d'agir en son nom, il multiplie les tentatives de soulèvement pour lui rendre son trône. Ainsi que tu le sais, il a été proclamé que, par la volonté de Dieu tout-puissant, le roi James, VIII d'Écosse, et III d'Angleterre et d'Irlande fait valoir ses justes droits au trône des trois royaumes, et qu'il est soutenu en cela par les chefs de clan des Highlands, les lords jacobites, et d'autres loyaux sujets.

Simon balaya d'un geste impatient une mèche de cheveux que le vent avait rabattue sur son front.

— Tout cela est bien beau, dit-il d'un ton las, mais il nous faudrait pour mener à bien ce combat des soldats, des armes et de l'argent. Or, nous n'avons rien de tout cela.

— Alors, Charles échouera. À moins que les Français ne nous aident.

Simon eut un soupir amer.

— Si nous comptons sur les Français, nous pouvons attendre longtemps.

— Cependant, les Anglais étant en guerre contre eux, et toutes les armées se trouvant déployées en Europe, c'est peut-être le moment d'agir, suggéra Jack.

Simon secoua la tête.

— J'ai des doutes. Je crains que nous ne manquions de soutien en Écosse. Certains chefs de clans répondront à l'appel. D'autres, qui ont fait allégeance au gouvernement britannique, ne le feront pas. Ils sont nombreux à penser que les choses vont mieux depuis que les Stuarts sont partis. C'est devenu une fière nation, unie avec l'Angleterre. Les gens se sont enrichis, ont gagné en puissance et en respect à travers le monde. Ils craignent que le retour des Stuarts n'apporte un regain de misère, et n'ont aucune appétence pour la guerre.

Simon posa la main sur l'épaule de son ami.

— Et toi, Jack ? Redoutes-tu de continuer ? Charles a-t-il ton soutien ?

— Certainement. Nous sommes allés trop loin pour faire retraite maintenant. J'informerai nos hommes à Londres des événements. Il n'y a rien que je ne ferais pour Charles. S'il réussit, je saurai que j'y suis pour quelque chose. Peu d'hommes pourront en dire autant. Qu'en penses-tu, Simon ?

— Je suis d'accord, mais il serait préférable que le roi George soit destitué par la voie diplomatique.

— Cela ne se produira pas. Le rôle que tu joues dans ce drame est grand et héroïque. Tu es parfait comme agent de liaison dans le Nord. Nous n'aurions pu choisir un homme qui connaisse mieux cette région.

Modeste, Simon haussa les épaules.

— Il est vrai que je la connais passablement bien. Mais si la rébellion doit avoir lieu, des temps difficiles nous attendent. Ceux qui soutiennent le prince Charles seront considérés comme des rebelles et des traîtres à la Couronne anglaise.

— Ce n'est rien en comparaison de ce que nos compagnons catholiques ont déjà enduré. Si nous sommes en sécurité depuis quelque temps, c'est parce que nous avons appris à garder le silence, mais cela fait deux cents ans que nous souffrons. Ce ne sera qu'une nouvelle épreuve pour tester notre résolution. Je prie pour que ce soit la dernière.

— Certes, mais voyons plutôt l'arrivée du prince Charles, après tant d'années de ténèbres et de désespoir pour les Jacobites, comme un rayon de soleil perçant enfin les nuages.

Réalisant que sa curiosité l'avait involontairement mise en danger, Henrietta suivait cet échange avec stupéfaction.

Depuis quelques heures, tout ce qui lui arrivait avait l'incohérence d'un mauvais rêve.

Et, pour couronner le tout, elle venait de tomber sur un nid de conspirateurs jacobites.

Quelque part dans un coin reculé de sa mémoire, un souvenir douloureux, celui du retour au domaine du cercueil de son père, tenta de monter à la surface. Elle le chassa aussitôt, mais ne put réprimer le frisson qui courut le long de sa colonne vertébrale.

En tant que catholique, il lui était impossible d'ignorer les revendications des Jacobites. Mais, imputant à ces derniers le drame qui avait frappé sa famille, elle ne pouvait s'empêcher de leur en garder une certaine rancœur.

D'après le peu qu'elle en savait, la cour de James Stuart, le roi d'Écosse en exil — ou le prétendant au trône, selon la tendance politique de chacun — se trouvait à Rome. Il avait essayé de reconquérir le trône en 1715, et avait échoué faute de soutien. Depuis, il avait travaillé sans relâche à tenter d'obtenir le concours d'autres monarques, rappelant la légitimité de son fils Charles au trône d'Écosse et d'Angleterre.

Ce qu'elle venait d'entendre suggérait que Charles Edward Stuart était venu réclamer le trône de son père, et se tenait prêt à la rébellion armée pour restaurer la monarchie Stuart.

Tandis qu'elle changeait de position, sa cape frôla le mur, délogeant une pierre qui tomba à ses pieds avec un bruit sourd.

Alertés, les hommes se turent aussitôt.

Elle resta immobile, le cœur battant à tout rompre, une sueur froide coulant le long de sa colonne vertébrale. Elle avait l'impression que sa respiration faisait un bruit assourdissant dans le silence, et que les hommes pouvaient l'entendre.

Un long moment passa, puis des bruits de pas se rapprochèrent.

Henriette frissonna et vacilla légèrement, manquant perdre l'équilibre.

Elle était certaine qu'ils allaient la trouver. Il fallait qu'elle s'en aille.

Prudemment, elle commença à reculer.

Un homme contourna alors l'angle de la bâtisse,

imposante et menaçante silhouette évoquant un meurtrier sanguinaire.

Au même moment, la lune glissa de derrière un nuage, créant un halo autour de lui. Son chapeau était abaissé sur son visage, masquant ses traits. Ses gants étaient de cuir fin, et son mantelet de lourde étoffe noire s'ornait de fils d'or.

Comme un gibier hypnotisé par un prédateur, Henrietta resta figée sur place quelques secondes.

Puis, réalisant le mal qu'il pouvait lui faire, elle pivota sur les talons et se précipita vers sa jument.

Elle sentit que l'homme la poursuivait, qu'il gagnait du terrain, puis il lui saisit le bras.

Laissant échapper un cri, elle se débattit tant et plus, mais elle n'était pas de taille à lutter contre lui.

— À ta place, je resterais tranquille, mon garçon, grommela-t-il.

La tenant d'une main, l'autre posée sur la crosse de son épée, il la ramena vers les autres.

— Ce n'est qu'un gamin, annonça-t-il à ses camarades.

Il avait une poigne de fer, et Henrietta commença à craindre pour sa vie.

Lorsqu'elle était venue vivre chez les Lucas, un des valets, qui adorait raconter des histoires, lui avait narré toutes les choses horribles qui étaient arrivées aux personnes osant s'aventurer de nuit sur la lande. Jamais elle n'aurait imaginé vivre un jour de telles mésaventures mais, elle devait se rendre à l'évidence : il était impossible de se trouver face à quatre hommes à l'allure dangereuse sans craindre pour sa vie.

Même si elle levait fièrement le menton, et toisait les hommes avec insolence, elle savait qu'elle était sans défense et, quand les hommes l'encerclèrent, elle se sentit prise au piège.

Dans un geste de survie désespéré, elle s'empara de la dague glissée dans sa ceinture, dont la lame étincela sous le clair de lune.

Simon observa son prisonnier.

Le gamin ne manquait pas de courage, mais il avait perdu la tête s'il pensait pouvoir les battre tous.

Il tendit la main.

— C'est une vilaine lame que tu as là, mon garçon. Donne-la-moi.

Les yeux écarquillés d'effroi, le jeune homme regarda les hommes qui l'entouraient.

— Pour me faire tuer ?

— Tu es déjà dans de sales draps, et tu vois bien que tu ne peux pas t'échapper. N'aggrave pas ton cas.

Le garçon s'humecta les lèvres, tout en regardant nerveusement les hommes.

— Mais, ils…

— C'est de moi que tu dois t'inquiéter. Donne-moi ta dague.

Il attendit, tandis que la tension autour d'eux s'amplifiait, les hommes s'étonnant que le jeune paltoquet ose refuser de lui obéir.

Simon claqua des doigts avec impatience, puis tendit sa paume ouverte, en fixant le garçon dans les yeux.

— Donne-la-moi, dit-il d'une voix dure. Tu n'as pas le choix.

Henrietta était tiraillée entre la capitulation immédiate, et l'envie de lutter encore, envers et contre tout.

Après un long moment, certaine que les émotions qui livraient en elle une rude bataille se lisaient sur son visage, elle finit par tendre son arme, d'un geste lent.

Simon s'en empara et la glissa dans sa ceinture.

— Voilà ! Ce n'était pas difficile, n'est-ce pas ? Si tu veux un bon conseil, petit, songe à développer ta force physique. Crois-moi, tu ne fais pas le poids.

Henrietta plongea les yeux dans un regard sombre, enchâssé dans un visage anguleux. Le menton était fendu par une fossette, le nez était légèrement aquilin, et la bouche généreuse. L'homme avait une apparence de soldat professionnel, mais quelque chose dans son maintien évoquait une excellente naissance.

— Je vous en supplie, ne me tuez pas, plaida-t-elle, n'ayant pas la moindre idée du genre d'hommes à qui elle avait affaire.

Un rire sardonique lui répondit.

— Pas de témoin. C'est la première règle dans ce métier.

— Qui êtes-vous ?

L'homme haussa un sourcil.

— Qui je suis ? Je pourrais te poser la même question.

Simon observa le jeune homme d'un air désapprobateur, notant chaque détail de son habillement. Le gamin n'était pas un campagnard, en dépit de ce que pouvait laisser croire son accoutrement. Sa façon de parler le trahissait.

— Explique ce que tu fais ici, petit. Pourquoi diable erres-tu seul dans la campagne ?

— Ça me regarde.

— Plus maintenant. La personne qui t'a envoyé ne peut l'avoir fait pour le seul plaisir de te faire parcourir la lande de nuit.

— Qu'est-ce qui vous fait penser que quelqu'un m'a envoyé ? demanda le gamin, en levant fièrement la tête.

Simon le fixa intensément.

— Si tu es en mission, tout porte à croire que tu es un agent de liaison. Mais de quel côté es-tu ? Tu nous as suivis jusqu'ici ?

— Non, je le jure. J'ai vu de la lumière, et je me suis demandé ce que c'était.

— Qui me prouve que tu n'es pas en mission ?

Le garçon le dévisagea avec hébétude, semblant comprendre qu'il l'accusait de les espionner.

— Personne ne m'emploie. Je ne travaille pour personne.

— Et tu penses que nous allons te croire ? grommela Jack. Que fuis-tu, petit ? Peut-être la justice. Si ça se trouve, tu es un voleur.

Se faire accuser ainsi fut plus qu'Henrietta ne put en supporter.

— Je ne suis pas un voleur ! déclara-t-elle avec force. Et je vous interdis de m'insulter.

— Tu nous interdis ? répéta Jack. Écoute-moi, gamin. Tu n'es pas en mesure de nous interdire quoi que ce soit. À ta place, je tiendrais ma langue. Rien ne m'empêche de te prendre par le col et de te jeter dans la rivière.

Henrietta était trop furieuse pour avoir peur.

— Si vous avez envie de me jeter dans la rivière, faites donc à votre guise. Vous me rendrez service, car j'ai grandement fait erreur à votre sujet. Je vous prenais pour un espion, mais je constate que vous n'êtes qu'un vulgaire meurtrier !

— Enfer et damnation !

Jack, bouillonnant de rage, était sur le point de se jeter sur le jeune polisson, mais Simon s'interposa entre eux et le repoussa.

— Laisse couler, Jack. Ne vois-tu pas que ce n'est qu'un enfant ?

Simon se tourna vers le gamin et, malgré lui, son expression féroce se radoucit.

— Désolé, petit. Mes amis sont loin de chez eux, et je crains qu'ils aient perdu en route leur bonne éducation, tout comme leur capacité de jugement. Quel âge as-tu ?

— Je suis assez âgé pour savoir trier le bon grain de l'ivraie, si vous tenez à le savoir. Moi, je ne vous ai pas posé de question mais, après ce que j'ai entendu, j'imagine que certaines personnes seraient très intéressées d'apprendre ce que vous fomentez. Je pense que l'on pourrait qualifier cela d'activités antipatriotiques, au rang desquelles figure le projet de rassembler des soutiens pour l'accession au trône du prince Charles Edward Stuart.

Simon hocha lentement la tête.

— Tu as bien compris. Nous nous retrouvons en secret, et nous courons un grand danger en agissant ainsi.

Il jeta un coup d'œil à ses amis qui se tenaient silencieux et immobiles.

— Tu dois comprendre, reprit-il d'un ton menaçant, que tu as intérêt à tenir ta langue si tu tiens à la vie.

— Et si je ne le fais pas ?

Simon afficha une moue peinée.

— Je serai contraint de prendre une pénible décision, d'autant plus regrettable que tu n'es qu'un gamin. Tu peux m'en croire.

Il toisa durement son jeune prisonnier.

— Qu'as-tu à dire ?

Henrietta se mordit la langue.

Les mots restaient coincés au fond de sa gorge.

Autour d'elle, les hommes silencieux et sur la défensive attendaient sa réponse.

Chapitre 2

L'expression d'Henrietta était pleine d'appréhension tandis qu'elle soutenait courageusement le dur regard de Simon.

Il y avait chez cet homme une assurance dénuée de toute arrogance qui, en dépit des circonstances, inspirait confiance et l'incita à capituler.

— Vous avez ma parole que je ne dirai pas un mot de ce que j'ai entendu, promit-elle. J'ai mes propres raisons pour garder le silence.

Il hocha la tête, laissant paraître sa satisfaction.

— Il n'y a donc plus rien à ajouter sur le sujet.

— Merci. Quand vos amis sont apparus, j'étais sur le point de continuer ma route, mais j'ai eu peur de ce que vous pourriez me faire si vous m'entendiez.

— Donc, si tu n'es pas un espion, que fais-tu ici ? demanda Simon.

Elle lui lança un regard agacé, suggérant qu'il s'occupe de ses propres affaires, mais comprit très vite que ce comportement n'était pas dans son intérêt.

— Je vais chez mon oncle. J'ai… J'ai dû quitter la maison des personnes chez qui je vivais.

— Savent-ils où tu es ? demanda Simon.

— Ils se retourneraient dans leur tombe s'ils le savaient.

— Je vois. Et ton oncle ? Où vit-il ?

— En Écosse.

— C'est un sacré périple pour un garçon seul.

— Je n'ai pas le choix. Je suis dans l'obligation de quitter Londres.

— On dirait qu'il s'agit d'une question de vie ou de mort.

— C'est le cas.

Henrietta frissonna et jeta un regard furtif par-dessus son épaule, comme si elle s'attendait à ce que quelque chose de terrible sorte des ténèbres.

S'y reprenant à deux fois, elle balaya du regard la masse sombre des arbres et tendit l'oreille, guettant un bruit dans le lointain.

Simon fut tenté de dire au jeune garçon qu'il exagérait, mais admit qu'il serait plus avisé d'en savoir davantage sur le sujet avant de trancher de façon péremptoire.

Devant l'expression inquiète de l'enfant, il se radoucit. Le pauvre petit ne devait pas avoir plus de quinze ans, et n'avait sans doute pas reçu beaucoup d'affection. Il lui faisait penser à un petit animal sauvage guettant l'approche d'un féroce prédateur.

Contre toute attente, sa curiosité à l'égard de l'infortuné garçon commençait à prendre de l'ampleur.

— As-tu un nom ?

Le garçon grimaça d'un air embarrassé, et regarda autour de lui.

— Tu as bien un nom, n'est-ce pas ? insista Simon, d'un ton sarcastique.

Le garçon hocha la tête à contrecœur.

— Henry, dit-il. Je m'appelle Henry.

Voilà !

C'était son premier mensonge, et elle ne s'en sortait pas si mal.

Fixant le visage de l'homme, Henrietta l'étudia autant qu'il lui était possible sous le clair de lune.

Elle l'avait entendu dire qu'il se rendait en Écosse…

L'espoir la submergea.

Il était en mission, une mission dangereuse à en croire ce qu'elle avait entendu, et ne devait pas être trop regardant en matière de formalités. Pour elle, cela signifiait la sécurité, tout en représentant une chance inespérée.

S'il acceptait de l'emmener, elle était prête à lui rendre tous les services qu'il pourrait demander, dans une mesure raisonnable, cela allait sans dire.

Sa décision prise, et bien que craignant un rejet, Henrietta s'exhorta à poursuivre. Sa marge de manœuvre était étroite, et elle n'avait d'autre choix que d'avancer. Cette première étape franchie, il n'était plus question de faire machine arrière, et elle devait trouver le courage de prononcer les mots qu'elle avait répétés dans sa tête.

— Puisque vous allez en Écosse, voulez-vous m'emmener ?

Elle n'avait rien à perdre à faire cette demande, étant donné l'aspect désespéré de sa situation. Cependant, sa propre audace la stupéfiait.

Serrant les bras autour d'elle, comme si elle puisait

dans ce geste un réconfort, elle s'arma de courage en attendant le refus qui n'allait probablement pas tarder à lui être opposé.

Simon la fixa longuement et laissa échapper un soupir.

— Non.

Il secoua la tête.

— Absolument pas.

— Mais pourquoi ?

— Parce que c'est une mauvaise idée.

— Pas du tout !

— Si ! Je suis peut-être disposé à te laisser filer, mais je n'ai pas l'intention de jouer les nourrices pour un garnement au mauvais caractère.

Ne s'en laissant pas compter, Henrietta fit un pas vers lui, le menton fièrement levé.

— J'ai passé l'âge d'avoir besoin d'une nourrice. Je peux prendre soin de moi. Vous allez en Écosse, de toute façon, je vous ai entendu le dire. Au moins, si vous m'emmenez, vous serez sûr que votre secret est en sécurité.

Il plissa les yeux.

— Ça ressemble à du chantage.

Elle esquissa un sourire.

— Ce n'est pas le cas, pourtant. Mais je comprends que vous puissiez le penser.

Son sourire se ternit.

— Je sais que vous pourriez tous être pendus pour les propos que vous avez tenus, mais je me moque de qui vous êtes et de ce que vous projetez de faire. Tout ce que je sais, c'est que j'ai plus de chances d'arriver sain et sauf en Écosse si je ne voyage pas seul.

Jack s'avança, contrarié par la proposition du garnement.

— Ne te laisse pas amadouer, Simon. Réfléchis. Le temps est un luxe que tu ne peux pas te permettre. Le gosse ne fera que te retarder.

— Tu as raison.

Simon considéra sévèrement le garçon.

— Comme je l'ai dit, il n'en est pas question. J'ai des choses importantes à faire, et je n'ai nul désir de m'encombrer d'un chenapan. Maintenant, fiche le camp, et estime-toi heureux que nous te laissions repartir sain et sauf.

Henrietta poursuivit son chemin en direction de Highgate, en se sentant à la fois mortifiée et amèrement déçue.

Tout ce qui lui était arrivé semblait tellement improbable…

Elle avait certes un peu d'argent sur elle, mais la somme était si dérisoire qu'elle ne lui permettrait pas de subsister plus de deux semaines.

Elle avait aussi ses bijoux, mais ils n'avaient pas grande valeur. Par ailleurs, elle y était très attachée car le collier de perles était celui de sa mère, et les autres lui avaient été donnés par tante Dorothy.

Le jour se levait quand elle atteignit Hatfield, grâce au ciel sans le moindre incident.

Épuisée d'être restée en selle aussi longtemps, et affamée, elle mit pied à terre et mena sa jument à la main le long des rues, jetant au passage des regards circonspects vers les auberges. Elle n'était jamais entrée dans de tels établissements et répugnait à le faire.

Il lui semblait qu'une éternité s'était écoulée depuis qu'elle avait quitté la maison. Pourtant, il n'avait fallu que quelques heures pour qu'elle se transforme de jeune femme outragée par l'injustice perpétrée contre elle par Jeremy, en fugitive qui serait bientôt ardemment recherchée par le même homme.

Son seul espoir était que Jeremy ne songe pas tout de suite à déployer ses recherches au nord de la frontière. C'était toutefois peu probable, l'homme étant loin d'être stupide.

Faisant appel à tout son courage, elle balaya ces sombres pensées de son esprit, et s'efforça de formuler des pensées positives. Elle était jeune, forte, et déterminée à se battre. Elle s'en sortirait. Il ne pouvait en être autrement.

Attachant sa jument à un poteau, elle regarda autour d'elle. Elle ne se sentait pas très sûre d'elle dans sa tenue masculine, et redoutait d'attirer les regards.

La ville commençait à se réveiller, et la rue s'animait. Des gens à l'apparence rustique, paysans, domestiques, modestes façonniers, s'en allaient vaquer à leurs occupations.

Un violent juron lui fit faire un bond de côté, et elle attendit que passe un attelage de chevaux de traits tirant un lourd chargement de tonneaux. Soucieuse de l'éviter, elle recula sans s'en rendre compte dans un groupe de jeunes gens.

Elle ne prit conscience de leur présence que lorsqu'une voix forte s'éleva.

— Qu'est-ce que tu fiches par ici, jeune freluquet ?

Inquiète, elle pivota et se retrouva nez à nez avec un groupe de garçons. Le plus âgé, qui ne devait pas avoir plus de seize ans, vint se poster devant elle, les jambes écartées, les pouces passés dans sa ceinture.

Henrietta, qui n'en menait pas large, essaya d'évaluer la situation. C'était sans doute ce vaurien qui l'avait interpellée, et il s'agissait probablement du chef de la bande.

Un vieux chapeau crasseux posé de travers sur une masse indomptée de cheveux bruns, il la regarda d'un air suspicieux, la dominant de toute sa hauteur.

— Je ne te connais pas, toi. Qu'est-ce que tu fiches ici ?

— Je… Je ne faisais que passer, bégaya nerveusement Henrietta, en essayant de rendre sa voix plus rauque pour convenir à son accoutrement masculin.

Ébranlée par cette confrontation inattendue, elle observa avec circonspection les autres qui faisaient cercle autour d'elle.

À première vue, ils cherchaient seulement une diversion à leur ennui, mais elle devait rester prudente.

— Je dois retrouver mon oncle, dit-elle, en espérant que ça les ferait fuir. Il ne devrait pas tarder à arriver.

Un des jeunes éclata de rire et donna un coup d'épaule à Henrietta.

— Tu espères qu'il va venir à ta rescousse, hein ?

Des mains semblant venir de toutes les directions la poussèrent et la tirèrent. Puis on lui arracha son chapeau.

— Rendez-le-moi ! protesta-t-elle.

Le chapeau passa de main en main, et elle se mit à courir d'un côté et l'autre, sautant en l'air à chaque fois qu'un bras tendu le mettait hors de portée.

Après quelques minutes de ce petit jeu, qui semblait beaucoup divertir les garnements, Henrietta réussit à s'emparer de son chapeau. Elle se l'enfonça résolument sur le crâne, prête à jouer des poings s'ils essayaient à nouveau de l'en dépouiller.

Mais soudain, elle les vit battre en retraite.

Une imposante silhouette enveloppée d'une cape noire venait d'entrer dans leur cercle. Elle reconnut aussitôt l'homme dénommé Simon qu'elle avait croisé dans les bois la nuit précédente.

À la lumière du jour, il ressemblait de façon troublante aux pirates dont elle se délectait à lire les exploits. Certes, il ne portait pas de bandeau noir sur l'œil ni d'anneaux d'or aux oreilles mais, ces détails mis à part, il avait tout l'air d'un aventurier.

— Filez, espèce de vauriens, dit-il, en les houspillant à grands gestes. Je suis sûr que vous avez des choses plus intéressantes à faire que de vous en prendre aux voyageurs qui ne vous ont rien demandé.

Il regarda les jeunes s'éparpiller comme une volée de moineaux effrayés, et se tourna vers Henrietta.

— Je pensais bien que c'était toi, dit-il d'un ton sec. Tu as vraiment le don de t'attirer des ennuis.

Le cœur d'Henrietta fit un curieux bond dans sa poitrine. Elle était partagée entre le ressentiment, parce qu'il avait refusé qu'elle l'accompagne jusqu'en Écosse, et le soulagement qu'il se soit porté à son aide.

— Il faut que tu te méfies de ce genre de garçons, dit Simon. Ils rôdent un peu partout, te bousculent, et disparaissent avec ta bourse. Je suis certain qu'ils finiront un jour au bout d'une corde. Mais dis-moi, j'étais sur le point de manger un morceau. Veux-tu te joindre à moi ?

Henrietta, qui avait retrouvé son aplomb, posa sur lui son regard clair, dans lequel elle fit passer une bonne mesure de suspicion.

Elle ne lui avait pas pardonné de l'avoir abandonnée sur la lande. Et à présent, il semblait s'amuser de son humiliation face à cette bande de vauriens.

Si sa situation n'avait pas été aussi calamiteuse, elle lui aurait volontiers suggéré d'aller au diable.

— Ma mère m'a appris à ne pas parler aux étrangers, dit-elle d'un ton méprisant.

— Et elle avait raison, mais tu étais bien content de me parler, hier soir, quand tu pensais que je pourrais t'être utile.

— C'était la nuit dernière. Les choses sont différentes à la lumière du jour. Je ne veux pas qu'on me fasse l'aumône.

— Je n'offrais pas de payer ton repas. Je pensais seulement que tu pourrais avoir envie de compagnie. Mais il semblerait que je me sois fourvoyé. Le moins que tu puisses faire serait quand même de me remercier de t'avoir sauvé la mise.

— Je ne vous ai rien demandé ! répliqua fort peu gracieusement Henrietta. Je peux me débrouiller sans personne.

— C'est ainsi ?

Simon enveloppa d'un regard dédaigneux la silhouette informe, les cheveux tailladés d'une couleur indéterminée, et les vêtements tachés.

— Quand on voit à quoi tu ressembles, il est évident que tu as besoin d'être pris en main.

La mâchoire serrée, il se détourna.

Ce garçon lui promettait de fameux maux de crâne.

Et pourtant… Ces yeux verts étincelants… La rondeur veloutée des joues… La douceur de la bouche…

Assez ! lui commanda une voix intérieure. *Ta perte viendra si tu laisses ce genre de pensées prospérer.*

Cela suffisait en effet. Et malgré tout, il ne put s'empêcher de se tourner vers le cheval du gamin.

— Va chercher ta monture et viens avec moi si tu veux manger. À moins que tu ne préfères attendre le retour des jeunes ruffians…

Pivotant sur les talons, il mena son propre cheval à la main, et se dirigea vers l'auberge la plus proche.

Pétrie d'indécision, Henrietta regarda la haute et puissante silhouette s'éloigner, tandis que le creux douloureux dans son estomac lui rappelait combien elle avait faim.

Apercevant ses tourmenteurs qui rôdaient au coin de la rue, en l'observant toujours d'un air malintentionné, et bien qu'une telle décision lui coûtât, elle saisit les rênes de sa jument et s'empressa de suivre Simon.

Laissant sa monture aux bons soins du palefrenier de l'auberge, elle collait littéralement aux basques de Simon quand il franchit le seuil et pénétra dans une vaste et accueillante salle commune.

Un bon feu brûlait dans la cheminée, et des servantes chargées de lourds plateaux circulaient entre les tables.

Il y eut un mouvement d'intérêt parmi elles quand elles posèrent les yeux sur Simon, le détaillant sans vergogne. L'expression de ce dernier se radoucit tandis qu'il enveloppait l'une d'elles d'un regard appréciateur.

La fille était jeune et assez jolie, dans un genre passablement vulgaire, son corset souplement lacé contenant à peine sa poitrine généreuse.

La façon dont il la regardait apprit à Henrietta que son compagnon appréciait la compagnie féminine. Et, à la façon dont les jeunes femmes battaient des cils, il était évident qu'elles n'étaient pas indifférentes à son charme.

— Quel fardeau d'être populaire, commenta Henrietta, sans se soucier de dissimuler son sarcasme, tandis qu'elle le suivait à travers la salle.

Il haussa les épaules.

— Le fait d'être raisonnablement beau, ainsi qu'on me l'a dit, a ses avantages, Henry.

— J'imagine que les dames font cercle autour de vous tels des moustiques autour d'une chandelle.

Le beau regard de Simon s'assombrit.

— Beaucoup de moustiques, mais guère de papillons, et je dois confesser que je n'ai guère d'attirance pour les moustiques.

La matrone qui tenait l'auberge s'interrompit pour les regarder traverser la salle et s'asseoir près de la cheminée, où ils commandèrent à déjeuner.

— Tu as parcouru une belle distance, dit Simon, en ôtant son chapeau et sa cape, qu'il déposa sur le siège à côté de lui.

À contrecœur, Henrietta fit de même, avant de se caler contre le dossier de son siège, et de s'autoriser à détailler son compagnon.

La force qui émanait de Simon semblait emplir la pièce d'une telle virilité qu'elle en avait le souffle coupé, habituée qu'elle était à la complexion chétive de feu son tuteur.

Paresseusement, le regard d'Henrietta parcourut les cuisses longues et musclées sous la culotte noire glissée dans les bottes de cheval, les épaules puissantes qui tendaient la redingote bleue, les cheveux aussi noirs et luisants qu'une aile de corbeau, retenus en catogan sur la nuque.

Ayant écarté sa chaise de la table afin d'étirer ses longues jambes, Simon prenait ses aises, mais il n'y avait rien de disgracieux dans sa posture.

Il la regardait avec un certain amusement, son sourire laissant voir des dents très blanches en contraste avec sa peau brune, mais il y avait quelque chose de dérangeant dans la lueur qui vibrait au fond de son regard bleu.

La façon insistante dont il la scrutait mettait Henrietta mal à l'aise.

Avait-il vu au-delà du déguisement et découvert son secret ?

Ou bien était-il seulement consterné par son apparence négligée ?

En tant qu'homme du monde, il devait se trouver en mesure de reconnaître les subtiles différences de structure osseuse entre hommes et femmes, et il avait peut-être remarqué qu'elle ne ressemblait pas aux autres garçons.

Quoi qu'il en soit, il n'y avait aucune hostilité dans sa voix quand il s'adressait à elle.

Simon observait nonchalamment les servantes qui allaient et venaient.

Son regard s'alluma quand une belle rousse plantureuse lui fit de l'œil. Aussitôt, il réfléchit à un moyen de l'attirer à l'écart afin de l'honorer de sa virilité.

Cette évocation lui rappela Thérèse, la dernière de ses conquêtes, qu'il avait troussée dans le pavillon de musique du jardin de son père. Fille d'un aristocrate français, elle ne signifiait rien de plus à ses yeux que toutes les autres qui l'avaient précédées, mais son exceptionnelle beauté l'avait marqué.

Normalement, il ne s'autorisait pas à éprouver des sentiments. D'une nature très froide, il cultivait ce trait de caractère qui lui permettait aussi de se protéger.

À présent, alors qu'une rébellion était sur le point d'éclater, il était indispensable qu'il ne relâche pas sa vigilance. Mais il était agité, nerveux, troublé par de brûlants souvenirs qui attisaient son imagination. Imagination qui était souvent préférable à une décevante réalité.

Ses relations avec le sexe faible le laissaient souvent perplexe. Il se donnait rarement la peine de séduire une femme, étant pour certaines d'entre elles une proie très convoitée. Et le frisson de la conquête n'était pas ce qu'il recherchait.

Il était un bon amant, lui avait-on dit, et il est vrai qu'il savait comment procurer du plaisir physique à sa partenaire. Lui-même y puisait des sensations passablement agréables.

Mais où était l'extase aveuglante engendrée par la fusion mystique de deux corps en un seul ? Cela, il ne l'avait jamais expérimenté.

Détachant son regard de l'aguichante servante, il étudia de plus près son jeune compagnon. Avec ses cheveux tailladés sans rime ni raison, son petit visage pointu, ses grands yeux verts innocents, et sa fragile silhouette, le gamin était sans doute encore plus jeune qu'il ne l'avait tout d'abord pensé.

— Puisque nous déjeunons ensemble, nous devrions peut-être faire davantage connaissance, proposa-t-il. Mon nom est Simon Tremain. Je sais déjà que tu te nommes Henry, mais je n'ai pas retenu ton patronyme.

Henrietta fut aussitôt sur la défensive.

Simon lui faisait l'effet d'un grand aigle menaçant, face auquel elle se transformait en pitoyable poussin prêt à se faire occire.

— C'est parce que je ne vous l'ai pas dit, rétorqua-t-elle, peu désireuse de devenir trop familière avec un militant jacobite dont les sympathies étaient analogues à celles de son père.

Ce dernier aussi était un agent jacobite, et ses actes et conspirations contre le roi George l'avaient conduit au gibet, laissant à sa femme et sa fille la croix de sa trahison à porter.

Rien n'apaiserait jamais la profonde amertume qu'elle éprouvait à l'encontre des Jacobites. C'était une animosité qui brûlait en elle avec une féroce intensité.

Le regard de Simon vibrait de curiosité.

— Je voulais savoir, c'est tout.

Henrietta n'aimait pas parler d'elle, surtout avec des étrangers. Andrew Brody était un nom dont on se souvenait encore, et dont on continuait à faire des gorges chaudes.

— Vous posez trop de questions.

— C'est dans mes habitudes. Tu as bien un nom, n'est-ce pas ?

Comme Henry gardait le silence, Simon n'insista pas.

Observant à nouveau le jeune garçon, il ressentit pour lui une étrange sympathie. Il était assis bien droit, son fin menton fièrement levé, menant une vaillante bataille pour conserver le contrôle de lui-même. En dépit de sa tenue de vagabond, il ressemblait à un jeune prince, ses yeux étincelant comme des pierres précieuses jumelles.

Simon se radoucit.

Il comprenait l'humiliation qu'éprouvait l'enfant à se trouver rabaissé par une situation qui l'avait contraint à quitter son foyer.

— Je te demande pardon, Henry. Il n'était pas dans mon intention de faire intrusion dans ta vie personnelle. Étant moi-même une personne secrète, je respecte cela chez les autres. Tu n'as donc rien à redouter. Mais il y a quand même une chose que j'aimerais savoir. Étais-tu sérieux quand tu parlais d'aller en Écosse ? Il était question que tu ailles voir ton oncle, je crois.

Le garçon hocha la tête.

— Où vit-il, précisément ?

— À quelques miles d'Inverness. C'est assez… inhospitalier, je crois.

— Je le crois aussi.

Ils se turent quand l'aubergiste se présenta à leur table, chargée d'un lourd plateau. Elle déposa devant eux les assiettes fumantes de jambon fumé et d'œufs, ainsi que du pain, du beurre, deux pintes de bière fraîche, et une tarte aux fruits des plus appétissantes.

Incapable de résister plus longtemps aux demandes de plus en plus pressantes de son estomac affamé, Henrietta se jeta sur le pain.

Ne tardant pas à comprendre que Simon la considérait avec amusement, elle ralentit, l'air contrit. Il rit, puis reporta son intérêt sur son propre repas.

Henrietta n'avait pas dîné depuis la veille au soir, et mangea de bon appétit au début. Lorsque sa faim fut calmée, elle prit davantage le temps de savourer les mets délicieux, imitant en cela son compagnon, qui dégustait lentement chaque bouchée.

Rassasiée par la nourriture, elle céda bientôt à la douce chaleur de l'auberge, et, tandis que ses muscles éprouvés par la longue chevauchée commençaient à se décontracter, elle céda à la somnolence qui la gagnait et ferma les paupières.

Son repas terminé, Simon se tamponna les lèvres avec sa serviette, et observa une fois de plus le jeune garçon. Sa tête était retombée en arrière, et il avait les paupières closes. Visiblement, les effets de sa longue chevauchée commençaient à se faire sentir.

Plus ils passaient de temps ensemble, plus il éprouvait de curiosité à l'égard de ce jeune compagnon que le hasard avait placé sur sa route.

Il avait déjà établi qu'il ne s'agissait pas d'un garçon de basse extraction, sa façon de s'exprimer, ses manières délicates et son intelligence trahissant plutôt un gentilhomme. Sa culotte et sa chemise étaient de médiocre qualité, tandis que son visage et ses cheveux avaient grand besoin d'être savonnés. Mais ses bottes et son manteau étaient d'excellente facture. Sa jument non plus n'avait rien d'une haridelle à bout de souffle. Il s'agissait d'un pur-sang visiblement issu des écuries d'un homme fortuné.

— Que fuis-tu ? demanda-t-il tout à trac.

Henrietta ouvrit brutalement les yeux et se redressa sur sa chaise, aussitôt éveillée et sur ses gardes.

— Qu'est-ce qui vous fait penser que je suis en fuite ?

— Tu en avais tout l'air hier soir, sur la lande.

Baissant les yeux, Henrietta laissa passer quelques secondes, avant d'opiner du chef.

— Je suis dans l'obligation de me rendre en Écosse.

— Et il s'agit d'une question de vie ou de mort, si j'ai bon souvenir.

Elle hocha de nouveau la tête.

— Je préfère ne pas en parler.

S'il découvrait sa véritable identité, elle ne saurait comment faire face aux répercussions.

Et, après sa déplaisante confrontation avec les jeunes vauriens, elle prenait pleinement conscience que sa chance d'atteindre saine et sauve l'Écosse était bien plus grande si elle faisait le voyage en compagnie de cet homme.

Il restait à le convaincre.

— Et tes parents ?

Henrietta ne put retenir une larme.

— Ils ne sont plus de ce monde.

— Je suis désolé.

Il y avait dans la voix de Simon un véritable élan de

compassion, et, l'observant à nouveau, Henrietta décida qu'elle l'aimait bien.

— Il ne faut pas. Cela fait longtemps.

— Mais ils te manquent toujours.

Elle hocha la tête.

— Eh bien, tu ferais mieux de te hâter de manger ta tarte, si tu veux que nous nous mettions en route sans tarder.

Henrietta écarquilla les yeux.

Il n'en faudrait pas plus pour qu'elle reprenne courage et se sente capable de lutter contre les insidieuses influences du désespoir.

Sans compter que la protection d'un homme tel que lui serait d'une valeur sans égale sur la route. Quant à penser qu'il pourrait lui vouloir du mal, c'était là une direction qu'elle refusait de donner à ses pensées.

— Êtes-vous en train de dire que vous voulez bien m'emmener ?

Simon esquissa paresseusement un sourire. Comme si elle l'amusait.

— Je l'envisage. Mais si tu lambines en route, je n'hésiterai pas à t'abandonner. Est-ce bien clair ?

— Merci. Je vous suis très reconnaissant, dit-elle, se rappelant ses bonnes manières, et la nécessité pour elle de s'exprimer au masculin. Je ne perdrai pas de temps. Je ne peux pas me le permettre.

Parvenant difficilement à contenir son exaltation, elle ajouta :

— Je monte à cheval aussi bien que n'importe quel homme. Je pourrais même vous servir de valet. Je ne serai pas un fardeau. Mais, si vous pensez que vous avez quelque chose à craindre de moi, monsieur, alors mieux vaut ne pas m'engager. Après tout, je pourrais être un voleur prêt à vous dépouiller à la première occasion.

Simon rit aux éclats devant l'audace du garçon.

— Appelons ça de l'intuition. J'aime ton état d'esprit, Henry. J'ai confiance en toi.

Il était déjà parvenu à la conclusion que le gamin était honnête et franc. Il commençait également à penser qu'Henry pouvait être totalement exaspérant, et cependant il ne pouvait s'empêcher d'éprouver pour lui beaucoup de sympathie.

— Je suppose que tu vas maintenant aborder la question des gages.

Le regard du garçon s'éclaira.

— Combien êtes-vous prêt à me payer ?

— Rien du tout. Je t'offre uniquement les repas au cours du voyage. C'est à prendre ou à laisser.

— Je prends. Et je paierai pour mon lit. J'aime mon intimité, et j'apprécie de dormir dans ma propre chambre.

— Je ne ronfle pas, si c'est ce qui t'inquiète.

— Je n'y avais même pas songé. Comme je viens de vous le dire, je préfère être seul.

— Eh bien, c'est réglé, décida Simon, sans se départir de son sourire amusé. Mais j'espère que tu sais dans quoi tu t'aventures. Le voyage ne sera pas de tout repos, et Dieu seul sait ce qui pourra arriver.

Il redevint sérieux.

— Je dois cependant émettre une restriction à ce pacte.

Le garçon lui jeta un regard oblique.

— Qui est ?

— Tu ne dois parler à personne de la conversation que tu as surprise dans la clairière.

— Je croyais vous avoir déjà donné ma parole.

Simon hocha la tête.

— Je voulais simplement être sûr.

Henrietta se contenta de hocher la tête, fascinée par l'incroyable présence physique de son compagnon de voyage.

L'espace d'un instant, elle sentit sa résistance vaciller, mais elle s'exhorta à la méfiance. Pour la paix de son esprit, et pour sa sécurité, elle ne devait pas baisser sa garde devant lui. Elle lui était reconnaissante de lui permettre de voyager à ses côtés, mais elle devait préserver coûte que coûte sa véritable identité.

— Et pendant que nous y sommes, continua Simon, ne crois-tu pas que tu devrais te laver ?

Henrietta serra les mâchoires d'indignation.

— Conduisez-moi jusqu'en Écosse, c'est tout ce que je vous demande. Mais ne vous occupez pas de moi. Un peu de saleté n'a jamais tué personne.

La rousse aux généreux atouts, qui avait tapé dans l'œil de Simon un peu plus tôt, vint desservir leur table, en affichant un sourire provocateur.

— Ce sera tout, monsieur ? Un peu plus de bière, peut-être ?

— Non, merci. La nourriture était parfaite, répondit Simon, en lui rendant son sourire.

Lorsque la servante se fut éloignée, en balançant les hanches de façon suggestive, il s'adressa à son compagnon :

— Dis-moi, Henry, as-tu déjà connu l'amour d'une femme ? Est-ce pour cela que tu te rends en Écosse ?

Henrietta écarquilla les yeux d'indignation.

— Non, bien sûr que non.

— Il est vrai que tu es encore bien jeune. Il suffit de regarder tes yeux. Il n'y a pas en eux une étincelle d'amour. Suis mon conseil, et continue de la sorte. Les femmes sont la perte des hommes, et j'en connais quantité qui se feraient un malin plaisir de débaucher un honnête garçon comme toi.

Il s'interrompit, songeur, et Henrietta se demanda, non sans une pointe de jalousie totalement déplacée, si son compagnon de voyage avait connu beaucoup de femmes.

— Quand j'ai scruté ton regard, reprit Simon, je n'y ai vu qu'une chose : de la peur. C'est pour cela que j'ai décidé de t'emmener en Écosse. Je n'ai que faire de l'amour. Il y a bien longtemps que j'ai décidé que ce n'était qu'une perte de temps. Mais la peur… Voilà quelque chose qui me parle. Maintenant, allons-y. Je pense que nous devrions bien nous entendre.

Jetant sa cape sur ses épaules, il mit son chapeau, et sortit de l'auberge à grandes enjambées, laissant Henrietta méditer ses paroles.

Après quelques secondes d'hésitation, elle le suivit, en se demandant comment cet homme qui ressemblait à un pirate, et semblait capable d'instiller de la peur même dans les cœurs les plus aguerris, lui inspirait une telle confiance.

Elle se hissa en selle avec agilité et s'arma de courage en songeant à la longue distance qu'il leur faudrait parcourir avant d'arriver à destination.

La vaillante petite jument d'Henrietta suivait consciencieusement l'impressionnant étalon noir de Simon, tandis qu'ils se dirigeaient vers le nord.

La route était large et encombrée de voyageurs qui circulaient dans les deux sens, certains à pied, d'autres à cheval, d'autres encore en coche ou en carriole.

À mesure que les heures s'écoulaient, Henrietta sentait la fatigue l'envahir. Elle essayait de n'en rien montrer à son compagnon, mais elle était à bout de forces, et l'intérieur de ses cuisses lui faisait si mal qu'elle doutait de pouvoir à nouveau monter à cheval.

La nuit commençait à tomber quand ils arrivèrent aux abords d'un village dont la taille laissait espérer une bonne auberge, un repas copieux et un lit confortable.

Elle descendit de selle avec précaution et massa discrètement son postérieur, en regrettant de ne pas pouvoir exprimer sa douleur à haute voix par des gémissements et immerger son corps martyrisé dans un bain chaud.

Ne voulant pas révéler sa faiblesse, elle parvint à déplacer sa douloureuse carcasse avec un minimum de dignité.

Du moins le crut-elle, jusqu'à ce qu'elle surprenne le regard moqueur de Simon.

— Des courbatures, mon garçon ? Tu as le cuir trop tendre, voilà ton problème. Mais ne t'en fais pas.

Il rit aux éclats, tandis qu'il tendait ses rênes au garçon d'écurie.

— Tu t'endurciras avant d'atteindre la frontière.

— Ou je serai mort avant, marmonna Henrietta, en n'ayant aucun mal à imaginer combien elle devait sembler pitoyable à son compagnon.

— Si tu me permets de t'offrir mon aide, j'ai du baume dans mon bagage. Je pourrais te masser…

— Non, c'est impossible !

Consciente de la couleur écarlate de ses joues, Henrietta secoua la tête.

— Que se passe-t-il, Henry ? Tu as peur de baisser ta culotte devant moi ?

Elle le toisa avec irritation.

— Non. Je suis capable de m'occuper de moi, c'est tout.

Simon eut un haussement d'épaules nonchalant.

— À ta guise. Mais si tu veux mon avis, quand un garçon est aussi douillet que toi, il devrait porter une robe.

— Allez-vous cesser de vous moquer de mon apparence ? J'ai passé le cap de la première journée sans me plaindre, n'est-ce pas ?

Simon balança son sac par-dessus son épaule et sourit narquoisement.

— En effet, Henry. Mais nous en reparlerons demain matin, quand tes muscles se seront refroidis.

Il lui lança un regard oblique.

— Nous verrons alors comment tu réagiras. Il se pourrait bien que, demain soir, tu me supplies de t'appliquer ce baume.

Jamais Henrietta ne lui réclamerait son précieux baume, aussi désespérée fût-elle.

Gardant pour elle son indignation, elle leva les yeux vers Simon, et fut étonnée de voir à quel point il était beau.

Gênée sans bien comprendre pourquoi, elle abaissa la visière de son chapeau sur ses yeux et le suivit.

Quand elle s'autorisait à oublier qu'il était un homme en mission, et elle une jeune femme, le contraste entre eux était douloureusement frappant.

L'auberge était en effet spacieuse, et Simon leur procura deux chambres. Mais, avant même qu'elle ait terminé son repas, Henrietta commença à sentir les effets lénifiants du feu de cheminée et de la nourriture copieuse. Sa tête dodelinait et ses paupières se fermaient, sans qu'elle n'exerce plus aucun contrôle sur ses mouvements.

Ses jambes bottées tendues vers l'âtre, dans une posture détendue, Simon l'observait, et elle songea qu'il devait avoir conscience de son épuisement.

Elle en eut confirmation quand il prit la parole.

— La journée a été longue, dit-il d'une voix douce. Tu dois être cuit.

— Oui, c'est vrai. Et demain, ce sera pareil.

— Ainsi que le jour suivant.

Avec un soupir, Henrietta se passa la main dans les cheveux.

Simon l'observait toujours et, quand leurs regards se croisèrent, il détourna vivement la tête.

À ce moment, elle réalisa combien il se tenait proche d'elle. Il avait le visage un peu rouge. Sans doute la proximité du feu. Ou cette bière qu'il avait bue un peu trop rapidement…

— Va te coucher et repose-toi autant que tu peux, dit Simon d'un ton étrangement sec. Je viendrai frapper à ta porte demain matin.

Le soleil n'était pas encore levé quand Henrietta fut brutalement tirée du sommeil par des coups violents frappés à sa porte.

Les yeux à demi fermés, elle enfila ses vêtements et ses bottes, et alla ouvrir.

— Il est tard ! déclara Simon, sur un ton de reproche. Dépêche-toi de venir déjeuner, pour que nous puissions prendre la route.

Henrietta le suivit sans rien dire, chaque pas lui provoquant des douleurs dans tout le corps, conséquence de la chevauchée de la veille.

Le déjeuner avalé à la hâte, ils reprirent leur périple.

Le ciel était couvert, mais il ne pleuvait pas, et vers midi le soleil se mit à taper fort sur leurs têtes.

Henrietta sortit un mouchoir de sa poche et s'essuya le visage et la nuque.

Elle changea de position sur la selle pour essayer de soulager son inconfort.

La journée était exactement identique à la précédente, et à celle d'avant. À part les arrêts occasionnels pour manger et étancher leur soif, Simon ne lui laissait aucun répit. Elle ne s'en plaignait pas, cependant, car elle était déterminée à lui prouver qu'elle pouvait suivre la cadence.

Bien qu'elle puisât de l'assurance dans le fait qu'il n'avait toujours pas deviné son secret, elle se demanda s'il était incapable de voir au-delà de la saleté sur son visage et de ses vêtements mal taillés, puisque c'était sur cela qu'il ne cessait de la critiquer.

Bien sûr, il ne pouvait pas savoir, quand il la menaçait

de la plonger dans la rivière pour la nettoyer, l'effort que cela lui demandait de salir chaque jour son visage et ses cheveux.

Aussi mal à l'aise qu'elle fût dans son déguisement de garçon, elle était incapable de s'en débarrasser.

Plus ils progressaient vers le nord, plus les routes devenaient calmes.

On était au beau milieu de l'après-midi, et ils s'arrêtèrent près d'une rivière, pour manger le pain et le fromage qu'ils avaient achetés dans le dernier village qu'ils avaient traversé, une pittoresque bourgade jalonnée de charmants cottages aux abords fleuris.

Profitant de cette pause inespérée, Henrietta s'offrit le luxe d'ôter ses bottes et de tremper ses pieds dans l'eau fraîche.

Avec un soupir de satisfaction, elle ferma les yeux et offrit son visage au soleil, attentive au clapotis de l'eau, aux stridulations des insectes dans les hautes herbes, à la caresse légère de la brise tiède et parfumée.

Quand ils se remirent en selle, Simon se montra silencieux et pensif, maintenant sa monture au pas à côté de la jument de son compagnon.

Au cours du voyage, malgré sa promesse de respecter la vie privée du jeune garçon, il avait tout fait pour découvrir pourquoi celui-ci voulait à ce point gagner l'Écosse. Mais, avec un talent de l'esquive étonnant chez quelqu'un de cet âge, Henry avait réussi à ne donner que des réponses vagues et générales, tout en restant amical.

Simon n'en savait donc pas plus qu'au moment d'entreprendre ce périple et, à dire vrai, il s'inquiétait de ce qui pourrait arriver à son jeune ami une fois qu'ils auraient atteint Édimbourg et que leurs chemins se sépareraient. Privé de sa protection, Henry deviendrait la proie des mille et un dangers guettant les voyageurs solitaires.

Ne pouvant masquer son appréhension, il se tourna vers le garçon.

— Quand nous serons arrivés à Édimbourg, je pourrais te trouver une escorte pour t'accompagner jusqu'à Inverness, proposa-t-il.

— Merci, Simon, mais ne vous inquiétez pas pour moi. Je vous suis reconnaissant de m'avoir permis de voyager avec vous, mais je suis capable de terminer le trajet seul. Vous ne me devez rien.

— Tu ne m'as jamais dit pourquoi tu fuyais.

— Je ne veux pas vous impliquer dans quelque chose qui ne vous concerne pas. Vous avez suffisamment de problèmes comme ça.

Simon soupira.

— Tu es un garçon têtu, Henry.

— Je pourrais dire la même chose de vous. Depuis que nous sommes ensemble, pas une fois vous n'avez baissé votre garde.

— Ce n'est pas intentionnel, je te l'assure. Mon esprit est occupé par ce qui est en train de se passer de l'autre côté de la frontière.

Il chercha le regard de son compagnon.

— Contrairement à toi, Henry, je n'ai rien à cacher. Que veux-tu savoir ?

Henry haussa les épaules.

— À dire vrai, je n'y ai pas réfléchi.

— Eh bien, je commencerai par te dire que j'ai été éduqué en France, comme la plupart des enfants de famille catholique d'Angleterre ou d'Écosse. Je me suis ensuite engagé dans l'armée, et j'ai servi à l'étranger.

— Êtes-vous marié ?

Simon détourna les yeux.

— Non.

— Vous avez donc été soldat. C'est bien plus que je n'en savais il y a quelques minutes. Que faites-vous, maintenant ?

— Je suis les injonctions de ma religion et de ma conscience.

— Ce qui n'est pas sans danger.

— Surtout dans le climat actuel. Mais je suis toujours lent à exprimer mon opinion. En ces temps de persécutions contre les catholiques en Angleterre, étant donné que le roi et ses ministres n'ont aucune intention de tolérer l'ancienne religion, il est prudent de rester sur ses gardes. C'est pourquoi les Tremain ont pu garder leur titre et leurs terres. Peu de familles peuvent en dire autant.

Henry s'étonna :

— Vous avez un titre ?

Simon s'amusa de sa réaction.

— J'en ai peur.

— Qu'est-ce ? Comment dois-je m'adresser à vous ?

— Je suis Lord Simon, James, Talbot-Tremain. Mais tu peux continuer à m'appeler Simon.

— Ainsi, vous êtes un lord et vous êtes fortuné, mais vous vous trouvez sans attache. C'est bien égoïste de votre part.

— Pourquoi cela ?

— Après avoir vu comment les femmes tombent à vos pieds quand vous entrez dans une pièce…

— Tu fais allusion aux servantes dans les auberges, remarqua Simon avec un sourire amusé.

Henry haussa les épaules.

— Et alors ? Quelle est la différence ? Les femmes réagissent toutes de la même façon et, même s'il m'est pénible de le reconnaître, car je n'ai aucune envie de vous flatter, vous êtes un bel homme.

Simon ne chercha pas à jouer les modestes.

— Sans doute. Et alors ?

— J'imagine que les femmes du royaume n'accorderont pas un regard aux autres gentlemen tant que vous ne serez pas marié.

Simon ne comprit pas son raisonnement.

— Où veux-tu en venir, petit ?

— Eh bien, il me semble que c'est égoïste de votre part de les laisser attendre ainsi, alors qu'elles pourraient trouver chaussure à leur pied ailleurs.

Simon éclata de rire.

— Serais-tu donc un expert en relations amoureuses ?

Henry leva les yeux au ciel.

— Parlons d'autre chose. Si la conversation que j'ai surprise entre vous et vos amis jacobites reflète la vérité, et que Charles Stuart est vraiment en Écosse, alors, un événement extraordinaire se prépare. Va-t-il y avoir un soulèvement ?

Simon ne répondit pas tout de suite. Et quand il le fit, ce fut en choisissant soigneusement ses mots.

— Ce n'est pas aussi simple. Je suis assailli par une multitude de questions, mais je ne trouverai de réponses fermes qu'une fois l'Écosse atteinte.

— Pensez-vous que les catholiques gagneront ?

L'humeur de Simon s'assombrit. Bien qu'il parût calme et maître de lui-même, son esprit bouillonnait sous l'effet de pensées contradictoires.

— Tout dépend du soutien dont Charles Stuart bénéficiera de chaque côté de la frontière.

— L'avez-vous rencontré ? Comment est-il ?

Simon hocha la tête.

— Il est jeune, avec beaucoup de charme et de dignité.

— Et cela suffit-il pour l'amener en Écosse afin de mener une armée de restauration ?

— Il faut attendre pour le dire. J'étais à Paris récemment, et le projet ne semblait pas intéresser les aristocrates français.

Il eut une moue désabusée.

— Une chose est certaine : quelle qu'en soit l'issue, il y aura du changement pour les catholiques. En cas d'échec, ils seront condamnés, ici comme à l'étranger. Tous ceux ayant un lien avec le soulèvement seront arrêtés. Il sera en effet difficile d'échapper aux conséquences si nous sommes accusés de rébellion et de trahison. Des hommes ont perdu la tête pour moins que ça.

Il glissa un regard à Henry.

— Tu sais, les protestants n'hésitent pas à envoyer des gens au gibet simplement parce qu'ils disent que James Stuart a le droit de réclamer le trône.

— Que Dieu vous vienne en aide, murmura Henrietta.

Touchée en plein cœur par les paroles de Simon, elle se rappelait la tragédie qui l'avait privée de son père.

Son compagnon de route ne dit rien, et se contenta de la dévisager avec surprise.

— Êtes-vous en faveur de la rébellion, Simon ?

— En un mot : non. Mais je suis catholique et je dois soutenir la cause. Cela fait des années que nous conspirons pour restituer le trône aux Stuarts.

Henrietta pinça les lèvres.

— Cela, je le sais bien, dit-elle en songeant à la dévotion de son père pour la cause.

Simon lui lança un regard surpris.

— Que veux-tu dire ?

— Rien. Je pensais à voix haute.

Elle détourna le regard.

— Regardez, les nuages se rassemblent. Je crois qu'il va pleuvoir avant la tombée de la nuit.

— Tu as raison.

Simon marqua une courte pause, où se devinait son embarras.

— Excuse-moi si mes paroles t'ont fait peur. Il n'était pas dans mes intentions de te troubler.

L'intonation de Simon était étonnamment douce, et Henrietta sentit qu'elle rougissait.

Il avait le visage tourné vers elle et affichait une étrange expression qu'elle ne lui avait jamais vue auparavant.

— Ne vous inquiétez pas pour moi, je ne suis pas, contrairement aux apparences, une petite nature. Et n'oubliez pas que ma seule raison d'aller en Écosse est de retrouver mon oncle. Mais à présent que je sais à quoi m'en tenir, je vais pouvoir anticiper le danger et agir en cas de besoin.

— Le tableau n'est peut-être pas aussi sombre, protesta Simon. Je peux me tromper.

— Mais vous pourriez aussi avoir raison, marmonna Henrietta.

Puis elle lança son cheval au galop, alors que les premières gouttes de pluie commençaient à tomber, et qu'un grand coup de vent balayait la lande.

Chapitre 3

À Londres, une peur insidieuse envahissait l'âme sombre de Jeremy Lucas.

Alors qu'il pensait avoir à portée de main tout ce à quoi il avait toujours rêvé, et qu'il commençait à former de brillants projets, tout s'effondrait.

Pendant des années, il avait convoité la fortune de son oncle, puis il avait fini par perdre patience. Le baron Charles était en excellente santé et risquait de vivre encore une dizaine d'années.

Fort heureusement, il avait trouvé la solution pour s'en débarrasser, et tout allait pour le mieux.

Jusqu'à ce jour, où il lui semblait que le monde qui l'environnait avait brutalement volé en éclats.

Jamais il ne lui était venu à l'esprit qu'il pourrait y avoir un problème. Mais, après avoir fouillé la maison de fond en comble, et constaté qu'il ne parvenait pas à mettre la main sur les papiers de son oncle — registres de comptes et actes de propriété —, il avait cédé à la panique.

Les choses ne s'étaient pas arrangées quand un dénommé Me Goodwin s'était présenté au domaine et avait demandé à s'entretenir avec Miss Brody.

Lorsque le visiteur lui avait appris qu'il était le notaire de feu son oncle, et que tous les biens du défunt avaient été légués à Miss Henrietta Brody, Jeremy n'avait pas eu l'ombre d'une hésitation. Il avait mis fin aux jours du respecté homme de loi, d'un coup d'épée bien placé, et avait jeté son cadavre dans la Tamise.

Au moment de détruire le testament, et ce afin de se prévaloir de l'ancienne version toujours détenue par Brathwaite, Jeremy avait découvert, inscrit en caractères bien lisibles, que le nouveau document était assorti d'une copie.

Bien sûr, qu'il y avait une copie !

Pourquoi n'y avait-il pas pensé avant ? Il était pourtant suffisamment averti des pratiques légales pour savoir que le testament en la possession de Goodwin n'était pas le seul et unique en son genre.

Mais où se trouvait le second document ?

Jeremy s'était mis en quête de Braithwaite et, après une courte délibération, les deux hommes avaient conclu que la seule personne à pouvoir les éclairer sur le sujet n'était autre qu'Henrietta.

Peut-être même cette maudite sorcière Écossaise avait-elle mis les voiles avec la copie du testament…

Jeremy songea vaguement qu'il aurait été bien inspiré de s'en aviser avant ou, à tout le moins, de la fouiller avant qu'elle quitte la maison.

Mais l'heure n'était pas aux lamentations. Il était impératif qu'il la retrouve avant qu'elle ne remette le document à un homme de loi, et que son affaire ne passe en justice.

Un cri de rage lui échappa tandis qu'il évoquait Henrietta Brody.

La petite peste allait payer, et payer cher.

Où avait-elle pu aller ?

Elle n'avait aucun ami susceptible de l'accueillir, et son seul parent était son oncle. Ce dernier résidait près d'Inverness, si sa mémoire était bonne.

Peu importe, il allait la trouver.

Dût-il pour cela retourner chaque pierre de ce fichu pays d'Écosse.

Simon et son compagnon avaient traversé le Northumberland.

Située entre Tyne et Tweed, la région où Romains et Normands avaient laissé leur marque se composait pour l'essentiel de rivières et de forêts. Mile après mile, ils avaient chevauché entre collines et vallées, longé jusqu'à Cheviot de longues crêtes à la beauté immémoriale.

Enfin vint le moment où ils franchirent la frontière avec l'Écosse, traversant les villes historiques de Jedburgh, Melrose et Kelso, qui portaient encore la marque de la destruction cruelle et dépourvue de sens engendrée par la guerre et les répressions politique à travers les siècles.

Malheureusement, le temps qui avait, pour l'essentiel, été clément se déchaîna avec une alarmante sauvagerie.

Subissant force averses depuis qu'ils avaient quitté l'hôtellerie où ils avaient passé la nuit, les deux cavaliers faillirent bien souvent être désarçonnés par la violence du vent, tandis que leurs malheureuses montures pataugeaient dans des chemins transformés en bourbiers.

Henrietta n'en menait pas large. Son corps, martyrisé par neuf jours de chevauchée, était à bout, et le poids de ses vêtements détrempés et glacés ne faisait qu'ajouter à son calvaire.

Un petit gémissement de désespoir lui échappa quand un éclair déchira le ciel, bientôt suivi d'un bruyant roulement de tonnerre.

Comme elle jetait un coup d'œil à son compagnon, dont la silhouette découpée sur fond de ciel gris évoquait quelque monstre diabolique, une violente rafale de vent souleva sa cape, lui façonnant comme deux ailes.

Elle talonna sa jument pour l'inciter à presser le pas, mais la pauvre bête était épuisée. Le sol boueux collait à ses sabots, ralentissant sa progression et sollicitant à l'excès sa force musculaire.

Découragée que les circonstances leur soient si peu favorables, Henrietta faisait tout son possible pour ne pas pleurer. Mais l'envie de laisser éclater ses sanglots fut vite oubliée quand un éclair éblouissant fila à travers les arbres et frappa un grand pin.

La foudre fendit le tronc en deux, aussi aisément qu'une brindille sèche, provoquant un déconcertant jaillissement d'étincelles.

La partie supérieure du pin s'abattit au sol dans un bruit assourdissant, arrachant quelques branches aux arbres environnants et frôlant le visage d'Henrietta.

Terrorisée, sa jument se dressa sur ses postérieurs en hennissant, et s'élança au galop.

Immédiatement, Simon s'élança à la rescousse de son jeune compagnon, dont il imaginait aisément la frayeur.

Saisissant la bride pour arrêter la jument, il essaya de calmer l'animal.

— Doucement, ma belle, doucement.

La jument s'apaisa quelque peu, mais continua à frissonner et renâcler sous la pluie.

Inquiet du sang qui coulait sur le visage de son compagnon, Simon cria, pour couvrir le bruit de l'orage :

— Henry ? Est-ce que tu vas bien ?

N'obtenant pas de réponse, Simon mit pied à terre, et fit glisser Henry de sa selle.

Toutes ses forces semblaient avoir abandonné le garçon qui, incapable de se tenir debout, tomba à genoux dans la boue.

Sans hésiter, Simon le souleva dans ses bras et le hissa sur le dos de son étalon. Puis il attacha la jument derrière sa selle et enfourcha sa monture, en passant un bras autour de la taille d'Henry pour l'aider à garder son équilibre.

Tandis que le corps du garçon s'affaissait contre son torse, sa tête dodelinant contre son épaule, il reprit sa chevauchée sous la pluie.

La pluie battante s'était transformée en une bruine insidieuse et lancinante.

Enveloppés par le manteau opaque de la nuit, ils cheminaient depuis une éternité, et seul le bras ferme de Simon passé autour de sa taille empêchait Henrietta de tomber.

Elle l'entendait qui l'exhortait à rester éveillée, mais sa voix semblait distante et étouffée.

Quand il avait ouvert sa cape pour l'attirer plus étroitement contre lui, elle n'avait pas trouvé la force de résister, et avait appuyé sa tête contre le torse aussi solide que le tronc d'un chêne.

Vaincue par l'épuisement, ses membres engourdis par la bruine qui s'enroulait autour d'elle et lui coupait le souffle, elle finit par sombrer dans le néant.

Apercevant enfin la silhouette familière de son manoir qui se découpait dans la brume, Simon exigea un dernier effort de sa monture et lui fit presser le pas vers l'écurie.

Sautant à terre, il donna des ordres au palefrenier qui était sorti pour voir qui venait d'arriver.

Découvrant le maître des lieux, le domestique s'empressa de prendre les rênes des deux montures épuisées, et regarda avec stupeur sa seigneurie soulever dans ses bras la silhouette inerte d'un jeune garçon.

Transportant son compagnon jusqu'à la maison, Simon entra dans le hall à grand bruit, ce qui attira aussitôt l'attention d'Annie Atwood, la gouvernante du domaine Barradine.

Ravie du retour du maître, elle se rembrunit aussitôt quand elle découvrit qu'il transportait une personne blessée.

— Oh ! Seigneur ! s'écria-t-elle, en observant le pâle visage abandonné contre l'épaule de Lord Simon. Est-ce grave ?

— Ce n'est rien de plus que de la fatigue et une coupure à la tête, Annie. Et le garçon est trempé jusqu'aux os. Je vais l'emmener à l'étage. Demandez qu'on lui prépare un bain et de la nourriture.

Le front plissé de perplexité, Annie regarda sa Seigneurie traverser le hall et emprunter le vaste escalier.

« Un garçon » ?

Il était pourtant évident, pour quiconque possédait deux yeux et un peu de bon sens, qu'il ne s'agissait aucunement d'un garçon.

Émergeant du néant, Henrietta réalisa, non sans soulagement, qu'elle n'était plus submergée par un sentiment d'inconfort.

Son corps était étendu sur un lit, un oreiller glissé sous sa tête, et, si elle ressentait encore une impression d'humidité dans tout le corps, elle avait plus chaud qu'auparavant.

La seule chose qui la dérangeait, c'était cette vive lumière dans ses yeux.

Fermant fort les paupières, elle essaya de l'éviter. N'y parvenant pas, elle finit par risquer un coup d'œil à travers ses cils baissés, et découvrit que le coupable n'était autre qu'une lampe à huile posée sur la table de chevet.

Une forme indistincte était penchée sur elle, qui prit bientôt l'apparence de Simon. L'air sombre et pensif, il avait la main près de sa gorge, suffisamment près pour qu'elle puisse percevoir la chaleur de sa peau.

Réalisant qu'il s'apprêtait à déboutonner sa chemise, elle s'affola et ne put s'empêcher de crier un « non ! » retentissant, avant de repousser brusquement la main de Simon.

— Je suis content de voir que tu es toujours en vie, dit-il. Tu dormais si profondément que je me demandais si tu allais te réveiller. Ne bouge pas, et laisse-moi t'enlever ces oripeaux, avant que tu ne prennes froid.

Bien décidé à ce que rien ne l'empêche de lui ôter ses vêtements mouillés, il commençait à dénouer le lien autour du cou, quand Annie s'interposa, l'air horrifié.

— Arrêtez, milord. J'ai quelque chose à vous dire.

— Qu'est-ce donc ?

— Eh bien… Ce n'est pas facile à dire, marmonna la gouvernante.

— Foin de circonvolutions, Annie. Exprimez simplement votre pensée.

— C'est un bien bon déguisement que votre ami a adopté. Et vous vous êtes apparemment laissé duper. Mais, en réalité, il s'agit…

La gouvernante, comme embarrassée de son audace, n'osa pas terminer sa phrase.

Le cœur d'Henrietta se mit à battre plus vite tandis que les pans de sa chemise s'ouvraient.

Consciente que son secret n'en serait bientôt plus un, elle essaya de se redresser, mais elle était toujours faible.

Le visage crispé par une expression sévère, Simon ignora les mains qui frappaient les siennes et essayaient de les repousser, et finit par ouvrir la chemise.

À peine dissimulée par une fine et transparente camisole de batiste, apparut la pâle rondeur d'un sein.

Son regard se figea, tandis que son esprit refusait la réalité. Puis les fenêtres de sa compréhension s'ouvrirent tout à coup, comme sous l'effet d'une violente bourrasque.

Horrifié, il eut un mouvement de recul.

Le garçon… son compagnon de voyage qu'il avait pris pour un garçon… n'était finalement pas un garçon.

Comment avait-il pu se laisser abuser ainsi ?

Était-il fou ?

Était-il aveugle ?

Et cependant, il était bien excusable. « Henry » ou quel que soit son prénom, avait gardé son chapeau baissé sur son visage presque en permanence. Il avait caché sa silhouette sous des nippes informes et modifié le son de sa voix.

Quant à lui, il n'avait aucune raison d'imaginer que « il » était « elle ».

Non, vraiment il n'avait pas de reproche à se faire.

En deux enjambées, il fut de nouveau auprès d'elle, conscient que son visage se tordait de fureur et que ses yeux lançaient des éclairs.

Lorsqu'elle voulut rabattre les pans de la chemise sur sa poitrine, il lui saisit rudement le poignet, lui arrachant un cri de douleur.

— Lâchez-moi ! protesta-t-elle en se débattant. Je vous en prie, Simon.

La rage bouillonnait en lui tel un acide corrosif, détruisant les sentiments d'affection qu'il avait développés pour le jeune garçon, qui s'avérait finalement être une fille… ou plutôt une jeune femme.

— Allez-vous vous calmer, fichue petite traîtresse ? siffla-t-il entre ses dents serrées.

Comme elle n'obtempérait pas, il augmenta la pression de ses doigts sur les os délicats de son poignet.

— Lâchez-moi, répéta-t-elle d'un ton plus suppliant que la première fois. Vous me faites mal.

— Tenez-vous tranquille, alors.

Penché au-dessus d'elle, il avait conscience de son attitude menaçante, mais quelque chose s'était détruit en lui, et il était incapable de contrôler ses émotions.

Lentement, elle se calma, et Simon desserra son emprise. Mais, sous l'effet de l'intense frustration qu'il ressentait à avoir été dupé ainsi, son regard demeurait sévère.

Ce garçon, ou plutôt cette fille, méritait une bonne leçon.

— C'est mieux, dit-il. Mais je crois qu'il est temps de parler. À quoi jouez-vous, que diable ? Qu'avez-vous à dire pour expliquer ce subterfuge ?

Envahie par un profond désespoir, Henrietta se laissa retomber contre son oreiller.

— Je peux… Je peux vous expliquer, dit-elle, en croisant sur sa poitrine les pans humides de sa chemise. Je suis d'ordinaire une personne honnête, croyez-moi. Mais il est parfois nécessaire de dissimuler la vérité.

— Ce que vous essayez de dire, c'est que vous mentez lorsque cela vous arrange.

— Pas du tout.

Henrietta aurait voulu protester avec virulence, mais elle n'en avait pas la force.

Elle éprouvait une vive douleur à la tête, là où la branche l'avait heurtée. Et elle était si épuisée qu'elle ne parvenait même plus à rougir sous le regard que Simon posait avec insistance sur sa poitrine, dessinée avec une rare indécence par l'étoffe devenue transparente de sa chemise.

— Dans ce cas, ayez l'obligeance de vous expliquer clairement, Miss Je-ne-sais-qui. Je vous écoute.

D'un regard froid, il lui enjoignit de répondre.

— Je croyais que vous aviez confiance en moi. Pourquoi ne m'avez-vous pas dit que vous portiez un déguisement ?

Henrietta s'accorda quelques secondes de réflexion.

Certes, elle était à bout de forces et avait grand besoin de sommeil, ce qui réduisait sa capacité à raisonner rationnellement, mais elle possédait encore suffisamment de présence d'esprit pour ne pas révéler ce qui l'avait incitée à partir de chez elle.

— Je m'appelle Henrietta, finit-elle par répondre. Et si je ne vous ai rien dit, c'est parce que je savais que vous ne voudriez pas m'aider si vous aviez su que j'étais une fille déguisée en garçon. Cela vous aurait peut-être amusé, mais vous vous en seriez servi contre moi.

Malgré lui, Simon sentit sa colère s'apaiser, tandis que son cœur s'ouvrait à l'écoute des paroles plaintives de la jeune fille.

Elle avait raison. S'il avait eu connaissance de la vérité, il n'aurait pas toléré la situation, et lui aurait ordonné de rentrer chez elle.

Il la dévisagea, soudain sur ses gardes.

— Quel âge avez-vous ?

— Dix-huit ans.

Il laissa échapper un soupir de soulagement.

— Je craignais que vous ne soyez beaucoup plus jeune. Eh bien, jeune lady, je ne sais pas qui vous êtes, mais je ne suis pas stupide au point d'ignorer qu'une jeune femme respectable ne sort pas de chez elle sans être dûment chaperonnée.

Il vit Henrietta détourner les yeux avec embarras.

— J'en conclus que, soit vous n'êtes pas respectable — ce dont je doute, étant donné la délicatesse de vos manières et le raffinement de votre langage — soit vous traversez une cruelle épreuve. J'avoue n'avoir aucune idée de ce qui vous a fait quitter votre demeure et adopter une telle tenue. Peut-être auriez-vous l'obligeance de m'expliquer ce que vous faisiez seule sur la lande cette fameuse nuit ?

— Pour votre gouverne, sachez que j'ai été mise à la porte de chez moi. Mes tuteurs sont décédés, et je n'ai nulle part où aller. Hormis chez mon oncle paternel, qui vit près d'Inverness, ainsi que je vous l'ai dit.

Rongé par la curiosité, Simon avait envie de savoir qui l'avait forcée à fuir sa maison et à se faire passer pour un garçon. Mais il sentait combien elle répugnait à s'expliquer.

Il n'était pas insensible non plus à son épuisement et à sa vulnérabilité, et la galanterie commandait qu'il la ménage.

Par ailleurs, il savait d'expérience qu'elle avait besoin d'une personne en qui avoir confiance, pas d'un inquisiteur cherchant à lui extirper ses secrets.

La pensée que cette naïve jeune femme aurait pu, n'eût été sa présence providentielle, entreprendre seule ce long périple l'effarait rétrospectivement. À l'évidence, elle n'avait aucune idée de ce à quoi elle s'exposait quand elle avait décidé de se lancer dans cette aventure.

Ôtant sa cape humide, il la déposa sur le dossier d'une chaise, où Annie la récupéra, en laissant entendre un petit claquement de langue désapprobateur.

Lorsqu'il se tourna à nouveau vers Henrietta, elle s'était levée, et tanguait sur ses pieds, l'air hébété.

Étouffant un juron entre ses dents, il se précipita vers elle et l'aida à se recoucher, surpris de constater combien elle était fine et délicate. Ses traits étaient tirés, et sous ses yeux des ombres mauves donnaient à ses joues une apparence creusée.

À dire vrai, la vision passablement pitoyable qu'elle offrait eut raison de ce qu'il lui restait de colère.

— Maintenant que vous savez que je ne suis pas un garçon, je vous supplie de ne pas me jeter dehors. Je ne peux pas faire demi-tour.

La voix était basse, mais Simon perçut quand même la peur qui l'altérait.

Il savait qu'elle était terrorisée. Ses mains étaient croisées sur son estomac, comme si elle était en prière, et sa frêle silhouette tremblait.

Comment aurait-il pu lui tourner le dos ?

— N'ayez pas peur, dit-il enfin.

Elle sursauta, comme s'il l'avait frappée.

— Peur ?

Elle riait à présent, d'un petit rire contenu, mais distinctement sarcastique.

— Vous ne savez pas ce qu'est la peur, milord.

— Erreur, mon garçon… Je veux dire, miss. Je connais la peur. Elle m'accompagnc chaque jour, et son ombre pèse sur mon épaule depuis trop longtemps. Oui, je la connais, et je sais que vous l'éprouvez.

Il marqua une courte pause.

— Je n'en connais pas la cause mais sachez que vous n'avez aucune raison d'avoir peur de moi.

Elle soutint son regard, et Simon crut lire un apaisement dans ses yeux verts.

— Merci. Mais, je vous en prie, Simon, j'ai besoin de sommeil.

— Vous vous sentirez mieux après un bain et un bon repas.

Il se tourna vers la gouvernante.

— Veuillez vous en occuper, s'il vous plaît, Annie.

Prenant le menton d'Henrietta entre ses doigts, il se pencha pour observer de plus près la blessure qu'elle avait à la tempe.

— Il n'y a pas à s'inquiéter. Ce n'est qu'une égratignure, et ce sera bientôt guéri. Mais vous allez avoir un bleu pendant quelques jours.

Il se redressa, avant d'ajouter :

— Je vais me changer, et je reviens. En attendant, ne bougez pas. C'est compris ?

Elle plissa le front, comme s'il lui demandait un effort surhumain, puis elle finit par hocher la tête et remonta le plaid sur ses frêles épaules.

Lorsque Simon revint dans la chambre, porteur d'une tasse de brandy agrémenté de citron et d'eau chaude, une vague d'air parfumé le frappa en plein visage.

Un grand feu avait été allumé dans la cheminée, et un paravent avait été déployé à proximité.

Déposant la tasse sur une console, Simon contourna l'écran et s'arrêta net en découvrant Henrietta plongée, entièrement nue, dans un baquet.

Elle avait les paupières closes, et il fut tout d'abord tenté de la réveiller. Mais, cela l'aurait privé du plaisir de la contempler.

Il était médusé, pas seulement par la vision de tant de joliesse, mais aussi par cette innocente impudeur qui n'était possible que lorsqu'on ne se croyait pas observé.

La regarder l'enchantait et le troublait jusqu'au plus profond de son être.

Avant cet instant, il ne se serait jamais imaginé éprouver autant de contentement à regarder une femme dévêtue. La sensation était inédite, comme si un immense frisson courait à travers tout son corps. Le simple fait de regarder l'eau savonneuse caressant ces deux petites orbes jumelles de féminité lui procurait un plaisir si fort qu'il en avait presque mal.

Un peu plus tôt, ayant réussi à ôter ses vêtements avec l'aide d'Annie, et à grimper dans le baquet sans tomber, Henrietta s'était plongée dans l'eau avec un profond soupir, et s'était offert le luxe de se détendre quelques minutes dans l'eau chaude.

Puis elle s'était longuement savonné le corps et les cheveux, avec le sentiment d'évacuer tous les désagréments de son voyage et de se purifier.

Enfin, elle avait reposé sa tête contre la partie haute du baquet, celui-ci étant juste assez long pour qu'elle étende ses jambes, et avait contemplé d'un air absent les flammes qui dansaient dans l'âtre, jusqu'à ce que ses paupières se ferment et qu'elle s'endorme.

Henrietta perçut vaguement le bruit d'une porte qui s'ouvrait et se refermait mais, s'imaginant au domaine du baron et de la baronne Lucas, et songeant qu'il s'agissait d'une femme de chambre venue l'assister pour sortir de son bain, elle ne réagit pas.

Soudain, l'impression d'être espionnée la tira de sa douce somnolence, et elle se redressa. La panique l'envahit quand elle ne reconnut pas son environnement. Des chandelles éclairaient la zone autour d'elle d'une douce lumière dorée, et la chaleur d'un feu de cheminée lui caressait le visage.

Tout lui revint brusquement.

Tournant la tête, elle découvrit que Simon l'observait, laissant courir son regard avec une lenteur délibérée sur ses cheveux, son visage, et ses épaules, avant de s'arrêter sur ses seins nus.

Avec un petit cri, elle croisa les bras sur sa poitrine, consciente que l'eau savonneuse n'offrait guère de refuge au reste de son corps.

Très élégant dans sa redingote vert foncé et son pantalon gris, Simon se tenait si proche qu'elle n'avait aucun mal à discerner les moindres détails de son visage. Comment ne pas être troublée par cet air désinvolte, ce sourire insolent, l'intensité brutale de ce regard ?

Alors qu'elle le regardait avec fascination, il lui apparut qu'elle aurait dû être fâchée de cette intrusion. Mais, avant qu'elle ait eu le temps de lui faire une réflexion, il s'avança jusqu'au pied du baquet.

Se sentant soudain intimidée et vulnérable, elle écarquilla les yeux.

S'il s'était agi de quelqu'un d'autre, elle aurait crié. Mais c'était Simon, et elle savait qu'il ne lui ferait aucun mal.

— Depuis combien de temps m'observez-vous ? demanda-t-elle.

Il parut amusé.

— Depuis assez longtemps pour en conclure que cela valait la peine de faire le voyage jusqu'ici avec vous.

— Vous auriez dû signaler votre présence !

— Et me priver ainsi du plaisir de vous contempler ?

La chaleur de son intonation la fit rougir. Troublée par la façon dont il la scrutait, et par le fait qu'il avait délibérément omis de signaler sa présence, elle choisit soigneusement ses mots et les prononça distinctement, comme si elle s'adressait à une personne un peu lente d'esprit.

— Simon, j'apprécierais énormément que vous me laissiez prendre mon bain tranquillement pour me débarrasser des miasmes du voyage. J'ai l'impression d'avoir été traînée à travers un étang. Le fait de ne pas pouvoir faire correctement ma toilette durant ce périple m'a été très pénible. C'est pourquoi j'aimerais beaucoup poursuivre ce moment de détente.

— Vous dormiez. Et vous aviez l'air si heureuse que je ne voulais pas vous déranger.

Henrietta n'était pas d'humeur à ce badinage.

— Eh bien, vous m'avez dérangée. Il est terriblement inopportun de faire intrusion dans mon intimité. Avez-vous pour habitude d'entrer ainsi dans les chambres des ladies ?

Elle essayait d'employer un ton choqué mais, à dire vrai, elle était si fatiguée qu'elle s'en moquait un peu.

— Cela dépend de la lady.

De moqueuse, l'expression de Simon se fit soudain plus concernée.

— J'imagine que l'eau chaude a détendu vos muscles endoloris. Mais puis-je vous rappeler ce baume dont je vous ai déjà parlé ? Je serais ravi, si vous le souhaitez, de l'appliquer sur vos… parties douloureuses. Cela en apaisera les raideurs.

— Je pense que votre gouvernante est déjà horrifiée de me savoir ici seule avec vous. Par conséquent, je doute qu'elle approuve votre proposition.

— Et pourquoi cela ?

N'ayant d'autre idée en tête que de l'aider, Simon était quelque peu agacé par l'entêtement que mettait Henrietta à lui rappeler ce qui était approprié et ce qui ne l'était pas.

— Vous avez besoin d'un endroit où séjourner et que l'on prenne soin de vous, lui rappela-t-il, d'un ton passablement sentencieux. Je n'ai pas l'intention d'abuser de vous, ainsi que vous semblez le penser. Croyez-moi, Henrietta, si j'avais l'intention d'offenser votre vertu, je ne commencerais pas par vos parties douloureuses.

Il posa les yeux sur sa poitrine, comme pour préciser l'endroit par où il commencerait, puis, presque aussitôt, les releva pour croiser le regard interloqué d'Henrietta.

— Je vous assure, Simon, que ma vertu n'était pas ce que j'avais en tête, protesta-t-elle. Et je n'ai pas besoin de massage.

— Si vous changez d'avis, je serai ravi de vous rendre service — sans compromettre votre vertu.

— Non, merci. Et maintenant, allez-vous-en. Je suis sûre que vous en avez assez vu pour satisfaire votre curiosité.

Les mains sur les hanches, il s'avança lentement vers elle, torturé par l'envie d'en voir davantage.

— Il se trouve que vous êtes tout à fait charmante à contempler, et que mes yeux ne s'en lassent pas.

Simon continuait à la détailler sans vergogne mais, comprenant les mérites de la retenue, il n'avança pas davantage.

Avant cet instant, il n'avait pas compris toute l'étendue de sa beauté, à la fois sauvage et délicate. Les courts cheveux cuivrés encadraient un visage à la peau laiteuse, les lèvres étaient pleines et sensuelles, les traits aussi exquis que s'ils avaient été sculptés dans le marbre le plus fin. Mais, ce qui frappait le plus chez elle, c'était son innocence. Bien que son étincelant regard vert, frangé de cils épais, ne manquât ni de franchise ni d'insolence, la fraîcheur de son esprit était la première impression qui s'en dégageait.

Elle était le genre de femme devant laquelle un homme ressentait le besoin de se mettre à genoux… ou de fuir comme un beau diable.

Quelque chose dans son expression incita Henrietta à un mouvement de recul. Elle avait conscience de sa haute taille, et de la façon dont sa simple présence semblait envahir l'espace confiné.

En outre, le fait qu'il soit entièrement habillé ne la rendait que plus attentive à sa propre nudité.

Elle était tout aussi consciente, et s'en alarmait d'ailleurs grandement, d'être troublée par sa masculinité. Mais elle refusait de se soumettre à l'appel de sa sensualité.

Aussi s'empressa-t-elle d'esquiver ces perfides sensations qui risquaient de l'affaiblir.

Elle le fixa, le regard vibrant de colère et d'indignation.

— Je vous conseille de ne pas me toucher, Simon Tremain. Si vous faites un pas de plus, je vous jure que je hurle à en faire trembler toute la maison. Et cessez de me regarder ainsi. On pourrait croire que vous n'avez jamais vu une femme de votre vie.

— Tant s'en faut, murmura Simon, mais aucune ne saurait soutenir la comparaison avec vous.

Henrietta rougit de plus belle.

— J'ai suffisamment d'imperfections pour que vous cessiez de les répertorier toutes. Cessez, je vous en prie. Vous devenez grossier.

— Vraiment ?

— Oui. Et si vous persistez, je vais être obligée d'appeler Annie.

— Veuillez m'excuser. Mais comprenez aussi que je sois fasciné, après avoir cru pendant neuf jours que nous étions du même sexe.

Perplexe et le visage en feu, Henrietta faillit lui rétorquer qu'elle n'était pas un gibier à abattre, mais elle se retint à temps.

Jamais elle n'avait rencontré un homme aussi provocateur, et elle se sentait tout à coup intimidée face à lui. Il y avait quelque chose dans le regard de Simon qui, tout à coup, lui donnait l'impression qu'il lui était impossible de le regarder. Sa voix éveillait aussi dans son cœur et son esprit des pensées contradictoires qui faisaient qu'elle ne savait plus comment lui parler.

Il en résultait un mélange de peur et d'excitation auquel elle devait mettre un terme.

En effet, elle était en danger de se laisser hypnotiser par cette voix de velours et ces bouleversants yeux bleus.

— Êtes-vous sûre que je ne puis vous être d'aucune aide pour votre bain ?

— Tout à fait sûre. Maintenant, partez.

— Vous avez assez barboté dans l'eau. Je vais envoyer Annie vous aider à vous habiller.

— Eh bien, moi, j'ai encore envie de barboter. Pourriez-vous verser ce broc d'eau chaude dans mon bain, je vous prie ?

Indiquant le récipient sur le sol, où Annie l'avait laissé, elle lui glissa un regard en coin, à travers ses cils baissés d'où ruisselaient quelques gouttes d'eau.

Simon fit comme Henrietta le lui avait demandé, découvrant furtivement ses cuisses à la pâleur marmoréenne tandis que l'écoulement de l'eau sortie du broc agitait le contenu savonneux du baquet.

En confiance, Henrietta n'était pas consciente de la vision enchanteresse qu'elle lui offrait.

La regarder était une bénédiction pour les yeux. Sa beauté avait quelque chose d'irréel, et il peinait à croire qu'il avait pu si facilement se laisser duper. Elle avait les joues rosies par l'eau du bain, et ses cheveux, où se mêlaient de superbes nuances de cuivre et d'or, formaient un adorable casque de boucles brillantes, dont quelques mèches humides dessinaient des accroche-cœurs sur ses pommettes.

Ce ravissant tableau tyrannisait ses sens et lui donnait l'envie de la prendre dans ses bras et de la renverser sous lui. Si elle avait eu connaissance de la puissance des émotions qu'il retenait, nul doute qu'elle aurait pris peur et se serait remise en route le lendemain sans lui.

— Faites attention à ne pas vous brûler, le mit en garde Henrietta lorsque des gouttes d'eau l'éclaboussèrent.

Arraché à ses pensées, il répondit avec une lueur d'amusement dans le regard.

— Il va falloir que j'apprenne à me méfier des garçons impertinents, et des brocs d'eau chaude,

Il la regarda se frotter les yeux du bout des doigts, comme un enfant épuisé qui lutterait pour rester éveillé.

— Êtes-vous vraiment certaine que je ne puis vous être d'aucune aide ? insista-t-il, d'une voix enjôleuse.

— Absolument certaine, je vous assure. Maintenant, laissez-moi seule. Je ne sortirai pas tant que vous n'aurez pas quitté la pièce.

— Je ne serai pas loin.

Il lui adressa un sourire ensorceleur.

— Ne me décevez pas, Henrietta, murmura-t-il d'une voix de plus en plus charmeuse, tout en faisant passer dans son regard un défi très personnel. Ne me dites pas que vous allez commencer à faire des chichis maintenant.

Dès qu'il avait repris la parole, Henrietta avait senti un frisson la traverser, une sorte d'éveil à la vie de quelque chose qui aurait été endormi auparavant.

Confrontée à la boutade de Simon, elle n'avait pu retenir une légère crispation, mais elle ne pouvait guère s'offenser après l'avoir dupé en lui faisant croire qu'elle était un garçon.

Comme il s'apprêtait à contourner le paravent, il s'arrêta pour lui lancer un dernier regard.

— Si je ne vous revois pas ce soir, je dois vous prévenir que les vieilles poutres craquent et gémissent. Ne soyez donc pas inquiète si vous entendez des bruits étranges durant la nuit. Au fait, vous êtes au manoir Barradine, et il m'appartient. Dormez bien, Henrietta. Il nous faudra parler de beaucoup de choses demain.

Henrietta battit des paupières et ouvrit lentement les yeux, éblouie par le soleil qui inondait la chambre de lumière.

Les lourdes tentures de velours bleu avaient été tirées pour permettre à la lumière de pénétrer son univers. Un feu nourri pétillait dans l'âtre, apportant chaleur et bien-être.

Henrietta se redressa et tapota les oreillers pour s'installer plus confortablement.

Un bruit de vaisselle se fit entendre de l'autre côté de la porte, et elle remonta prestement le drap sous son menton.

Annie entra avec un plateau. Un large sourire illumina son visage quand elle vit que l'occupante du lit était assise.

— Oh ! je vois que vous êtes réveillée.

L'amitié dans sa voix était aussi notable que la chaleur dans son regard et son sourire.

— Sa Seigneurie a pensé que vous seriez fatiguée

après le voyage et votre calvaire sous l'orage, hier. Par conséquent, il a demandé que nous vous laissions dormir.

— Sa Seigneurie étant Lord Tremain ?

— C'est cela même, miss.

Annie déposa le plateau sur la table et ôta la cloche qui maintenait le repas au chaud, révélant un pichet de thé, une assiette d'œufs au bacon, du pain frais, et du beurre jaune et crémeux.

— Vous m'avez tout l'air d'une jeune lady qui a grand besoin d'un solide petit déjeuner, déclara la gouvernante d'un ton encourageant. Vous n'avez rien mangé depuis que vous êtes arrivée. Allez-y, piochez dedans et profitez-en.

— Avec plaisir, Annie. Ça semble délicieux, et je dois avouer que je suis affamée.

— Eh bien, mangez donc. Je vais vous faire apporter de l'eau chaude pour votre toilette, et j'ai déjà déposé les effets que le maître a choisis pour vous.

— Mais… Que sont devenus les vêtements que je portais à mon arrivée ?

— Ils sont à la lingerie, miss.

— Je vois, murmura prudemment Henrietta, tout en jetant un regard incertain à la tenue féminine déposée sur une chaise. Je… Je préférerais porter mes propres affaires, si cela ne vous dérange pas, Annie.

La gouvernante eut une moue embarrassée.

— Oh ! non, miss. Le maître a particulièrement insisté pour que vous vous habilliez comme une lady. Quand vous aurez terminé de déjeuner et de faire votre toilette, je viendrai vous aider.

— Merci, dit Henrietta. Je porterai donc cette tenue en attendant que mes propres vêtements soient secs.

— C'est bien, décréta Annie, avant de se retirer, toujours en souriant.

Henrietta venait de terminer son petit déjeuner quand elle entendit un martèlement de sabots de chevaux dans la cour sous sa fenêtre. Aussitôt elle se leva pour aller voir.

Une douzaine de gentlemen, tous élégamment vêtus et tous en selle, se trouvaient dehors, arborant des expressions sévères. Henrietta n'avait pas la moindre idée de l'endroit d'où ils venaient, mais ils s'étaient engouffrés dans la propriété comme s'ils y avaient leurs habitudes.

Tout cela était très mystérieux et, comme d'habitude, la curiosité d'Henrietta eut raison de toute prudence, et elle décida de s'habiller prestement, afin d'aller voir de quoi il retournait.

Reportant son attention sur les vêtements mis à sa disposition, elle s'étonna de les voir aussi grandioses. La robe, en damas vert pomme, était brodée de fil d'or tout le tour du décolleté, des manches et de l'ourlet. Un châle dans des tons gris clair et vert amande, ainsi que des souliers vert foncé complétaient la tenue.

Avant de quitter la pièce, elle observa son reflet dans le miroir avec une certaine satisfaction. On aurait dit que la robe avait été faite pour elle. Le bustier s'ajustait parfaitement à la minceur de sa taille, et la couleur mettait en valeur les reflets cuivrés de ses cheveux.

Drapant le châle sur ses épaules, elle pirouetta vivement et se dirigea vers la porte.

Elle suivit silencieusement le couloir et s'arrêta en haut de l'escalier, où elle resta quelques instants à tendre l'oreille.

Les hommes étaient regroupés dans le vaste hall, près de l'immense cheminée en pierre. Leurs regards préoccupés, pour le peu qu'elle en voyait, et leur conversation à voix basses et pressées présageaient de mauvaises nouvelles. Il avait été annoncé que Charles Stuart, fils de James Stuart, qui avait nommé celui-ci régent, l'autorisant à agir en son nom, était désormais considéré comme un rebelle, un traître et un ennemi public.

— Que va-t-il en résulter ? demanda Simon, qui se tenait en leur centre. Dites-moi ce que vous savez. Cela va-t-il se terminer par une bataille ?

— Je le crains, répondit quelqu'un. Contre toute attente, et avec le support de Donald Cameron of Lochiel, une armée a été levée, qui compte au moins deux mille Écossais. Sir John Cope, le commandant en chef des forces gouvernementales écossaises n'a que quatre mille hommes sous ses ordres, répartis en deux régiments, et il est submergé par les problèmes.

— De quel ordre ?

— Son officier supérieur de cavalerie est malade et il manque de fusiliers pour étoffer son artillerie. Sur ordre du gouvernement, Cope a marché avec son infanterie sur Fort Augustus, afin de tenter d'intimider les Highlanders, et de tuer la rébellion dans l'œuf.

Henrietta entendit Simon demander :

— Et comment ont réagi les clans ?

— Beaucoup échappent à l'appel et prennent les armes pour le compte du gouvernement. Nos agents ont rapporté que Cope, en apprenant que Charles Stuart se préparait à s'opposer à lui à Corryarrack, a renoncé et qu'il fait maintenant marche sur Inverness.

— Et le prince ?

— Il avait l'intention de poursuivre Cope, mais il a finalement décidé de faire route vers les Lowlands, où il n'existe aucune défense. Aux dernières nouvelles, il aurait atteint Perth.

— Dans ce cas, je saurai où le trouver, déclara Simon.

Puis il regarda tour à tour chacun des visiteurs.

— Que ferez-vous si un conflit éclate ? Prendrez-vous les armes contre le roi George ?

L'homme qui s'était exprimé le plus au cours de la conversation répondit :

— Ce n'est pas que je répugne à risquer ma vie, mais si nous échouons et sommes capturés, ils prendront ma maison, mes terres, et je ne serai plus là pour protéger ma famille.

— C'est la même chose pour chacun d'entre nous, répondit sèchement quelqu'un. Mais si nous ne le faisons pas maintenant, l'opportunité de porter à sa juste place notre prince ne se représentera peut-être plus jamais.

— Eh bien, espérons que le conflit s'achèvera avec l'avènement au trône de Charles.

Tandis que les hommes se dispersaient, Henrietta essaya d'assimiler ce qu'elle venait d'entendre, et qui n'était pas sans l'inquiéter.

Si elle poursuivait son voyage vers Inverness, alors elle ne manquerait pas de rencontrer l'armée gouvernementale…

La grande horloge du hall sonnait 10 heures quand Henrietta descendit le grand escalier en chêne. Dehors, de gros nuages noirs s'étaient amoncelés dans le ciel, annonçant un regain de pluie, et un vent violent soufflait, faisant grincer de toutes parts la vieille bâtisse.

Le visage assombri par une expression morose, Simon se tenait près du feu, dont la présence ne parvenait pas à effacer complètement l'impression d'humidité.

Faisant montre d'un calme qu'elle était pourtant loin de ressentir, Henrietta l'étudia subrepticement, jusqu'à ce qu'il prenne conscience de sa présence et tourne la tête.

Tout un monde d'émotions indéchiffrables traversa le regard de Simon quand leurs yeux se croisèrent, mais ce fut son inquiétude qui toucha le plus Henrietta.

Il portait les mêmes vêtements que la veille, et offrait tout à la fois l'apparence d'un homme du monde sophistiqué et d'un aventurier. Et pourtant, tout son corps était tendu comme si une rude bataille se livrait en lui.

En dépit des journées qu'ils avaient passées ensemble sur les routes, c'était comme un face-à-face avec un étranger.

À présent que sa mascarade avait été découverte, leur comportement l'un envers l'autre avait complètement changé, et Henrietta s'en inquiétait.

Surtout quand ces yeux d'un bleu profond cherchaient les siens. Elle n'avait pas réalisé combien ils étaient vifs et inquisiteurs, dotés d'une capacité mystique à lire ses pensées secrètes.

Lorsque le regard de Simon se posait ainsi sur elle, avec une intensité presque insoutenable, elle se sentait mise à nu, percée jusqu'au plus profond de l'âme.

Et ce ne fut qu'au prix d'un immense effort de volonté qu'elle s'empêcha de fuir ce défi muet, et de trouver refuge dans le cocon protecteur de sa chambre.

Chapitre 4

Installé au salon, Simon regarda Henrietta approcher.

Depuis qu'il l'avait quittée, il avait essayé de ne pas penser à elle, et de se concentrer sur l'arrivée des hommes qui lui tenaient lieu d'agents de liaison, ici à Barradine. Mais à présent, il était consumé par l'anxiété, et ne pouvait penser qu'à cette jeune femme qui s'était insinuée dans sa vie et menaçait de la bouleverser.

La nuit dernière, quand elle avait révélé sa véritable nature, il était tombé des nues, et son soudain élan de passion pour elle avait très vite cédé la place à la culpabilité.

Il était resté éveillé presque toute la nuit, incapable qu'il était de cesser de penser à elle.

Quand il fermait les yeux, elle était là, et lorsqu'il les rouvrait, rien n'avait changé. Cette incapacité à trouver le sommeil ne lui était pas coutumière, et il était passablement irrité contre lui-même.

Son seul espoir était que, à la lumière du jour, elle se révèle différente du souvenir qu'il en avait. En effet, il n'avait vraiment pas besoin d'une nouvelle complication dans sa vie.

Mais hélas, ce n'était pas une chimère induite par la

lumière tamisée qui entourait le moment de son bain. Au grand jour, elle semblait encore plus belle.

Les vêtements qu'il lui avait fait porter avaient appartenu à sa mère. Ils allaient à la perfection à Henrietta qui, pour mince qu'elle était, n'en était pas pour autant dépourvue de courbes féminines.

La voir provoquait une accélération de son cœur, et réveillait d'autres instincts plus primaires.

Il devait cesser maintenant, avant que les choses n'aillent trop loin, et qu'il ne soit plus en mesure de faire machine arrière.

Elle n'était pas comme ces femmes sophistiquées dont il cherchait habituellement la compagnie, des femmes qui savaient comment le satisfaire et qu'il oubliait à la minute où ses ardeurs étaient calmées.

Et c'était justement cela qui lui faisait peur, tant il pressentait que, cette fois-ci, il ne maîtriserait rien.

Cela ne pouvait pas continuer.

Jusqu'à présent, la logique et la raison avaient toujours dominé son désir. Avec Henrietta, il savait que ce serait différent. Il devait la chasser de son esprit avant qu'il ne soit complètement battu, et si elle restait auprès de lui il perdrait cette bataille.

Il était en grand danger de s'amouracher d'elle, et il ne pouvait pas prendre ce risque.

Et cependant, à présent qu'elle se trouvait dans sa maison, par un incroyable, et quelque peu pervers, tour du destin, il ne pouvait tout bonnement l'ignorer et prétendre qu'il était seul.

Que faire ?

Simon savait qu'il risquait de perdre la tête si Henrietta demeurait sous le même toit que lui.

Où qu'il se tourne, elle serait là pour le subjuguer. Et si elle était absente, son besoin de la voir le pousserait à la chercher.

Il s'en voulait énormément d'être devenu ainsi.

Jamais auparavant il ne lui était venu à l'esprit que désirer une femme pouvait s'avérer compliqué.

Rien à cet instant n'était plus évident pour Henrietta que ces yeux qui enregistraient immédiatement chaque détail de son apparence.

— Merci pour les vêtements, dit-elle. À qui sont-ils ?

— À ma mère. Mais ne vous inquiétez pas. Je sais qu'elle serait heureuse que vous les portiez.

Il déplaça deux chaises près de l'âtre.

— Venez vous asseoir. Il faut que nous parlions.

Elle lui obéit en silence et s'assit maladroitement sur le bord du siège.

Il haussa un sourcil, en une mimique interrogative.

— Comment allez-vous ce matin ? Mieux, j'espère.

Il s'assit en face d'elle et croisa nonchalamment les jambes.

— Oui, beaucoup mieux.

Tandis qu'il hochait la tête, Henrietta se demanda pourquoi il adoptait cette attitude froide et détachée avec elle.

Était-il possible qu'il ait honte de la façon dont il s'était conduit avec elle la veille ?

Ou bien fallait-il penser que le désir qu'il ressentait à son égard était si grand qu'il redoutait de se tenir trop près d'elle ?

En dépit des complications que cela engendrerait, elle

se prit à espérer qu'il s'agissait de la seconde hypothèse. Mais la façon dont il la fixait ne lui laissait guère d'espoir.

Elle chercha son regard.

— Vous voulez me parler, Simon ? Je crois que je sais de quoi il s'agit. Je soupçonne que vous regrettez de vous être encombré de moi, et que vous avez envie que je débarrasse la place.

Henrietta espérait que ces paroles provoqueraient une réaction mais, hormis un durcissement de son regard, et le tressautement d'un muscle dans sa mâchoire, Simon n'en eut aucune.

— Ce qui est fait est fait, et je dois décider de l'action la plus sensée à suivre. Une chose est certaine : vous ne pouvez pas continuer le voyage seule, et je ne peux pas vous emmener.

— Que proposez-vous ?

— Bien que je ne sache rien de vous, répondit Simon, j'ai conscience de la responsabilité qui m'incombe. C'est pourquoi je pense qu'il serait préférable que vous demeuriez quelque temps à Barradine.

La détermination qui vibrait dans sa voix indiquait que sa décision était déjà prise, mais Henrietta ne l'entendait pas ainsi.

Elle le dévisagea longuement avant de déclarer :

— Je n'en ferai rien. Vous m'avez certes offert votre protection pendant le voyage, et je vous en suis reconnaissante, mais cela ne vous donne pas le droit de prendre des décisions à ma place.

— Telle n'est pas mon intention, protesta Simon.

— Peu importe ! Je ne souhaite pas dépendre de vous ni d'aucun homme. Je suis parfaitement capable de me débrouiller seule.

— Seigneur, Henrietta, je ne vous propose pas de devenir ma maîtresse. Je me sentais simplement obligé…

Elle l'interrompit froidement.

— Ne le soyez pas. Vous ne me devez rien, et je n'accepterai rien de vous. Vous n'avez pas à vous sentir responsable de moi. J'ai entrepris ce voyage en sachant à quoi je m'exposais. La suite m'appartient.

Avec la cordiale politesse d'un invité sur le départ, elle ajouta :

— Je vous remercie pour votre protection depuis notre rencontre, et pour votre hospitalité. J'ai apprécié votre compagnie, cependant, je dois continuer ma route vers le nord.

Il y eut soudain dans le regard de Simon une douceur inattendue.

Surprise par ce changement d'expression, Henrietta ouvrit la bouche pour dire quelque chose, mais il la prit de cours.

— Vous ne pouvez partir seule, Henrietta. Réfléchissez aux risques que vous courez. Les soldats du gouvernement sont déployés un peu partout. Vous n'arriverez jamais à destination.

Détachant les yeux du visage de Simon, Henrietta se tourna vers la cheminée et observa les flammes qui dansaient dans l'âtre.

Son cœur et son esprit lui semblaient vides, et elle était glacée jusqu'aux os.

À cet instant, alors qu'elle était désespérée à l'idée de le quitter, elle devait s'interroger sur la raison de cette réaction, et découvrir ce qu'il y avait vraiment au fond de son cœur.

— Si, il le faut, répliqua-t-elle.

— Vous avez été prise à partie par des ruffians dès votre premier arrêt, espèce de petite sotte. N'avez-vous pas réalisé ce qu'ils avaient en tête ? À leurs yeux, vous étiez un garçon possédant un cheval de qualité. Ils auraient pu vous égorger pour voler votre monture. Et je ne parle même pas de ce qu'ils auraient pu faire s'ils avaient découvert votre véritable sexe.

Il eut un soupir d'agacement.

— Ne croyez-vous pas que j'ai déjà assez de soucis sans avoir à perdre mon temps à protéger une jeune femme ?

Henrietta se crispa sous l'outrage.

— Je ne vous ai jamais retardé, et je n'ai pas l'intention de changer d'attitude à présent que vous avez découvert que je suis une femme. Mais, si ma féminité vous dérange, acceptez dans ce cas que nous fassions route à part.

— Bon sang ! Henrietta ! s'exclama-t-il avec rudesse.

Se levant d'un bond, il se passa les doigts dans les cheveux et soupira de frustration.

— Vous êtes encore plus têtue en femme qu'en jeune garçon.

— C'est dû à mes origines écossaises, répondit-elle, non sans une certaine fierté. Ce tempérament de fer finit toujours par prendre le dessus malgré mes efforts pour le tempérer.

Il la toisa.

— Je le crois bien volontiers.

Laissant passer un instant de silence, il se radoucit.

— Mais je ressens intensément le poids de votre détresse actuelle, reprit-il. Et j'admets que j'en suis responsable en grande partie. Je vous ai conduite jusqu'ici avec les meilleures intentions du monde, et parce que je pensais que vous aviez grand besoin de mon attention et de ma protection.

— Et je vous en suis reconnaissante. Mais, encore une fois, rien ne vous oblige à me prendre en charge.

Simon balaya cette remarque d'un mouvement de main.

— Il n'est pas question que je vous abandonne maintenant. Si la bataille que nous évoquions devient réalité, si les choses tournent mal pour nous et que les Anglais nous recherchent, croyez-vous que je vous laisserai à leur merci, tel l'agneau sacrificiel ?

Sa voix se radoucit, et son regard bleu se fit plus vibrant.

— Ne me connaissez-vous pas mieux que ça ?

Simon observait Henrietta, qui se tenait assise toute raide, son délicat profil obstinément incliné pour lui dissimuler ses pensées.

Une fois encore, il s'interrogeait sur la vie qu'elle avait connue avant, et sur les raisons qui l'avaient forcée à prendre la route.

Tournant la tête, elle croisa son regard, et il se perdit dans les profondeurs de ses yeux verts semblables à des eaux tropicales. Il aurait pu y plonger et ne jamais remonter à la surface.

S'exhortant à la raison, il tourna la tête et regarda ailleurs.

Et cependant, il ne pouvait s'empêcher de penser à la bravoure de cette jeune femme. Il n'en avait jamais connu de semblable et, ce qui le choquait le plus, c'est qu'elle semblait capable de bouleverser sa vie.

Henrietta eut la bonne grâce de paraître contrite.

— Je vous connais relativement bien, dit-elle. Mais j'ai pensé que… peut-être… vous voudriez vous débarrasser de moi maintenant que nous avons atteint l'Écosse.

Simon reprit place sur son siège.

On sentait flotter dans l'air une étrange exaltation. Le salon d'apparat semblait soudain plus petit. La pièce était pourtant impressionnante, avec son haut plafond à caissons, ses boiseries de chêne sombre, sa cheminée en bois sculpté surmonté d'un trumeau orné des armoiries de la famille, ses tentures de brocart précieux, et son élégant mobilier. Et pourtant, ainsi baigné de la lumière chatoyante du feu qui pétillait dans l'âtre, le salon, où régnait un silence feutré, semblait être devenu un monde à part qui n'appartenait qu'à eux.

— J'ai omis de vous présenter mes condoléances pour la perte de vos tuteurs, dit-il. Veuillez excuser ce manquement à la bonne éducation.

— Je vous en prie, dit gracieusement Henrietta. Je suis certaine qu'ils vous seraient très obligés de m'avoir offert votre protection.

Il soupira.

— Vous ne m'avez toujours pas expliqué ce qui vous a poussée à entreprendre ce dangereux voyage. Je sais que cela ne me regarde aucunement, mais je sens que vous avez des ennuis, et je pense qu'il vous serait profitable d'en parler à quelqu'un. Dites-moi pourquoi vous fuyez ainsi, et je pourrai peut-être vous aider.

Elle lui glissa un regard hésitant.

— N'avez-vous pas assez de souci avec l'arrivée du prince Charles pour vous encombrer encore des miens ?

— Ce n'est pas faux, mais il se trouve que mon expérience pourrait vous être de quelque utilité.

Il marqua un temps d'hésitation.

— Voyez-vous, j'ai eu l'occasion de découvrir que la fuite était souvent une mauvaise idée.

Henrietta le dévisagea avec surprise.

— Essayez-vous de me faire comprendre que vous vous seriez sauvé de chez vous ?

Il hocha la tête en souriant.

— Un jour, alors que j'avais cinq ans, j'ai mis des vêtements et un peu de nourriture dans un sac, et je suis parti pour Édimbourg. On m'avait dit que c'était une grande ville, avec un château perché sur un rocher, et je voulais voir cela par moi-même. Je ne suis pas allé loin avant que mon père me rattrape. À ce moment-là, j'avais très froid et très faim, et je regrettais ma stupidité. Alors, croyez-moi, je ne le recommanderais pas.

Henrietta lui lança un regard hésitant, et il devina, à ses mains nerveusement serrées l'une contre l'autre, son agitation intérieure.

— Vous pouvez parler librement, dit-il. Cela ne résoudra peut-être rien, mais vous vous sentirez mieux.

Henrietta se leva, non sans une certaine brusquerie.

— Comment pouvez-vous en être aussi sûr ?

— Je ne le suis pas, mais ça ne peut pas faire de mal.

Henrietta observa longuement Simon, avant de se détourner, les bras serrés autour de sa taille comme pour contenir l'horreur que lui inspiraient les agissements de Jeremy.

Simon avait raison.

Ce serait un soulagement de libérer son esprit car, en dépit de tous ses efforts pour ne plus y penser, les souvenirs revenaient sans cesse, accompagnés d'une effrayante impression de danger.

Elle hésitait encore, mais elle commençait à comprendre qu'il était important pour elle de se confier à Simon. À n'en pas douter, il saurait l'écouter et peut-être lui proposer une solution à son problème.

Pour finir, elle se tourna vers lui, et elle eut l'impression qu'une lueur d'espoir éclairait le chaos de ses pensées.

— Je sais que vous avez raison, Simon. Je devrais vous en parler. Je vous dois bien ça, au moins.

Elle soutint son regard quelques instants et finit par détourner les yeux en soupirant.

— Il est difficile de savoir par où commencer.

Simon se cala contre le dossier de sa chaise et croisa les jambes.

— Peut-être par le décès de vos tuteurs, suggéra-t-il calmement.

Gardant les yeux fixés sur le feu, comme si les images du passé se déployaient au rythme dansant des flammes, elle raconta tout ce qui s'était passé la nuit où Jeremy avait déboulé à la maison : la confusion à propos des testaments, son comportement déplacé et les menaces qu'il avait proférées.

Les yeux rivés sur Henrietta, Simon ne perdait pas une miette de ses révélations.

Quand elle avait expliqué, d'une voix brisée, que la mort de ses tuteurs n'était pas due à un accident, comme tout le monde l'avait cru, mais que Jeremy en était responsable, il avait senti son cœur se serrer.

Tandis qu'il assimilait peu à peu toute l'étendue de ce qu'elle avait enduré, prenant conscience de la peur et de l'horreur rivées en elle depuis cette nuit, mais aussi du courage qu'il lui avait fallu pour prendre la décision d'entamer ce dangereux voyage, il n'avait qu'une envie, celle de se précipiter vers elle et de la prendre dans ses bras.

Mais il ne pouvait rien faire d'autre que de continuer à l'écouter, les poings serrés de rage contenue.

— À cette époque, dit-elle, ni Jeremy ni Me Braithwaite ne savaient que le baron Lucas avait rédigé un nouveau testament. Me Braithwaite était à l'étranger à ce moment-là, et venait tout juste de rentrer à Londres quand la tragédie s'est produite. J'ai découvert la vérité sur la mort de mes tuteurs en surprenant la conversation entre Jeremy et sa femme. Craignant pour ma propre vie, je savais que je devais m'enfuir. C'était une question de survie. À présent, Jeremy a sans doute découvert que je sais tout, et il me tuera dès qu'il en aura l'opportunité.

— Si j'ai bien compris, vous avez en votre possession une copie du dernier testament en date ?

— Oui, je l'ai avec moi.

— L'avez-vous lu ?

Elle hocha la tête, les yeux rivés sur ses mains.

— Je l'ai fait avant de partir. Je croyais que le baron Lucas avait tout laissé à Jeremy, qui était son seul et unique héritier. C'était le cas dans le premier testament que le baron a rédigé avant qu'il devienne mon tuteur. Mais il en a établi un autre quand il a changé de notaire.

À part quelques tableaux et babioles sans importance légués à Jeremy, il me laisse tout.

— Cela a dû vous faire un choc.

— En effet, je n'en croyais pas mes yeux. Craignant des représailles de la part de Jeremy, j'étais terrorisée. C'est alors que j'ai pensé à mon oncle. Je savais qu'il serait de bon conseil sur la suite à donner à cette triste affaire.

— Me Goodwin n'aurait-il pas pu vous aider ?

— J'y ai pensé, mais je connais Jeremy. Il est plus rusé qu'un renard. Il comptait sur l'argent de son oncle pour le sauver de la prison, eu égard à ses dettes, et il devait absolument trouver un moyen de le récupérer.

— Certes, mais comment ?

— Eh bien, j'y ai beaucoup songé. Soit il aurait trouvé un moyen de circonvenir Me Goodwin, ou peut-être même de le faire taire à jamais, soit il aurait obtenu de devenir mon tuteur. Il m'aurait ensuite affaiblie en me faisant prendre de puissantes potions, et m'aurait obligée à signer un testament en sa faveur. Puis, sans le moindre scrupule, il se serait débarrassé de moi.

— Sait-il que vous vous êtes rendue en Écosse ?

— Non, mais j'imagine qu'il aura enquêté auprès des amis de son oncle et de sa tante, et qu'il aura ainsi appris que j'ai un oncle en Écosse. Il aura aussi réalisé que j'ai pris mon cheval.

Elle soupira.

— Mon seul espoir est qu'il ne m'ait pas crue assez courageuse pour entreprendre seule ce long voyage.

— Se pourrait-il qu'il vous ait suivie jusqu'ici ?

— Peut-être. En tout cas, il faut bien qu'il me retrouve

pour résoudre ce problème de testament. J'imagine qu'il doit être passablement désespéré à l'heure qu'il est.

Elle se leva et fit quelques pas.

— J'ai bien évalué toute l'étendue du problème avant de partir. Jeremy possède suffisamment d'influence dans la haute société pour représenter un danger, et je sais combien il est tenace quand il veut quelque chose. Il ne me laissera jamais en paix.

— Dans l'éventualité où il entreprendrait le voyage jusqu'en Écosse, nous devons organiser votre sécurité. Il vous faut une protection substantielle.

— Que suggérez-vous ?

— Que vous restiez ici. Puisque personne ne sait que nous nous connaissons, il est fort improbable qu'il se présente ici. Vous serez en sécurité au manoir Barradine. Je peux vous l'assurer, Henrietta.

— En sécurité, mais prisonnière.

— Soyez raisonnable, Henrietta. Il n'y a pas d'autre solution.

Elle se campa devant lui, tout son corps raide de colère, tandis qu'une étincelle de rébellion passait dans ses yeux.

— Je ne resterai pas ici. Comment osez-vous envisager de m'abandonner pendant des semaines dans cet endroit isolé ? Vous n'avez aucune autorité sur moi, Simon. Je dois partir, et je partirai.

— Il n'en est pas question ! décréta-t-il avec arrogance. Je ne le permettrai pas.

— Je ne crois pas avoir besoin de votre permission, répliqua Henrietta, en le toisant d'un air de défi.

Médusé, Simon resta quelques instants à la dévisager. Il était rare qu'un homme adulte ose le défier, et voilà pourtant que ce petit bout de femme s'y risquait. S'il n'avait pas été aussi agacé par sa réaction, sans doute aurait-il félicité Henrietta pour son courage.

— Je dois aller retrouver mon oncle, ajouta-t-elle. Si vous refusez de m'accompagner pendant une partie du trajet, alors je partirai seule de mon côté.

Simon avait conscience qu'Henrietta était furieuse contre lui parce qu'il essayait d'ordonnancer sa vie, et qu'elle bouillonnait d'envie de lui lancer à la tête une tirade bien sentie.

Quelle détermination, quelle fierté chez elle ! Elle n'était déjà pas banale quand elle était déguisée en garçon, faisant montre d'un caractère bien trempé, mais il ne s'attendait pas à une telle détermination chez une jeune femme d'une si exquise beauté.

Ce qui l'embarrassait, en outre, c'était la certitude qu'il avait d'avoir affaire à une innocente totalement inexpérimentée.

La pensée qu'elle s'engage seule dans ce long périple vers Inverness le glaçait d'effroi. Elle n'avait pas la moindre idée de ce à quoi elle s'exposait.

Et cependant, l'idée de la prendre sous son aile lui semblait totalement absurde. Pourtant, c'était bien le rôle qu'il allait être forcé à jouer.

— Je vous remercie pour votre offre de demeurer chez vous, ajouta Henrietta, d'un ton radouci, mais je ne veux pas être une charge pour vous. Je préfère donc m'en tenir à mon projet initial, et me rendre à Inverness.

Simon se pencha en avant, le visage sévère.

— Écoutez-moi, Henrietta, vous…

— N'essayez pas de me convaincre de renoncer.

— Bon sang ! gronda-t-il. Vous allez m'écouter !

Il laissa échapper un soupir de frustration.

— Vous êtes une vraie tête de mule, Henrietta, mais je ne vous abandonnerai pas.

— Si vous allez à Perth, je pourrai chevaucher avec vous jusque-là.

Il lui lança un regard surpris.

— Perth ? Comment… ?

Puis il comprit et hocha la tête.

— Des voisins sont venus me voir tout à l'heure, vous avez dû nous entendre parler.

— Oui, mais ce n'était pas mon intention.

— C'est sans doute ce que vous vous êtes dit quand la curiosité vous a emportée à Hampstead Heath. Un jour, cela vous créera des ennuis. Depuis quand n'avez-vous pas vu votre oncle ?

— La dernière fois, j'avais sept ans.

— Dans ce cas, il doit s'imaginer que vous êtes toujours une petite fille. Il sera sans nul doute étonné quand il vous verra.

— Ainsi, vous acceptez de m'emmener à Perth ?

Simon soupira, ne connaissant que trop bien ses propres limites.

Étant donné qu'il n'avait pas réussi la nuit précédente à bannir Henrietta de ses pensées, il savait qu'il allait devoir affronter des jours de torture aiguë s'il autorisait cette adorable, gracieuse, et extrêmement attirante jeune femme à l'accompagner.

Et cependant, s'il la laissait à Barradine, il savait qu'elle lui emboîterait le pas à la seconde où il aurait quitté la propriété.

— Ai-je le choix ? répondit-il.

Après quelques instants de silence, il ajouta :

— Si je dois vous emmener à Perth, me direz-vous au moins votre nom ?

— Vous le savez. Je vous l'ai dit.

— Vous m'avez donné votre prénom. Ce que je voudrais connaître, c'est votre nom de famille.

Henrietta hésita.

Il fallait qu'elle soit prudente. Mais il n'y avait sans doute aucun danger à révéler son nom à Simon.

— C'est Brody. Mon nom complet est Henrietta Maria Brody.

Simon la regardait comme s'il soupesait chacun de ses mots.

— Pourquoi me regardez-vous comme ça ?

— Ce nom m'est familier, mais je ne…

Il se tut, et parut songeur.

— À moins que…

Soudain, il blêmit.

— Brody ? C'est un nom écossais ?

— Oui.

Le regard de Simon se riva au sien.

— Êtes-vous catholique ?

— Oui.

— Encore une chose que vous cachez.

— En effet, car il est dangereux d'être catholique par les temps qui courent.

— C'est exact. Eh bien, c'est une surprise. Mais je m'étonne, après ce que vous avez entendu sur la lande, que vous ayez choisi de me le cacher. Je n'aurais pas cru que vous souteniez les Jacobites.

— Ce n'est pas le cas ! répondit-elle sèchement. Je hais les Jacobites et le mal qu'ils ont fait à mon père.

— Qui était ?

À la façon dont il la regardait, Henrietta eut l'impression qu'il connaissait déjà la réponse.

— Andrew Brody. C'était un actif défenseur des Jacobites.

Elle frissonna en se remémorant la mort brutale de son père.

— Pourquoi ne me l'avez-vous pas dit plus tôt ?

— Je n'avais aucune raison de vous le dire. Pourquoi l'aurais-je fait ?

Simon était stupéfié par la révélation d'Henrietta. La vérité et l'importance des dangers que cela faisait peser sur elle le laissaient sans voix.

— Je me souviens d'un Andrew Brody, qui a été exécuté pour son implication dans un complot visant à restituer son trône au roi James. Était-ce votre père ?

— Lui-même.

— Et vous avez décidé de garder cette singulière information pour vous ?

Ellc haussa les épaules.

— C'était mon problème, pas le vôtre. Je n'en parle jamais mais, oui, mon père était un Jacobite. Il l'a reconnu publiquement. Il a même fait plus que cela, puisqu'il est allé à Rome, où se trouvait la cour du roi James. À n'en pas douter, il était partie prenante dans le complot pour la restitution du trône.

— C'était de la folie, si on considère que la tentative de reconquête en 1715 avait été un échec cuisant.

— Oui.

Visiblement émue, elle laissa passer un silence.

— Quoi qu'il en soit, ma mère a terriblement souffert. Elle ne s'est pas remise de l'exécution de son époux et, très vite, elle a perdu l'esprit. Il fallait s'y attendre. Comment ne pas s'effondrer dans ces circonstances ?

Sa voix s'était brisée sur la fin de la phrase, et il lui fallut quelques instants pour se ressaisir.

— Je n'étais qu'une enfant quand ils sont venus l'arrêter. Je savais qu'il se passait quelque chose d'anormal, et j'ai été dévastée quand on m'a dit qu'il ne reviendrait plus. Je n'ai bien sûr appris que plus tard la vérité sur les circonstances de sa mort.

Elle détourna les yeux.

— Le déshonneur de son exécution ne s'effacera jamais, c'est pourquoi je ne me suis pas tournée vers les amis de mes tuteurs pour leur demander de l'aide. Ils partagent tous la même opinion, à savoir que je n'étais pas digne d'être recueillie par eux. Les accusations de conspiration portées contre mon père étaient étayées par des preuves solides, et il ne pouvait échapper à son sort. Mais sa captivité a été un véritable calvaire du fait des tortures infligées par ses geôliers. Heureusement pour lui, elle n'a que peu duré.

Le regard humide, elle ajouta :

— Quand j'étais enfant, j'avais l'impression qu'on m'avait volé mon père. Et, parfois, je me disais que j'aurais pu le venger si j'avais été un homme.

— Je savais que vous aviez du courage, Henrietta, mais j'étais loin de m'imaginer d'où vous venait cette force de caractère. Néanmoins, la vengeance ne vous apporterait rien. Et vous risqueriez même d'y laisser la vie.

— S'il le fallait, je suis certaine que je saurais me battre aussi bien qu'un homme. Mais j'ai renoncé à l'idée de me venger car, aux yeux des autres, cela passerait pour un soutien à la cause jacobite. Et je ne veux en aucun cas y être assimilée.

— Quelle va-t-en-guerre vous faites, dit-il, avec une lueur amusée dans le regard. Cela ne m'avait pas échappé quand vous avez brandi un couteau vers moi pour me menacer.

— Ne vous moquez pas de moi. Et ne me sous-estimez pas non plus. Quant au couteau, vous vous trompez. Ce n'était pas une menace, mais simplement la preuve que je suis capable de me prendre en charge.

Plissant les paupières, Simon l'étudia un moment.

— Ne me sous-estimez pas non plus, Henrietta. Les arts de combat n'ont pas de secret pour moi. Mais avez-vous bien conscience des dangers que vous encourez ? S'il y a un autre soulèvement, et qu'il échoue, vous pourriez être appréhendée à cause de ce que vous êtes, et subir le même sort que votre père.

Henrietta blêmit.

— Je n'y avais pas songé. Quand je me suis enfuie, je ne pensais qu'à échapper à Jeremy. J'étais loin de penser aux Jacobites et à leurs complots.

— Dans ce cas, vous feriez bien d'y réfléchir, Henrietta Brody. Car votre vie est doublement menacée. Mais le danger que représente Jeremy n'est rien à côté de la puissance des Anglais. Si vous m'accompagnez, vous devrez continuer à vous habiller comme un jeune garçon.

— Croyez-vous que je parviendrai à donner le change ?

— Je ne vois pas pourquoi vous ne le pourriez pas. Vous m'avez parfaitement dupé. Et si je m'y suis laissé prendre, ce sera le cas pour d'autres.

— Annie ne s'y est pas trompée.

— C'est différent pour Annie. Elle était déjà gouvernante à Barradine quand je n'étais qu'un bambin. Elle voit tout et comprend tout. Et elle sait mener ses troupes à la baguette. Elle aurait dû être officier dans l'armée.

Après s'être autorisé un petit rire, il redevint sérieux.

— La seconde chose que je vous demande, c'est de vous faire remarquer le moins possible. Quelques gredins qui se donnent le nom de soldats pourraient bien venir vous chercher des noises, dans l'espoir de déclencher une bagarre.

Pressentant la réaction d'Henrietta, il s'empressa d'ajouter :

— Et ne me dites pas que vous êtes de taille à vous défendre.

— Vous m'ôtez les mots de la bouche.

Simon ne se laissa pas ébranler.

— Quant à la dernière condition, elle est encore plus importante.

Henrietta attendit.

— Vous ne parlerez de votre passé à personne. Ce que vous m'avez dit sur votre père, il ne faudra jamais l'évoquer. C'est bien compris ?

Elle hocha la tête.

— Autre chose ?

— Oui, dit-il en se levant. Pour l'amour du ciel, gardez votre chapeau sur votre tête. Cette chevelure de feu attire l'attention comme un feu de joie dans la nuit.

Ils durent rester à Barradine quelques jours avant de se mettre en route pour Perth. Encore éprouvée par son épuisante chevauchée jusqu'en Écosse, Henrietta accueillit ce répit avec plaisir. Simon avait quantité de tâches à accomplir et il s'absenta fréquemment. Henrietta en profita pour explorer la maison.

C'était une belle et solide bâtisse de trois étages en pierres, flanquée d'une vaste terrasse qui donnait sur un splendide jardin surplombant la rivière Tweed. La maison respirait l'opulence, avec ses portraits d'ancêtres exposés dans le hall, ses meubles de qualité et ses bibelots précieux.

Il y régnait une atmosphère indescriptible, une sensation d'ordre, le souvenir de siècles de joies et de peines, l'empreinte des êtres qui y avaient vécu.

N'ayant rien d'autre à faire que de flâner, Henrietta se retrouva souvent à cheminer au bord de la Tweed. On aurait dit que le monde s'était arrêté aux portes de Barradine. Plus personne, ni Jeremy ni le prince Charles n'existait. Son esprit était comme libéré. Elle ne pensait plus à rien.

Sauf à Simon.

Force était d'admettre qu'il ne la laissait pas indifférente.

Plus elle séjournait dans sa demeure, plus elle passait du temps à le chercher des yeux. Et quand il était dehors, à donner des ordres aux gens qui travaillaient sur son domaine, elle ne pouvait s'empêcher de se poster derrière l'une ou l'autre des fenêtres pour le contempler.

Rien dans son expérience très limitée des personnes du sexe opposé ne l'avait préparée à rencontrer un homme tel que Simon Tremain.

Si elle l'avait auparavant trouvé impressionnant,

le voir à Barradine, entouré de femmes et d'hommes qui dépendaient de lui, lui conférait soudain une aura d'invincibilité.

L'effet qu'il produisait n'était pas uniquement dû à son incomparable beauté. C'était beaucoup plus que cela. Son énergie en apparence inépuisable, sa courtoisie, ses manières irréprochables, et son humour parfois sardonique, le différenciaient des autres.

Même quand il était absent, elle ressentait partout sa présence. Elle avait beau se dire qu'elle n'était pas attirée par lui, il fallait toujours qu'elle le cherche, comme si le voir la rassurait.

Il était dans les habitudes de Simon de se lever à l'aube pour vaquer à ses occupations. Mais, au quatrième jour de son séjour à Barradine, alors qu'elle descendait l'escalier, Henrietta entendit des voix qui provenaient de la salle à manger.

Certes, il n'était pas inhabituel pour Simon de recevoir des visites aussi matinales, mais quelque chose d'indéfinissable incita Henrietta à la prudence dans son approche.

— Bonjour, Miss Henrietta, s'exclama Annie, en la croisant dans le couloir. Encore une belle matinée ensoleillée qui s'annonce.

Henrietta risqua un coup d'œil dans la salle à manger. Cinq hommes étaient assis autour de la table rectangulaire, devant des bols de porridge fumants.

Immédiatement, tous les regards se tournèrent vers elle.

— Entrez, voyons !

Elle entendit crisser les pieds d'une chaise sur le sol, puis Simon apparut sur le seuil pour l'accueillir.

Simon aurait préféré garder Henrietta à l'écart des regards curieux. Mais, à présent qu'elle était là, il pouvait difficilement l'ignorer.

Son cœur s'accéléra étrangement tandis qu'il la détaillait de la tête aux pieds. Avec sa courte chevelure bouclée et sa longue robe de faille vieux rose, elle était tout simplement étourdissante. En dépit de la terrible accumulation d'épreuves qui l'avait assaillie depuis le décès de ses tuteurs, il était évident qu'elle ne se laissait pas démoraliser et continuait à avancer dans la vie sans crainte et sans pensées moroses.

— Je suis désolée, murmura-t-elle. Je ne serais pas descendue si j'avais su que vous aviez des visiteurs.

— J'espérais éviter cela, mais il est trop tard, maintenant. Il ne nous reste donc plus qu'à y faire face.

Devinant qu'Henrietta allait protester et proposer de retourner dans sa chambre, il lui prit le bras avec autorité.

— Venez, laissez-moi faire les présentations, dit-il.

Une brise légère entrait par les fenêtres ouvertes, rafraîchissant la pièce.

Les gentlemen se levèrent d'un même élan, adressant à Henrietta des signes de tête courtois, mais elle perçut néanmoins leur curiosité. Ils étaient tous habillés dans des teintes passe-partout de gris et de marron, à l'exception de l'un d'eux qui portait un kilt de chasse en tartan bleu et vert.

— Miss Lucas, ces gentlemen sont mes voisins. Ils sont venus m'entretenir d'affaires locales. Messieurs, je vous présente Miss Lucas, qui est venue rendre visite à ma mère. Comme vous le savez, elle est actuellement en visite chez des amis à Paris, mais Miss Lucas l'ignorait. Si la prochaine arrivée du prince Charles en Écosse devait soulever certaines hostilités, Miss Lucas en serait la première affectée, car elle avait pour projet de se rendre chez un proche parent dans le Nord.

— Vraiment ? demanda un homme à l'apparence sévère. Et pensez-vous qu'il soit sage pour une jeune lady de voyager en ces temps agités ?

— J'en prends le risque, répondit-elle d'un ton léger, en priant pour qu'on ne l'interroge pas sur sa destination.

— Miss Lucas, je suis positivement honoré de faire votre connaissance, dit un élégant gentleman du nom de Ian Frobisher.

Puis il lança un regard amusé à son hôte.

— Dis-moi, Simon, avais-tu l'intention de garder cette ravissante demoiselle pour toi seul ?

Simon rit de bon cœur.

— C'est à Miss Lucas de décider. Elle est la bienvenue à Barradine aussi longtemps qu'elle le souhaite, et je n'ai rien contre la compagnie féminine, comme tu le sais, Ian. Néanmoins, je pense que, avec l'agrandissement récent de ta famille, tu as d'autres sujets de préoccupation que ma vie personnelle. Il me semble que tu as prénommé ta petite dernière Alice ?

Frobisher eut un bref hochement de tête.

— Eh bien, je te souhaite beaucoup de courage, car je ne doute pas qu'elle sera aussi turbulente que ses frères.

Tandis que l'assemblée ricanait, Henrietta entra de bonne grâce dans le jeu de Simon.

— Lord Tremain est un ami de ma famille, et un homme d'honneur. Je ne vais donc pas le priver tout de suite de ma compagnie.

— Méfiez-vous, Miss Lucas, insista Ian. Simon s'entiche vite et se lasse aussi vite des jeunes dames. Mais je suis prêt à vous tenir lieu de chevalier servant.

— Je doute que ta femme soit d'accord, dit un autre des hommes, en lui assenant une claque dans le dos, ce qui ne manqua pas de faire rire à nouveau l'assemblée.

— Déjeunerez-vous avec nous, Miss Lucas ? proposa Simon.

— Non, je vous remercie. J'ai déjà mangé.

— Un thé, peut-être ?

— Oui… Oui, j'apprécierais beaucoup. Mais je ne voudrais pas m'immiscer dans votre conversation. Je suis certaine que ces gentlemen et vous avez beaucoup de choses à vous dire.

— Rien que vous ne puissiez entendre.

— Dans ce cas, je vais m'asseoir ici, dit-elle, en se dirigeant vers une petite table près de la fenêtre.

Annie déposa une tasse de thé devant elle et sortit, la laissant écouter la conversation.

Tandis que les voix flottaient vers elle, Henrietta sirota son thé, en écoutant son hôte s'exprimer avec conviction. Loin de l'ennuyer, ces échanges la fascinaient. Simon était aussi intelligent et enthousiaste que son père, et sans doute même aurait-il pu lui en remontrer.

Il était vraiment l'homme le plus impressionnant qu'elle eût jamais rencontré. Il y avait une fierté indéniable ciselée dans son magnifique visage, de la détermination dans la façon de tenir son menton, de l'intelligence dans chacun de ses traits. Il émanait de lui une force, une aura de puissance, qui n'avait rien à voir avec sa silhouette musculeuse.

Il était aussi un homme du monde, riche d'une

multitude d'expériences, et cela ne pouvait manquer de l'intriguer et de la troubler tout à la fois.

Glissant un regard discret vers son profil, elle sentit son cœur s'emballer.

Aussitôt, elle tenta de se raisonner. Simon Tremain n'était rien pour elle, et il en serait toujours ainsi.

Tout ce qui comptait, c'était qu'elle arrive saine et sauve chez son oncle.

Elle ne devait pas s'autoriser à succomber au charme de Simon. Il était jacobite, comme son père, et il ne pouvait en résulter pour ses proches que de la douleur. Si elle se laissait aller à éprouver des sentiments pour lui, il lui briserait le cœur, tout comme sa mère avait eu le cœur brisé par la mort de son père.

Elle devait absolument écouter ce que lui dictait son bon sens, et faire en sorte que cela ne lui arrive pas.

N'ayant pas la moindre idée des chemins tortueux qu'empruntait l'esprit d'Henrietta, Simon ne pouvait s'empêcher d'admirer son maintien et la délicate beauté de son jeune visage.

Henrietta avait reçu une excellente éducation, cela se voyait à sa façon de marcher, de se comporter. Elle avait la confiance en soi, l'élégance de qui avait grandi dans les meilleurs cercles.

En résumé, elle était la quintessence de la beauté féminine, et il se rendait parfaitement compte du plaisir que les gentlemen présents prenaient à laisser leurs regards s'attarder sur elle.

Ce constat lui inspira un surprenant pincement de

jalousie, et il se sentit soulagé quand ses invités se levèrent pour partir.

S'excusant auprès d'Henrietta, il s'en alla avec eux, mais attendit avec impatience le moment de retourner auprès d'elle.

La nuit était tombée quand Simon revint au manoir. Henrietta avait dîné et prenait l'air sur la terrasse, avant de se retirer dans sa chambre. L'air était frais, et elle resserra son châle autour de ses épaules.

Simon sortit sans faire de bruit de la maison. Henrietta avait négligemment passé son bras autour d'une vasque en pierre débordant de fleurs. Il marqua un temps d'arrêt pour observer son visage auréolé par le clair de lune, remarquant la mélancolie de son regard perdu au loin.

— Vous êtes là, finit-il par dire, en la rejoignant.

Henrietta lui sourit, et il eut l'impression qu'un grand soleil illuminait soudain les lieux.

— J'allais marcher près de la rivière avant d'aller me coucher, dit-il. Voulez-vous m'accompagner ?

— Avec plaisir.

Il lui prit le bras, et ils descendirent une volée de marches étroites menant au jardin en contrebas.

Plongé dans ses pensées, Simon ne dit pas un mot tandis qu'ils déambulaient.

Laissant échapper un soupir, Henrietta leva les yeux vers le ciel.

— C'est la pleine lune, murmura-t-elle.

Comme Simon ne répondait pas, elle chercha quelque chose d'autre à dire.

— J'ai du mal à croire que je suis vraiment en Écosse.

— Quoi qu'il arrive, Henrietta, quoi que vous décidiez, vous devez prendre conscience qu'il vous faudra rentrer un jour ou l'autre.

— À la maison ? Mais comment considérer qu'il s'agit de ma maison, alors qu'il n'y a que des étrangers là-bas ? Il fut un temps, pas si éloigné, où je croyais pouvoir décider de mon avenir. Soudain, j'ai l'impression d'être à la merci du sort.

— Peut-être y a-t-il un peu des deux. Parfois, quand nous sommes forcés à quitter le cocon protecteur de la maison dans laquelle nous avons grandi, cela nous donne l'opportunité de jouer un rôle actif dans notre propre destinée.

— Ce que vous dites est peut-être vrai.

— Comment est votre oncle Matthew ?

Henrietta réfléchit quelques instants.

— Oncle Matthew est dur, comme l'était mon père, mais il est aussi excentrique. C'est un universitaire, voyez-vous, et il est sans doute assez peu orthodoxe. Lorsque mon père a été exécuté, il est parti. Je crois qu'il n'a pas pu le supporter. Mais, j'aurais aimé qu'il reste.

— Et votre mère ?

Henrietta détourna les yeux.

— Avant la tragédie, ma mère avait une personnalité très affirmée, elle possédait énormément de discipline et de contrôle sur elle-même. Après, elle a totalement perdu la raison…

Il y avait une telle tristesse dans la voix d'Henrietta, que Simon sentit son cœur se serrer.

— Je n'étais qu'une enfant, reprit-elle, et je ne pouvais pas tout comprendre. Mais, avec le temps, j'ai appris qu'il fallait endurer ce que l'on ne pouvait parvenir à résoudre.

Son regard se posa sur la rivière devant eux, et elle devint silencieuse, tout entière tournée vers ses propres pensées.

Empli de compassion, Simon l'observa un moment. Il sentait qu'elle ne lui avait pas tout dit, mais il ne se risqua pas à l'interroger.

Henrietta finit par reprendre la parole, d'une voix presque désincarnée.

— Je ne comprenais pas ce que vivait ma mère. Je me sentais totalement inutile. Et puis, je crois que j'étais un peu jalouse des sentiments qu'elle portait à mon père. J'avais l'impression qu'elle ne m'aimait pas autant, et qu'elle aurait été moins triste si c'était moi qui étais morte.

Simon avait l'impression de n'avoir jamais entendu ni ressenti une telle désolation.

Un élan d'admiration l'envahit pour ce qu'Henrietta avait accompli, pour ce qu'elle avait surmonté. Et cette admiration fut encore renforcée par le chagrin et la solitude qu'elle avait endurés dans son enfance.

— Regrettez-vous d'être venue en Écosse ? demanda-t-il, en espérant ainsi la ramener dans le présent.

Ils étaient tout au bord de la rivière, et derrière eux les lumières de la maison s'étaient amenuisées, avant de s'évanouir complètement, les laissant dans le noir.

— Non, je n'avais pas le choix.

Soudain, ils n'eurent plus où marcher, rien devant eux que l'eau.

Ils s'arrêtèrent, et Simon enfouit ses mains dans ses poches, en proie à un étrange embarras.

Chapitre 5

Ignorant dans quel état d'esprit Simon se trouvait, Henrietta s'éloigna de quelques pas.

Il faisait plus froid près de l'eau, et elle enroula plus étroitement son châle autour de ses épaules, tout en observant Simon à la dérobée.

Accentuée par le clair de lune, la courbe de sa mâchoire paraissait plus rude, et il se massait la nuque du bout des doigts, comme s'il était tendu.

Le silence s'étira, jusqu'à devenir embarrassant.

— Je suppose que nous devrions rentrer, finit par suggérer Henrietta.

En réponse, Simon rejeta la tête en fermant les paupières, comme un homme en proie à une profonde bataille interne.

— Pourquoi ?

— Parce que nous avons atteint le bord de la rivière, et que nous n'avons plus nulle part où aller.

— Si seulement c'était vrai, murmura-t-il.

Henrietta le dévisagea sans comprendre.

— Que se passe-t-il, Simon ? Vos visiteurs vous ont-ils perturbé d'une façon ou d'une autre ?

Il tourna vers elle un regard où se lisait une certaine agitation.

— Non, absolument pas. Nous avons tous la même vision des choses.

— Vous allez apporter votre soutien à Charles Stuart ?

— J'ai autrefois soutenu son père, James. Depuis l'échec de la tentative de reconquête en 1715, il n'a cessé de faire valoir ses droits au trône d'Écosse et d'Angleterre, et la légitimité de son fils Charles en tant qu'héritier. J'ai séjourné en France avec le prince Charles pendant des mois…

— Ce que vous essayez de me dire, c'est qu'il s'agit d'une histoire de famille.

— En quelque sorte. Mais rien n'est joué d'avance. Constituer une armée de restauration demande beaucoup d'argent, et Charles espérait obtenir de l'aide du roi Louis et des banquiers français. Mais Louis ne peut se permettre de faire à la fois la guerre en Belgique et de financer des invasions en Angleterre. Tout dépend si nous pouvons ou non trouver des financements.

Simon posa sur Henrietta un regard assombri.

Il détestait les conflits et, même s'il avait confiance en ses capacités de bretteur, ayant pratiqué l'épée depuis son plus jeune âge, il supportait mal l'idée de plonger cette lame effilée dans le corps d'un autre homme.

— Ne me jugez pas, Henrietta, plaida-t-il.

— Je ne vous juge pas. Vous ferez ce que vous estimez juste.

Comme il faisait mine de l'interrompre, elle s'empressa de poursuivre :

— Vous suivrez ce que vous dictera votre conscience. Ce n'est pas à moi de dire si ce que vous faites est bien ou mal. Je vous demande simplement de penser aux conséquences si vous échouez. Dans ce cas, les Anglais ne feront pas de quartier. Vous serez arrêté et exécuté pour trahison. À mes yeux, cela semble très dangereux.

— Certes, mais si je meurs durant la bataille, je saurai au moins que j'ai fait tout ce que je pouvais pour la cause.

Soudain agacée par la pression que Charles Stuart faisait subir à des hommes tels que Simon à travers toute l'Écosse, Henrietta se détourna, les épaules crispées.

— Je déteste cette situation, et je serais ravie que Charles Stuart reprenne un bateau pour la France. Si vous voulez une confidence, l'aperçu que vos amis et vous m'avez donné, cette nuit-là sur la lande, de ce que sont les communications secrètes et les réunions clandestines m'a rebutée. Pour moi, c'était un autre monde, auquel j'avais tourné le dos depuis longtemps.

— Êtes-vous vraiment sûre d'en être sortie ?

— Absolument ! Il y aura un conflit, c'est inévitable, mais je ne veux pas avoir de rôle à y jouer. Je ne peux oublier les malheurs qui se sont abattus sur ma famille à cause des Jacobites. Toute ma vie a été détruite par les activités clandestines de mon père. Je serais déraisonnable de m'associer avec eux… ou avec vous.

— Mais vous l'avez déjà fait. Et puis, vous savez, Henrietta, je ne suis pas un traître.

— Dites cela au roi George. Quoi qu'il en soit, si un conflit doit éclater, qu'il éclate, et qu'on en finisse.

— C'est pourquoi j'aimerais vous convaincre de rester à Barradine. Ça me rassurerait de savoir que vous êtes parfaitement en sécurité.

— Je ne peux pas. J'ai moi aussi des choses à faire qui n'ont rien à voir avec votre prince. Quand partons-nous pour Perth ?

— Demain matin.

Simon posa les mains sur ses épaules et la regarda intensément dans les yeux.

— Et si je vous disais que je veux que vous restiez ici ?

Sa voix était devenue plus rauque, et il y avait une telle intensité dans son regard qu'Henrietta sentit son cœur s'accélérer.

Simon était un homme séduisant, et plus elle passait de temps avec lui, plus elle l'appréciait. Beaucoup plus qu'elle n'était disposée à l'admettre.

Elle secoua la tête.

— Je ne peux pas.

— Restez, insista-t-il.

— Non, Simon.

Elle fut surprise de la difficulté qu'il y avait pour elle à prononcer ces mots, d'autant que le regret dans les yeux de Simon était sincère.

Elle pressa une main sur ses lèvres, fermant un instant les yeux face à une étrange sensation de perte.

Simon fit un pas en arrière en laissant échapper un soupir, mais son regard ne quitta pas celui d'Henrietta.

— Vous me pardonnerez si, pour le temps qu'il nous reste à passer à Barradine, j'utilise mon pouvoir de persuasion pour vous faire changer d'avis.

— Comme il vous plaira. Mais je ne suis guère

influençable. Et mon propre pouvoir de persuasion n'est pas négligeable non plus.

Simon esquissa un sourire.

— Il est certain que vous avez fait des merveilles sur mes voisins, ce matin. Ils ne parvenaient pas à détacher les yeux de votre visage pendant tout le repas.

— Vous exagérez !

— Non, je vous assure. Il est étonnant de voir l'effet qu'une femme belle et talentueuse peut avoir sur les hommes. Avant longtemps, ils vous mangeront dans la main. Et il n'est pas impossible que vous brisiez quelques cœurs. Comme ça a été le cas pour moi quand je vous ai vue dans votre bain.

— Ce soir-là, je vous aurais volontiers réduit en pièces pour votre audace, répliqua Henrietta, non sans une certaine férocité dans l'intonation.

Simon rit de bon cœur.

— Je vois que vous ne manquez pas d'esprit. C'est très bien. Vous en aurez grand besoin dans vos futurs échanges avec moi. Mais vous risquez vite de vous sentir dépassée. D'autres femmes avant vous ont échoué.

Henrietta haussa les sourcils.

— Je pense avoir évalué de façon précise votre caractère, milord, dit-elle d'un ton empli de confiance.

Malheureusement, elle n'avait pas conscience qu'elle était déjà tombée sous le charme d'un séducteur aguerri, de tels hommes dépassant l'étendue de son expérience.

— Il se trouve que vous êtes la plus charmante des diversions, Henrietta. Au point que je serais tout disposé à attendre un peu plus longtemps avant de rejoindre le prince, si cela nous permet de mieux faire connaissance.

Simon était totalement sous le charme du délicieux tableau qu'offrait Henrietta dans sa robe vert pâle, dont l'étoffe frémissait telle une feuille sous la brise qui soufflait de la rivière. Ses cheveux courts lui donnaient tout à la fois une apparence de fragilité et d'insolence. Le tendre rose de ses lèvres était si attirant qu'il était tenté de les savourer. Ses yeux étincelaient comme des émeraudes jumelles. Ils étaient d'un vert si vif qu'on les eut dits éclairés de l'intérieur.

Il n'était pas homme à pouvoir résister à la tentation de détailler sa silhouette. Et la façon dont sa robe épousait les rondeurs qu'elle cachait, tels des trésors, lui était une délicieuse torture.

Elle était si proche de lui qu'il pouvait sentir la chaleur de son corps, respirer son délicat parfum… Et la sensation était si troublante qu'une surprenante explosion de chaleur se répandit en lui.

Surprise par l'étrange lueur qui s'était allumée dans les yeux de Simon, Henrietta fit un pas en arrière. Mais il lui prit le bras et la ramena vers lui.

Momentanément surprise par la force de son assaut, elle resta plaquée contre lui sans réagir. Il la dominait de sa haute et large stature, lui masquant le ciel et son environnement, et la laissant en proie à un sentiment d'impuissance.

Le regard qui la fixait était bien difficile à soutenir tant il était intense. Et surtout, une lueur indéchiffrable y vibrait, qu'elle n'avait jamais vue auparavant, et qui l'effrayait.

— Lâchez-moi, Simon, murmura-t-elle. Je crois que nous ferions mieux de rentrer.

— Pourquoi ? Ne vous détournez pas de moi.

Sa voix s'était faite cajoleuse, et Henrietta sentit une étrange langueur l'envahir.

— J'ai connu beaucoup de femmes, Henrietta, et vécu quantité d'expériences, mais jamais personne n'a titillé mon imagination comme vous le faites.

Du bout des doigts, il lui caressa le menton.

— Vous êtes une tentatrice, d'autant plus dangereuse que votre innocence ne vous permet pas de comprendre ce que vous provoquez. C'est un calvaire pour moi de vous voir chaque jour, de savoir que vous êtes à portée de mes bras chaque nuit, et de ne pas pouvoir vous toucher comme j'en ai envie.

Les yeux fixés sur ses lèvres tremblantes, il ajouta :

— Je veux vous embrasser, et je sais que vous trouverez cela plaisant.

Le cœur battant à tout rompre, Henrietta eut du mal à trouver son souffle pour répondre :

— Je ne le crois pas.

— Comment pouvez-vous en être sûre avant d'avoir essayé ?

La panique l'envahit, mais elle était dans l'incapacité de s'échapper.

— Je vous en prie, Simon. Laissez-moi.

— Pas question !

Le visage de Simon était incliné au-dessus du sien, son regard intensément plongé dans le sien, la chaleur de son souffle caressant sa peau.

Elle savait qu'il allait l'embrasser sous peu, et elle tremblait car c'était pour elle la première fois.

Hypnotisée, elle attendit que les lèvres de Simon se posent sur les siennes, chaudes et conquérantes.

Au début, elle chercha à résister aux mains expertes qui caressaient son dos, aux lèvres qui cherchaient à forcer les siennes. Mais elle fut bientôt balayée par une onde puissante et irrésistible.

Pour la première fois, elle réalisa à quel point elle avait envie d'être dans ses bras depuis les premiers jours de leur rencontre. Ce fut donc de toute son âme qu'elle répondit à cette soif dévorante qu'elle sentait dans le baiser de Simon.

Un flot d'impressions contradictoires l'envahit, fait de surprise, d'excitation et de peur. Puis une douce langueur l'enveloppa, tandis qu'une sensation de plaisir inédite se diffusait en elle, tel un bouton de rose s'ouvrant en une magnifique fleur.

Elle sentit la fermeté virile du corps pressé contre le sien, et une vague de chaleur courut dans ses veines.

Simon rejeta la tête en arrière puis plongea son regard intense dans le sien, pendant de longues et délicieuses secondes. Puis soudain il écrasa sauvagement sa bouche sur la sienne. L'étreinte, presque brutale, n'avait rien à voir avec le baiser précédent.

Cette fois, il n'y avait plus la moindre tendresse, mais une exigence qui fit comprendre à Henrietta que tout cela n'avait été qu'une stratégie de la part de Simon pour parvenir à ses fins.

Elle essaya de se libérer du cercle de ses bras, mais elle se découvrit sans aucune volonté.

Les yeux fermés, toute peur oubliée, elle s'abandonna à la caresse de ses lèvres, chaudes et douces, qui s'aventuraient le long de son cou, glissaient vers le renflement de sa poitrine en partie dénudée au-dessus du corsage de sa robe.

Le temps cessa alors d'exister, et rien de ce qui s'était passé avant n'eut plus d'importance pour elle. Son corps vibrait d'un besoin délicieux, et elle sombrait dans un océan de plaisir.

Lorsque Simon mit fin à leur baiser et s'écarta, Henrietta fut déçue. L'intensité de cette étreinte la laissait sous le choc. Désormais, sa vie se diviserait en deux parties : avant et après les baisers de Simon.

Elle ouvrit les yeux et vit qu'il l'observait d'un air ironique.

— Vous êtes insatiable, Henrietta. Insatiable, et incapable de vous protéger de vos propres désirs. Vous êtes jeune et inexpérimentée en matière d'amour, et cependant votre corps semble très bien savoir comment répondre.

Brutalement ramenée à la réalité, Henrietta battit des paupières. Comment avait-elle pu si facilement, et sans aucune vergogne, plier devant les exigences de Simon ?

— Eh bien, demanda-t-elle, en contenant difficilement sa colère, était-ce cela que vous vouliez ?

— C'était bien plus que ce que j'espérais. Mais vous devez me pardonner, Henrietta. Je me suis quelque peu laissé emporter par votre beauté.

L'amusement qui faisait pétiller le regard de Simon fut plus qu'elle n'en pouvait supporter.

— Comment osez-vous ? s'écria-t-elle.

Peut-être exagérait-elle un rien sa colère pour dissimuler sa confusion et le flot d'impressions contradictoires qui livraient bataille en elle.

— Comment osez-vous profiter de moi alors que

je me trouve au comble de la vulnérabilité ? Sachez que je ne suis pas une fille de petite vertu que l'on peut molester selon son bon vouloir.

Les paupières étrécies, elle le regarda d'un air soupçonneux.

— À moins qu'il ne soit dans vos habitudes de vous en prendre aux femmes respectables. Si… Si j'étais un homme, je vous ferais sortir et vous provoquerais en duel.

Simon soupira, un sourire nonchalant étirant sa bouche magnifique.

— Et moi qui pensais que vous aviez envie de m'embrasser.

— Ce n'était absolument pas le cas.

— Dans ce cas, sans doute devriez-vous faire davantage d'efforts pour avoir l'air d'une lady. Sachez qu'une dame de qualité résiste davantage quand un gentleman veut l'embrasser.

— Et trouvez-vous normal qu'un gentleman se comporte aussi grossièrement avec une lady ? répliqua Henrietta avec acrimonie. Je trouve qu'Henry, en dépit des menaces pesant sur sa personne, était traité avec plus de respect que cela. J'en viendrais presque à regretter de ne plus être déguisée en garçon.

— Ce serait dommage, car je préfère, et de loin, votre apparence actuelle.

Son visage était si proche qu'Henrietta n'avait aucune difficulté à en discerner les moindres détails, et le sourire narquois que Simon arborait réveillait de brûlants souvenirs du baiser qui, bien que troublant, était des plus dérangeants.

Un frisson la parcourut et réduisit à néant ses efforts pour paraître irritée.

Elle tourna la tête pour dissimuler la soudaine coloration de ses joues et, ne supportant plus ce sourire insolent qui lui donnait l'envie de le gifler, s'enfuit vers la maison.

Poursuivie par le rire de Simon, elle ne put s'empêcher de songer à ses lèvres habiles, à ses mains possessives, et aux troublantes sensations qu'elles avaient éveillées en elle.

Il fallait absolument éradiquer ce qui s'était passé entre eux, maintenant et pour toujours. Les risques étaient trop grands.

Mais cette humiliante sensation de faiblesse persista, même lorsqu'elle se fut réfugiée dans le sanctuaire de sa chambre.

Le sourire de Simon s'évanouit tandis qu'il suivait Henrietta des yeux, et s'étonnait de la réaction qu'il avait eue à son égard.

Elle était tout à la fois une fillette naïve, une jeune fille aux portes de l'âge adulte, et une femme du monde déjà accomplie. Et il émanait d'elle une sensualité dont le souvenir le tiendrait certainement éveillé cette nuit.

Il sentait encore sa chaleur, sa douceur… Elle était si jolie, si innocente, si prête à découvrir la séduction.

Mais Henrietta était aussi vulnérable, fragilisée par son passé et par les récentes épreuves qu'elle venait de traverser.

Il ne pouvait pas profiter d'une si innocente créature. Ce dont elle avait besoin en ce moment, c'était d'une personne sur qui elle pourrait compter, pas d'un étranger obnubilé par l'envie de la séduire.

Il se détourna, soudain furieux contre lui-même d'avoir succombé si aisément et de manière aussi déraisonnable au charme d'Henrietta.

Il s'était laissé emporter par un élan de passion, ce qui ne lui ressemblait pas. Était-elle une sorte de sorcière qui lui aurait jeté un sort ?

En tout cas, jamais il n'avait rencontré une personne du sexe faible qui possède une telle liberté d'esprit, un tel courage, qui soit si franche et honnête.

Malheureusement, ce qui était sur le point de se produire sur la scène politique ne lui laissait pas le loisir de se consacrer aux affaires de cœur.

Mais il ne pouvait échapper au fait que, depuis le moment où sa mascarade avait été révélée, elle n'avait cessé de l'intriguer et de le fasciner.

L'estomac d'Henrietta se crispa au souvenir de ce qui s'était passé dans le jardin. Elle avait pris son petit déjeuner dans sa chambre, et avait de nouveau enfilé sa tenue de jeune garçon.

Prête à entamer le voyage, elle attendait Simon, assise dans un renfoncement vitré du hall et, pour occuper son temps, observait le ballet des domestiques.

Avec un soupir résigné, elle appuya sa tête contre la fenêtre.

Elle savait que jamais elle ne se libérerait de Simon Tremain. À mesure que les jours passaient, il devenait un peu plus audacieux. C'était donc une bonne chose qu'ils aient à quitter Barradine pour Édimbourg. Ils prendraient ensuite la direction de Perth, où ils se sépareraient, et elle continuerait seule son périple jusqu'à Inverness.

Prenant conscience que quelqu'un marchait dans sa direction, elle ouvrit les yeux et releva la tête.

C'était Simon. Son beau visage affichait une expression morose. Tandis qu'il approchait, elle se risqua à croiser son regard, si troublant et déconcertant. Tant d'émotions contradictoires et inhabituelles livraient bataille en elle : la colère, l'humiliation, la fierté blessée…

Mais elle ressentait aussi une étrange excitation qui mettait à mal sa résolution de rester indifférente à Simon, la plaçant juste au point de rupture entre contrôle de soi et soumission au bon vouloir de Simon.

Quoi qu'elle en dise, il ne lui était plus possible de croire qu'elle ne ressentait rien pour lui, ni d'ignorer les forces extérieures qui étaient à l'œuvre pour les rapprocher l'un de l'autre.

Que lui avait-il fait ?

Que lui était-il arrivé ?

Était-elle une dévergondée parce qu'elle avait envie que Simon l'embrasse à nouveau ?

Il n'y avait pas d'attachement romantique entre eux, mais elle avait cru deviner de la passion dans son baiser. Son comportement avec elle était à la fois sérieux et moqueur, et il semblait prendre plaisir à la confusion dans laquelle elle se débattait.

Tandis que Simon approchait d'Henrietta, il fut surpris par la nervosité qui émanait d'elle. Elle souriait timidement, et son regard avait quelque chose d'implorant. Ainsi, elle était incroyablement différente de la jeune femme qui s'était révélée à lui la nuit où ils étaient arrivés au manoir, cette fière créature dont la beauté et l'assurance l'avaient empli de désir.

Tout d'abord, il pensa qu'elle ne se sentait peut-être pas bien. Puis il comprit que ce qui s'était passé entre eux la nuit précédente l'avait affectée d'une manière à laquelle il n'avait pas pensé.

Afin d'alléger la tension entre eux, il dit sur le ton de la plaisanterie :

— Peureuse.

Immédiatement, elle écarquilla les yeux.

— Vous me traitez de peureuse ?

Il hocha la tête et se pencha au-dessus d'elle en lui lançant un regard de défi.

L'indignation fit étinceler le regard d'Henrietta.

— Veuillez m'expliquer pourquoi vous m'accusez ainsi. Je n'ai rien fait pour mériter cette insulte.

Simon haussa les épaules, une lueur amusée dans le regard.

— La nuit dernière, quand je vous ai embrassée, vous avez à l'évidence supposé le pire, à savoir que j'avais l'intention d'attenter à votre vertu. Au lieu d'attendre pour voir ce qui allait se passer, vous vous êtes enfuie comme si vous aviez le diable aux trousses.

Les joues d'Henrietta s'empourprèrent.

— À ce moment-là, il ne m'a pas semblé judicieux de m'attarder. Maintenant, veuillez je vous prie oublier ce qui s'est passé et accorder toute votre attention à la journée d'aujourd'hui.

Il semblait à Simon qu'Henrietta oscillait toujours entre assurance et vulnérabilité, et cette fragilité qu'elle s'obstinait fièrement à cacher faisait naître en lui des émotions qu'il n'avait jamais éprouvées auparavant. Il ressentait le besoin de la protéger, de faire en sorte qu'il ne lui arrive rien de mal.

Mais comment pourrait-il mener à bien cette mission que lui dictait sa conscience si elle s'entêtait à vouloir partir pour Inverness ?

— Êtes-vous prêt à partir ? demanda-t-elle, avec une impatience non dissimulée.

Il hocha à la tête.

— Je suis ravi de voir que les vêtements vous vont.

— Oui, merci. Ils sont étonnamment confortables, bien qu'ils soient un peu ajustés.

Simon laissa courir son regard appréciateur sur la tenue masculine. Henrietta était si attirante et désirable dans ses atours de femme, qu'il espérait confusément pouvoir mieux l'ignorer dans des vêtements masculins. Mais le pantalon épousait les longues jambes et la rondeur des hanches comme une seconde peau et, contre toute attente, rendait la silhouette encore plus féminine et désirable.

— Ils appartiennent à mon frère Edward.

— J'espère qu'il ne vous en voudra pas de me les avoir donnés.

— Il n'a nul besoin de ces vêtements. Lorsqu'il rentrera à Barradine, il aura grandi et ils ne lui iront plus.

Lorsque Henrietta voulut passer devant lui pour prendre son bagage, il lui prit soudain le bras pour l'arrêter, et chercha son regard.

— Êtes-vous vraiment sûre de ne pas vouloir rester ici ? Ma maison est à votre disposition, et vous y serez parfaitement en sécurité.

— Non, je vous l'ai déjà dit et répété, dit-elle en

détournant les yeux. Je dois y aller. Vous n'allez pas m'en empêcher, n'est-ce pas ?

— Non, bien que j'aie mes propres raisons pour vouloir vous garder ici. Ni l'un ni l'autre n'avons rien à gagner à prétendre que l'autre n'existe pas, que le baiser que nous avons partagé dans le jardin n'a jamais eu lieu. Je m'en souviens, et je sais fichtrement bien que vous vous en souvenez aussi.

Henrietta avait envie de nier, mais elle ne pouvait pas mentir à Simon.

Il avait raison. Le souvenir brûlant de ce baiser flottait toujours entre eux, et c'était devenu pour elle une source d'angoisse.

— Je n'ai pas oublié. Comment le pourrais-je ? dit-elle, sur la défensive.

— Je comprends que vous deviez aller retrouver votre oncle, et je dois moi-même rejoindre le prince Charles. Mais vous pourriez rester ici encore quelque temps.

Il parlait de cette voix enjôleuse qui la charmait tant, et elle ne put retenir un frisson en songeant à la caresse de ses lèvres, dont elle ressentait un tel besoin à cet instant même.

Levant la tête vers lui, elle vit qu'il la regardait d'un air interrogateur et beaucoup trop personnel, presque possessif.

Elle en fut grandement troublée. Et cependant, sa vie était beaucoup trop compliquée, et elle n'avait aucune intention d'être émotionnellement liée à lui.

Par ces temps incertains, elle ne pouvait pas se le permettre.

— Non, Simon. Votre offre est certes généreuse, mais je ne peux l'accepter. Je dois être prudente et ne pas oublier qui vous êtes et pourquoi je suis venue en Écosse.

Elle devint songeuse, l'observant avec la plus grande attention.

— Je ne veux pas tomber amoureuse de vous.

L'expression de Simon se fit grave.

— Je n'ai pas l'intention de vous y inciter.

— Je suis soulagée.

— Pourquoi ?

— Parce que cela ne mènerait à rien.

Henrietta décida de faire preuve de franchise. Cependant, elle ne put se résoudre à croiser ce regard d'azur qui la troublait tant.

— J'admets que je suis attirée par vous, et il m'est très difficile de vous résister. D'autant que vous pouvez vous montrer extrêmement persuasif. Mais je crois que vous savez pourquoi je dois partir.

Enfin, elle osa relever la tête.

— Je ne veux pas que vous vous sentiez rejeté, méprisé, ou quoi que ce soit de cet ordre. Vous êtes très spécial à mes yeux. Je vous apprécie et vous respecte beaucoup. Vous comprenez, n'est-ce pas ?

— J'essaye.

— Je ne peux oublier que vous êtes un Jacobite, sur le point de prendre les armes contre les protestants, contre le roi. Vous me faites penser à mon père, et au malheur que son adhésion à la cause a apporté dans la vie de ma mère et la mienne. Je ne veux pas revivre ça. Je ne crois pas que je pourrais le supporter.

Craignant d'avoir heurté l'amour-propre de Simon, elle tint à préciser :

— Vous devez me pardonner si je vous semble ingrate, mais comprenez que je me sentirais mal à l'aise si je restais ici. Je vous suis déjà suffisamment redevable de m'avoir accompagnée jusqu'en Écosse, de m'avoir hébergée ici… Et pour ces vêtements que vous m'avez généreusement donnés.

— Redevable ? Quelle femme étrange vous faites, Henrietta. Quoi qu'il en soit, je ne souhaite aucunement que vous vous sentiez redevable de quoi que ce soit.

— Très bien. Mais je dois vraiment vous remercier de m'avoir laissée faire le voyage avec vous jusqu'en Écosse.

— Ce fut un plaisir pour moi. Votre franchise est rafraîchissante, et j'admire votre fierté et votre courage.

Il parut hésiter quelques instants, avant de reprendre :

— J'ai envie de vous prendre dans mes bras, de vous embrasser à nouveau, mais vous avez raison. Vous êtes bien avisée de me résister, et je comprends très bien vos raisons. Qu'ai-je à vous offrir ? Rien que moi, et une vie pour le moins précaire.

Henrietta s'autorisa un sourire de satisfaction.

— Bien. Nous sommes enfin d'accord.

Henrietta était intensément consciente de ce corps viril penché au-dessus d'elle, si grand et si fort.

Mais, au-delà de son physique impressionnant, c'était aussi un homme courageux, déterminé, capable d'affronter toutes les épreuves. Il avait fait preuve des plus nobles qualités en prenant galamment soin d'elle, et en la soulageant de tous tracas pendant deux semaines.

Cette combinaison de sérieux et de charme commençait à devenir dangereusement attirante.

Lorsqu'une boule d'émotion monta dans sa gorge et que les larmes commencèrent à brouiller sa vision, elle fut surprise de voir qu'elle pouvait perdre tout contrôle simplement parce que quelqu'un avait fait preuve d'un peu de gentillesse envers elle.

Le visage d'Henrietta était un livre ouvert et, en voyant son expression éperdue, Simon comprit qu'il lui serait beaucoup plus difficile qu'il ne l'avait imaginé de lui dire adieu à Perth.

Il l'observa longuement, cherchant à emprisonner dans sa mémoire chacun de ses traits.

Les mots qu'Henrietta avait prononcés étaient sincères et venaient du cœur, et il devait admettre qu'elle avait raison. Elle ne pouvait pas perdre son temps à s'imaginer qu'elle était amoureuse de lui, et il avait bien fait de ne pas lui avouer combien elle comptait pour lui.

Lui-même n'avait ni temps ni place pour l'amour. Mais il ne lui était pas facile de maîtriser la rébellion que ses émotions cherchaient à livrer contre la voix de la raison.

— Venez maintenant, dit Henrietta, en ramassant son bagage. Si nous tardons davantage, nous aurons du mal à atteindre Édimbourg avant la nuit.

Simon la suivit hors de la maison.

À la porte, elle se retourna et le regarda.

C'était un regard spécial, uniquement pour lui. Vibrant d'énergie, ce regard le séduisit et le laissa en pleine confusion émotionnelle.

Il était intrigué par le mystère que représentait cette jeune femme, dont la personnalité naïve dissimulait une facette mystérieuse qu'elle-même ignorait probablement.

Il la suivit donc, prenant acte de ses paroles et se forçant à penser à autre chose.

Mais quelque part, profondément enfouie dans les méandres de son esprit, une petite voix s'éleva pour lui dire que viendrait un jour où il la posséderait complètement.

Ce fut sous un ciel d'un bleu lumineux et sans nuages que Simon et Henrietta entamèrent leur voyage.

Sur les recommandations de Simon, Henrietta avait laissé son cheval à Barradine, et montait un puissant et râblé poney highland, dont la race était connue pour sa capacité à parcourir de longues distances sur les terrains les plus difficiles.

La campagne était sauvage et désolée, comme dans les souvenirs d'Henrietta. Rejetant la tête en arrière, elle offrit son visage à la caresse du soleil, et respira profondément l'air chargé d'odeurs de bruyère. Deux buses volaient haut au-dessus de leurs têtes, tandis qu'un peu plus loin des martins-pêcheurs piquaient vers un étang pour y chasser leur repas.

Henrietta était très jeune quand elle avait quitté l'Écosse, mais en retrouvant les monts Cheviot et les troupeaux de moutons à tête noire, elle eut soudain conscience que ce pays lui avait profondément manqué, et se sentit extraordinairement réconfortée en retrouvant les images familières de son enfance.

Tandis qu'ils cheminaient sur des voies empruntées

depuis des siècles, Henrietta éprouvait un sentiment de sécurité en compagnie de Simon. L'homme et sa monture, aussi impressionnants de force et de beauté sauvage l'un que l'autre, semblaient ne former qu'un. Un pistolet à la ceinture et une épée fixée à sa selle, Simon paraissait invincible, et même le plus audacieux des voleurs ne s'y serait pas frotté.

Ayant vécu ici toute sa vie, Simon connaissait bien la région et ne manquait pas de signaler à Henrietta les endroits remarquables, à propos desquels il fourmillait d'anecdotes.

Ils atteignirent enfin Édimbourg, la capitale de l'Écosse, dominée par la présence massive de son château érigé sur un promontoire rocheux.

Ils se retrouvèrent bientôt sur le Royal Mile, la rue pavée montant de Holyrood House vers le château. Les longues journées d'été s'achevaient, et des lampes avaient été allumées derrière les fenêtres.

La ville était peuplée jusqu'à la suffocation, et il y régnait une puanteur insoutenable. Au bord de la nausée, Henrietta s'étonna que Simon n'en paraisse pas affecté.

— Vous finirez par vous y habituer, dit-il avec un petit sourire moqueur.

— J'en doute, protesta Henrietta, en secouant vigoureusement la tête. J'ai l'impression de ne plus pouvoir respirer.

— Il faut un temps d'adaptation de quelques jours, mais je vous promets que vous n'y ferez bientôt plus attention. Il se passe tellement de choses intéressantes à Édimbourg qu'on cesse vite de se préoccuper de l'odeur et de la crasse ambiantes.

Henrietta n'en était pas convaincue.

Conservant son mouchoir sur son nez tandis qu'ils continuaient à chevaucher, elle observa les bâtiments qui se dressaient de part et d'autre, et eut l'impression d'être enfermée dans une boîte.

Toute la ville était envahie par l'armée des Highlands, et les hommes paraissaient nerveux. Quant aux femmes, elles baissaient la tête et surveillaient leurs enfants.

Un mélange d'excitation et d'appréhension flottait dans l'air. Dans bien des foyers, on avait exhumé les armes cachées depuis 1715. Les chefs de clans, Glengarry, Ranald et McDonald, pour n'en citer que quelques-uns, avaient tous déclaré leur loyauté au prince Charles, engageant leur vie et leur réputation.

Impatient de rejoindre les officiers supérieurs, Simon ne perdit pas de temps à louer des chambres. Situées dans une ruelle de Canongate, elles étaient fort heureusement spacieuses et assez confortables.

— Reposez-vous, dit-il à Henrietta. Vous semblez épuisée.

— Et vous ? demanda-t-elle, en se passant la main dans les cheveux.

— Je vais au poste de commandement pour me renseigner. Mais au vu de la situation, je m'inquiète pour votre sécurité. Veillez bien à verrouiller votre porte quand je serai parti.

Lorsque Simon revint, il était près de minuit.

Il fut accueilli par l'agréable chaleur d'un feu de cheminée. Tirant une chaise près de l'âtre, il ôta ses bottes. Puis il se servit dans la réserve de bois rangée à côté de la cheminée, ajouta une bûche, et se mit à déambuler dans la pièce en ôtant sa veste.

Sachant qu'il devrait quitter Édimbourg dès le lendemain matin, et réticent à l'idée d'abandonner Henrietta, il était rongé de nervosité.

Tout en déboutonnant sa chemise, il marcha jusqu'à la porte d'Henrietta et tendit l'oreille.

Il n'entendait rien, ni respiration, ni murmure, ni mouvement. Intrigué, il actionna la poignée, constata que la porte n'était pas verrouillée et la poussa.

Traversant la pièce sans bruit, il s'avança jusqu'au lit.

Dans la lumière provenant du couloir, il observa le visage endormi d'Henrietta. Ses longs cils dessinaient des ombres sur ses joues délicates. Ses lèvres roses légèrement entrouvertes laissaient passer son souffle lent et régulier. Ses cheveux bouclaient sur l'oreiller en profondes nuances d'or et de cuivre, tandis que son bras dessinait une courbe ivoire au-dessus de sa tête, laissant son épaule et le haut de sa poitrine à découvert.

Il s'autorisa à contempler un moment son ravissant visage et la plénitude alléchante de ses seins. Dans le sommeil, elle semblait encore plus innocente, avec ses traits délicats et sa peau crémeuse.

Cette vision enchanteresse enflamma ses sens, et Simon eut le plus grand mal à se rappeler qu'il n'était pas là pour un rendez-vous amoureux.

Les longs cils d'Henrietta papillonnèrent, comme si cette insistance avec laquelle il la contemplait l'avait sortie de son sommeil, et il se retrouva face à un grand regard vert éberlué.

— Simon ?

— Je n'avais pas l'intention de vous réveiller. Rendormez-vous.

Le regard d'Henrietta passa lentement de son torse nu, révélé par l'ouverture de la chemise, à son entre-jambe. Son pantalon ajusté ne laissait rien ignorer du désir soudain qu'il avait d'elle, mais il ne fit pas un geste pour le dissimuler.

Rougissant jusqu'à la racine des cheveux, Henrietta détourna rapidement la tête.

— Vous allez partir, n'est-ce pas ? Quand devez-vous prendre la route ? demanda-t-elle d'une toute petite voix timide.

— Bientôt.

— M'auriez-vous réveillée ?

Il hocha la tête.

— Je ne serais pas parti sans vous avoir parlé d'abord.

— Merci.

Pudique, elle remonta le drap jusque sous son menton et s'assit. Puis elle tendit le bras pour attraper sa chemise et la fit passer par-dessus sa tête.

— Que se passe-t-il ? demanda-t-elle, en repoussant le drap et en se levant.

— L'armée des Highlanders est prête à se lever contre l'Angleterre.

— Où cela ?

— À Prestonpans. C'est à l'est, près de la côte. Le gros des troupes occupe déjà les collines environnantes.

— Cela signifie que vous n'irez pas à Perth ?

— Si. Je dois aller rejoindre les hommes que vous avez vus à Barradine. Ils sont arrivés à Édimbourg, et nous allons chevaucher ensemble jusqu'au point de rendez-vous avec le prince Charles.

Il soupira.

— C'est mon honneur et mon devoir de l
même si j'aimerais qu'il y ait une autre solution.

— Un tel héroïsme pourrait vous faire tuer, remarqua Henrietta.

— Je le sais, mais je ne ferai pas machine arrière. Je ne le peux pas. Je me suis engagé, et je n'ai plus maintenant d'autre choix que d'aider Charles Stuart à gagner. Et dans ce but, j'enrôlerai autant d'hommes à Barradine et réunirai autant d'armes que possible.

Henrietta frissonna sous le regard d'acier de Simon. Serrant les lèvres en une moue boudeuse, les bras croisés sur sa poitrine, elle se tourna de profil, le nez levé.

— Vous risquez de tout perdre. Et votre vie, et votre propriété qui sera saisie par la Couronne.

— J'ai veillé à cela en transférant ma propriété à mon frère Edward. En attendant sa majorité, elle sera administrée par ma mère et son frère, qui a prouvé à plusieurs reprises sa loyauté au roi George. Le document a été signé devant témoin, et daté du 1er mars 1745, avant que Charles Stuart ne lance sa rébellion en Écosse et ne fasse de moi un traître à la Couronne.

— Je vous félicite pour votre prévoyance, mais si vous n'êtes pas tué pendant la bataille, vous serez activement recherché comme traître, et conduit au gibet.

— Je le sais.

— Je l'espère bien.

La voix d'Henrietta s'était brisée. Les larmes lui montèrent aux yeux, et elle tourna la tête pour les dissimuler à Simon. Mais il eut le temps de se rendre compte que quelque chose n'allait pas et la prit par l'épaule pour la faire pivoter vers lui.

Incapable de supporter l'idée qu'il meure, elle toussota pour essayer de déloger la boule d'angoisse qui s'était formée dans sa gorge.

— Prions pour que la bataille n'ait pas lieu. Ou que vous vous en sortiez sain et sauf.

Après un moment de silence, Simon reprit :

— J'aurais voulu me montrer encore plus prévoyant que ce que vous dites, et vous trouver une escorte pour vous accompagner jusque chez votre oncle.

— Une escorte pour moi ? répéta Henrietta, d'un ton chargé d'émotion. Il n'est pas utile de vous donner cette peine, Simon. Je suis capable de me débrouiller toute seule. Je croyais que vous l'aviez compris.

— En temps normal, le voyage jusqu'à Inverness est déjà long et dangereux pour une femme seule. S'y risquer alors que la révolte menace serait de la folie. Je ne peux ni vous conduire chez votre oncle, ni vous autoriser à y aller seule. Trop de Highlanders sans foi ni loi pourraient s'en prendre à votre vertu.

— Mais je vous rappelle que j'ai l'apparence d'un garçon. Êtes-vous en train de me dire que mon déguisement ne trompe personne ?

— Non, mais vous faites un charmant jeune homme, Henrietta. Et vous risquez d'éveiller les plus bas instincts chez certains. Soyez raisonnable, et restez ici jusqu'à mon retour.

Henrietta le dévisagea avec étonnement.

Elle commençait à comprendre qu'il avait peur pour elle, et qu'il s'en voulait de n'avoir pas réussi à organiser son voyage dans les meilleures conditions.

— C'est mon départ qui vous préoccupe autant, ou la future bataille ?

— Je pensais que j'aurais pris toutes les dispositions pour que vous puissiez partir tranquillement, avoua-t-il d'un ton gêné. Cela me peine beaucoup de vous avoir fait défaut.

Henrietta le dévisagea avec stupéfaction.

— Me faire défaut ? Comment pouvez-vous dire une chose pareille ? Sans vous, je ne serais jamais arrivée jusqu'ici. Je suis stupéfiée par tout ce que vous avez fait pour moi.

Simon pressa gentiment ses doigts sur les lèvres d'Henrietta pour la faire taire.

Elle cilla pour chasser une larme, tandis qu'il se penchait pour déposer un baiser sur son front. Puis il chercha ses lèvres, et ils s'embrassèrent longuement.

Lorsqu'il mit fin à leur baiser, il la tint un moment serrée contre lui, avant de la repousser à bout de bras.

— Nous ne pouvons pas rester ensemble, dit-il. Je vous en prie, essayez de le comprendre.

Un muscle jouait dans sa mâchoire, et elle devina combien il prenait sur lui.

— Je reviendrai, c'est promis. Dites-moi que vous serez là, Henrietta.

Sous son regard scrutateur, elle finit par baisser les yeux et soupira.

— Oui. Oui, je serai là.

— Je suis désolé de cette séparation.

— Moi aussi.

Affaiblie par la turbulence de ses émotions, elle eut l'impression que son cœur allait se briser.

Devinant qu'il allait ajouter quelque chose, elle le regarda en retenant son souffle.

Le regard de Simon était aussi immobile que son corps, dénué d'expression, à l'exception de ses yeux qui cherchaient les siens.

— Je crois qu'il est temps que nous nous mettions d'accord sur ce que nous ressentons l'un pour l'autre, dit-il.

Ces mots la troublèrent. Cet homme était tout ce que son père avait été et, rien que pour cela, elle aurait dû l'éviter comme la peste. Les dangers qu'il faisait courir à ses sens et à ses émotions étaient immenses. Et pourtant, le désir physique qu'elle ressentait pour lui continuait à la ronger de l'intérieur.

Une petite voix insidieuse lui souffla de prendre garde, lui rappelant qu'une liaison avec Simon ne lui apporterait rien qu'un immense chagrin.

Mais une autre voix lui disait autre chose, lui conseillant de ne pas laisser passer ce moment, mais au contraire de le saisir et de s'y accrocher.

L'intensité des sentiments entre eux était évidente, mais difficile à comprendre. La seule chose qu'elle savait, c'est qu'il pourrait perdre la vie au cours de la bataille en préparation, et qu'elle risquait de ne plus jamais le revoir.

Et cependant elle hésitait, car ce qu'elle était en train d'envisager n'était ni dans ses habitudes ni dans sa façon de penser.

Elle était plus effrayée qu'elle ne l'avait été de toute sa vie, et elle était tout à la fois stupéfaite et honteuse de pouvoir songer à une chose aussi indécente.

Mais n'était-ce pas ce qu'elle avait toujours voulu,

ce à quoi elle avait pensé depuis qu'il l'avait embrassée à Barradine ?

Tout ce qu'elle demandait, c'était qu'il la prenne à nouveau dans ses bras et l'embrasse jusqu'à ce que toute pensée raisonnable lui échappe.

Comme s'il avait deviné ses pensées, Simon avait les yeux rivés sur ses lèvres.

— Lorsque je vous ai embrassée, à l'instant, vos lèvres étaient aussi douces que dans mon souvenir, dit-il.

— Il est étrange qu'il m'ait fallu venir aussi loin pour vous trouver, murmura Henrietta, songeuse.

Visiblement surpris, il demanda d'un ton hésitant :

— Devrais-je prendre votre commentaire pour un encouragement, Henrietta ?

Rassemblant toutes ses forces, elle balaya ses peurs, ses angoisses et ses idées de départ.

— Je vous laisse libre de penser ce que vous voulez, dit-elle d'une voix douce. Devez-vous partir très vite ?

Simon la regarda avec une intensité effrayante, et un long moment passa avant qu'il plisse le front et secoue la tête.

— C'est mieux ainsi. Nous savons tous les deux ce qui se passerait si je restais. Or, je ne veux pas vous rendre malheureuse.

— Ce ne sera pas le cas. Enfin… Si, corrigea-t-elle d'une voix tremblante. Je serai malheureuse si vous partez.

Simon n'eut pas de réaction. Il se tenait immobile, le front toujours plissé.

L'air s'était chargé d'une tension nouvelle.

Ses yeux bleus, assombris jusqu'à paraître noirs, l'observaient.

Henrietta savait à quoi il pensait.

Elle avait un peu peur, mais elle ne baissa pas les yeux.

Le silence qu'elle observait, son regard empli à la fois d'espoir et de crainte étaient plus éloquents que des mots.

La décision lui appartenait.

Sans doute aurait-elle dû lui dire de partir maintenant, pendant qu'il en était encore temps. Mais elle en était incapable. Après cette nuit, elle ne le reverrait peut-être jamais.

Il n'y avait vraiment pas d'autre choix possible.

Elle le regarda et comprit qu'il savait.

Chapitre 6

Henrietta était nerveuse à présent, tremblant de l'intérieur et regrettant de ne pas être en sécurité quelque part ailleurs.

Elle aurait voulu ne pas connaître la signification de ces nouvelles émotions qui l'agitaient. Mais ses jambes ne se dérobèrent pas sous elle tandis qu'elle marchait vers son destin.

Car c'était son destin d'aimer cet homme, et elle savait qu'il ne servirait à rien d'essayer de résister.

Elle ne devrait pas l'aimer, le bon sens lui disait que c'était une dangereuse folie, mais ce qu'elle ressentait pour lui était trop fort, trop indéniable, et elle refusait de renoncer à lui.

Et cependant, à cause de son inexpérience, elle se sentait démunie. Elle débordait d'envie, d'amour, et ne savait pas comment l'exprimer.

D'un geste hésitant, elle tendit le bras et toucha la main de Simon.

Elle le vit prendre une grande inspiration et pincer les lèvres, tandis que son regard exprimait l'indécision.

Du bout des doigts, elle repoussa une mèche qui

lui tombait sur le front. Elle était lourde et soyeuse, les cheveux coulant entre ses doigts comme du sable.

Comme à chaque fois qu'Henrietta se tenait près de lui, Simon respirait sa délicate odeur poudrée, et il en avait la tête tournée, comme sous l'effet d'un alcool fort.

À l'instant où ses lèvres s'étaient posées sur celles d'Henrietta, un brûlant afflux de sang s'était répandu dans tout son corps, provoquant une immédiate et virile réaction. Il avait alors douloureusement pris conscience de son désir pour elle. Et la caresse légère de ses doigts sur son visage ne faisait que multiplier les sensations qui s'étaient éveillées en lui quand il l'avait embrassée.

Peu importaient les nobles intentions qu'il tentait de manifester en sa présence, ses mâles instincts prenaient le dessus et, les yeux rivés sur les rondeurs de sa poitrine, il nourrissait un désir insatiable.

Après une dernière hésitation, il passa un bras autour de sa taille si fine, et l'attira contre lui.

Faisant preuve d'une audace sans limites, il posa les mains sur ses fesses et la plaqua contre son sexe durci, avant de s'emparer sauvagement de ses lèvres.

Le cœur de Simon battait si fort qu'Henrietta en éprouvait l'écho dans sa propre poitrine. Elle le sentait trembler de tout son corps, et comprit que son désir était désormais devenu incontrôlable.

Elle en eut la confirmation lorsqu'il murmura d'une voix essoufflée :

— Un homme ne peut pas toujours contrôler la façon

dont son corps répond à la vue d'une belle femme, or, votre compagnie réveille des désirs que j'ai le plus grand mal à contenir.

Il soupira.

— Je suis un homme, Henrietta, sujet à toutes les sensations et les égarements de mon genre. Et, en tant qu'homme, j'apprécie grandement de vous avoir près de moi. Vous êtes douce et attirante, et vous avez égayé ma maison comme une fleur délicate. Je vous désire infiniment, et pourtant je ne vous forcerai jamais. Et jamais non plus je ne vous ferai délibérément du mal.

Un doux soupir franchit les lèvres d'Henrietta.

— Je ne veux pas que nous nous séparions, dit-elle d'une voix mal assurée. J'ai les mêmes sentiments que vous.

— Alors, n'en soyez pas honteuse. Ce sont des sentiments honnêtes qui font partie de la nature humaine. Et cependant, mon aimée, je vous supplie de bien réfléchir...

Elle posa l'index sur ses lèvres pour l'interrompre.

— Ne dites rien. Je sais qu'il n'y a aucun avenir possible pour nous deux, et il se pourrait que ce soit notre seule chance.

Perdant la bataille, Simon glissa les doigts sous le menton d'Henrietta et souleva son visage vers le sien.

Il l'embrassa très tendrement, tout en lui caressant les cheveux avec beaucoup de douceur.

Mais leurs émotions s'engagèrent bientôt sur un tout autre chemin.

Tandis que leur étreinte se prolongeait, se faisait plus passionnée, plus avide, le monde extérieur et ses turbulences cessèrent bientôt d'exister.

Dans l'espace clos et protecteur de la chambre, les

préoccupations concernant Charles Stuart, et ce que l'avenir leur réservait, n'étaient plus à l'ordre du jour.

— Apprenez-moi comment vous faire l'amour, Simon. Montrez-moi ce qui donne du plaisir à un homme. Pour cette unique nuit, je veux être votre amante, effacer le souvenir de celles que vous avez connues avant.

— N'avez-vous pas peur ?

Henrietta prit soudain conscience de son audace.

Retenant un instant son souffle, elle réfléchit à la question.

C'était sa première fois. Jamais auparavant elle n'avait eu envie de faire cela. Elle était si ignorante… Mais le désir fou qu'elle sentait sourdre au plus profond d'elle-même lui donnait de la témérité.

— Non, je n'ai pas peur, répondit-elle.

— Je serai doux, promit-il.

Puis il la souleva dans ses bras et la porta sur le lit.

Avec un sourire charmeur, elle posa doucement ses lèvres sur celles de Simon, et fit lentement courir ses mains sur le large torse, en s'émerveillant de la fermeté de ses muscles.

Depuis le moment où la mascarade d'Henrietta avait été découverte, Simon n'avait cessé d'être surpris et fasciné par ce mélange d'innocence et de franchise qu'il avait découvert chez cette femme qu'il tenait maintenant dans ses bras.

Tout chez elle l'intriguait délicieusement, et jamais il n'avait été si conscient de son obsession pour elle qu'au moment de découvrir ensemble un nouveau monde d'intimité.

Il avait l'intention de prendre son temps, de l'éveiller doucement au plaisir, et ce fut donc avec une lenteur extrême qu'il explora les pleins et les déliés de son corps, les redessinant d'abord du bout des doigts, avant d'y faire courir ses lèvres.

Exprimant son plaisir par des soupirs fiévreux, Henrietta avait rejeté la tête en arrière, tandis qu'un incendie consumait son corps.

Même ses rêveries les plus osées ne l'avaient pas préparée à cela. Les mains de Simon, puissantes et diaboliquement habiles, étaient partout à la fois : sur ses seins, dont la pointe se dressait comme un bourgeon prêt à éclore, sur son ventre et ses hanches, le long de ses jambes et à la jonction entre ses cuisses…

Avec hardiesse et imagination, il la guida vers un monde de sensations enivrantes, un univers dont elle n'aurait jamais soupçonné l'existence.

Tandis qu'il la renversait sous lui, un frisson de joie anticipée la traversa à l'idée qu'elle allait bientôt lui appartenir totalement. Mais, lorsque son sexe durci fit sa première intrusion contre la barrière de sa virginité, elle cria de surprise et de peur.

Heureusement, la joie exaltante que Simon sut faire naître en elle, par les assauts redoublés de ses reins puissants, ne tarda pas à effacer tout inconfort.

La tête vide de toute pensée, grisée par l'idée que leurs corps ne formaient plus qu'un, elle se laissa emporter par le courant impétueux du plaisir qui, vague après vague, les conduisit tous deux vers les rivages de l'extase.

Tandis qu'elle perdait tout contrôle, et que son univers semblait exploser comme un bouquet de lumière intense, elle ne put retenir une larme à l'idée qu'ils seraient désormais unis pour toujours dans leur chair et dans leur cœur.

Épuisé, Simon laissa échapper un long soupir tremblant, tandis qu'il se retirait lentement pour s'installer à côté d'elle. La tête sur sa poitrine, il pouvait entendre battre son cœur.

Tandis qu'Henrietta glissait les doigts dans ses cheveux, il déposa un baiser sur son épaule.

Il était si essoufflé qu'il attendit un long moment avant de pouvoir parler.

— Henrietta…, commença-t-il.

Elle pressa les doigts contre ses lèvres, et il y déposa un baiser.

— Non, dit-elle doucement. Ne parlez pas.

Il hocha la tête, et perçut la douceur de sa poitrine ivoirine sous sa joue.

Roulant sur le côté, il la serra contre lui, l'embrassant et caressant son corps comme s'il voulait ne jamais la laisser partir.

Bien que récemment satisfait, il sentit à nouveau un réveil au creux de son bas-ventre.

— Votre curiosité est-elle apaisée, mon aimée ?

Sentant renaître la chaleur du désir, Henrietta se retourna dans les bras de Simon.

Ce qui s'était passé entre eux était si beau qu'elle avait envie de pleurer.

Jamais elle ne s'était sentie aussi vivante. Tout son corps vibrait encore de plaisir.

— Pas complètement. Je pense que vous avez encore d'autres choses à m'apprendre.

— Ne ressentez-vous donc aucune douleur ?

— Pas la moindre.

Elle s'étira en soupirant d'aise.

— Je me sens terriblement dépravée.

— Vous ne l'êtes pas, mon aimée. Une dépravée est une femme perdue, qui accepte l'argent des hommes. Ce n'est pas votre cas.

— En tout cas, je suis complètement à votre merci, milord.

— Et moi, je suis votre serviteur, murmura-t-il, en la renversant à nouveau sous lui.

Sur le moment, le monde qui les entourait ne les inquiéta pas. Mais, au fil de la nuit, la tristesse assombrit le regard d'Henrietta, sans doute à l'idée de ce qui allait suivre.

Quand elle s'endormit, Simon eut la possibilité de l'observer tout à loisir et, le sommeil ayant fait tomber son masque, il put voir, dans la couleur cuivrée de ses cheveux, dans la forme délicate de son menton et le doux renflement de ses lèvres, la femme qu'elle était vraiment.

Cettc fcmmc-là, il pourrait l'avoir, et cette pensée le bouleversait.

Elle ouvrit soudain les yeux, et il se demanda si

c'était l'insistance avec laquelle il la contemplait qui l'avait sortie de son sommeil.

Ils s'observèrent en silence, chacun cherchant à déchiffrer les attentes et les souhaits de l'autre. Et dans cet échange qui fit battre leur cœur plus fort, un lien très spécial se noua, que rien ni personne ne pourrait jamais rompre.

Quand vint l'aube, diffusant une lumière grise dans la chambre, Simon observa sa compagne endormie.

La tête d'Henrietta reposait sur son épaule, et elle était blottie contre lui comme si elle recherchait sa chaleur. Un sein pressait contre son bras, et il dut faire appel à toute sa volonté pour ne pas y refermer la paume, de crainte de la réveiller.

Respirant son parfum grisant, il la regarda dormir un moment, détaillant chacun de ses traits, et les mémorisant dans son esprit.

Un soupir s'échappa des lèvres entrouvertes d'Henrietta.

Pour la première fois depuis qu'ils s'étaient aimés, il était envahi par le remords. Il n'aurait pas dû lui faire l'amour, négligeant délibérément les conséquences qu'elle devrait affronter si un coup fatal l'emportait et qu'elle se retrouvait à porter un enfant.

Lorsque Henrietta se réveilla, avec une plaisante sensation de bien-être, elle fut déçue de découvrir que Simon n'était plus là. Seule l'odeur familière de son corps imprégnait encore les draps, réveillant les souvenirs d'une nuit passionnée.

Le rouge lui monta aux joues tandis qu'elle se rappelait les choses incroyablement audacieuses qu'elle avait faites. Il n'y avait pas une parcelle d'elle qu'il n'avait pas touchée ou goûtée, tandis qu'il éveillait son corps au plaisir et détruisait toutes les barrières de sa pudeur.

Elle se glissa rapidement hors du lit et se posta à la fenêtre, espérant l'apercevoir avant qu'il ne s'en aille rejoindre le prince Charles avec les hommes de Barradine.

Baissant les yeux vers la ruelle, qui était déjà envahie par des Highlanders quittant la ville pour se rendre à Prestonpans, elle disséqua chacun des moments qu'ils avaient passés ensemble pour tenter de mettre de l'ordre dans ses émotions et d'y voir plus clair.

Simon avait l'horripilante capacité de réveiller le pire de sa nature, de voir ce qu'aucun homme n'avait vu avant, et de la transformer en une furie passionnée.

Mais, songea-t-elle avec attendrissement, il possédait aussi le pouvoir de titiller, cajoler, enchanter ses sens, comme jamais elle ne l'aurait cru possible.

Il avait fait naître en elle des besoins dont elle ignorait l'existence. Il avait été doux avec elle, tendre, attentionné…

Son expérience avec lui avait été si différente de ce que lui avaient raconté certaines de ses amies qui, à mots couverts, avaient évoqué de la douleur et du dégoût.

Comment envisager dans ces conditions de se séparer de lui ?

Et pourtant, elle devait partir.

Pourquoi, ô pourquoi avait-elle dit qu'elle l'attendrait ici ?

Elle ne pouvait pas. C'était impossible.

Des larmes lui montèrent aux yeux, brouillant sa vision.

Leur amour n'avait pas d'avenir.

Elle ne pouvait pas l'épouser. Mais, après ce qu'elle avait fait, elle était perdue pour les autres hommes car elle avait péché, physiquement et en pensée. En effet, même si elle éprouvait de la culpabilité, elle savait qu'elle retournerait dans les bras de Simon encore et encore, qu'aucune mise en garde de sa conscience n'effacerait le besoin dévastateur qu'elle avait de Simon.

Au bout de quelques minutes, elle se détourna de la fenêtre, les yeux secs, et le visage figé par une expression déterminée.

L'heure n'était pas aux réflexions saugrenues.

Consciente d'une peur insidieuse qui se développait peu à peu en elle, elle fit de son mieux pour l'ignorer.

Elle ne devait pas penser aux dangers qu'encourrait Simon si une bataille se déclarait.

Elle devait au contraire garder la tête froide si elle entendait quitter Édimbourg et faire route vers le nord.

Plus tard dans la journée, quand Simon revint à la chambre, espérant y trouver Henrietta en train de l'attendre, elle avait pris la route depuis plusieurs heures.

Au début, il fut surpris de voir qu'elle n'était pas là, puis la surprise fit place à la colère.

Son visage blêmit, et un muscle joua dans sa mâchoire serrée.

Quelque chose explosa en lui, en une myriade d'émotions échappant à tout contrôle rationnel.

Un million de pensées et de sentiments se mirent à tournoyer follement, au point qu'il fut à peine en mesure de réfléchir à cette énorme débâcle.

Il avait fait l'amour à quantité de femmes, mais jamais il n'avait ressenti pour aucune d'entre elles ce qu'il ressentait pour Henrietta.

Que trouvait-il à ce point attirant chez elle ?

Son innocence ? Sa sincérité ? Son sourire, qui lui faisait battre le cœur plus vite, comme un jeune homme inexpérimenté en proie aux premières affres de l'amour.

Il se rembrunit.

Non, pas l'amour.

L'amour lui était toujours passé à côté, et il avait fini par en déduire que ce n'était pas pour lui.

Et cependant, Henrietta l'affectait profondément. Il se souvenait, quand il l'avait embrassée pour la première fois, s'être demandé s'il pourrait revenir à Barradine sans se rappeler les moments qu'ils y avaient passés ensemble.

À cet instant, il pouvait toujours entendre son rire cristallin, voir son regard vif et brillant, son sourire attendrissant.

Fermant les yeux pour effacer son image, il se rendit compte qu'il sentait toujours son odeur dans l'air.

Il essaya de se convaincre que ce qu'il ressentait était l'amertume d'un désir frustré, mais il ne pouvait nier que, chaque fois qu'il pensait à elle, c'était l'amour qui lui venait à l'esprit.

Si les circonstances avaient été différentes, si Henrietta était simplement allée se promener au parc pour le plaisir, il ne se serait pas inquiété. Mais les temps étaient troublés, et des gens peu recommandables arpentaient les rues.

L'envie de partir à sa recherche le taraudait, mais il ne pouvait déroger à son devoir à la veille d'une bataille.

Il passa donc les jours suivants à tenter de modérer sa colère. Il maudissait Henrietta, et pourtant elle lui manquait.

Mais ce qui était fait était fait.

C'était mieux ainsi.

Et puis, elle serait bientôt chez son oncle, là où était sa place.

Henrietta quitta Édimbourg, et se dirigea vers Queensferry, distante d'une quinzaine de kilomètres.

Admirant au passage les envolées d'oiseaux marins installés en colonie sur la rive du fleuve Firth of Forth, elle franchit le pont et, afin de rencontrer moins de monde, poursuivit son périple en empruntant les petites voies secondaires plutôt que les grandes routes.

Comme elle avait eu la présence d'esprit d'acheter du pain et du fromage avant de partir, elle n'eut donc pas à s'arrêter dans un village pour faire quelques emplettes, et se contenta d'un repas sur le pouce. Cette pause fut également la bienvenue pour sa monture qui cheminait vaillamment, mais commençait à montrer quelques signes de fatigue.

Peu avant la tombée de la nuit, elle se mit en quête d'une auberge. À dire vrai, elle redoutait un peu de s'aventurer dans un endroit peu recommandable. Elle eut cependant la chance de trouver un établissement de bonne tenue, où on lui servit un repas simple mais copieux. La chambre, propre, spacieuse et confortable, fut aussi une bonne surprise.

On était en septembre, et le temps était encore

clément, mais elle s'enveloppa dans sa cape et garda son chapeau baissé.

À son grand soulagement, les Highlanders qu'elle croisa lui prêtèrent peu d'attention. Leur seule préoccupation était de rejoindre le prince Charles, mais elle fit toutefois de son mieux pour les éviter ou s'en cacher.

La dernière partie du voyage fut la plus éprouvante.

La tête baissée pour lutter contre le vent, couverte de boue et ankylosée de fatigue, elle chevaucha à travers les étendues désertiques, suivant les chemins empruntés par des générations de moutons et de bergers lors de leurs migrations. Elle but aux rivières des eaux claires, fraîches et pures. Parfois, quand elle était seule avec les lapins et les biches qui habitaient la lande et les bois, les circonstances et les injustices qui l'avaient obligée à quitter Londres revenaient la hanter douloureusement. Elle criait alors sa rancœur au ciel.

Les derniers miles prirent des allures de calvaire tant elle était fatiguée. Fermant les yeux, elle laissa son cheval la mener.

Contre le rideau noir de ses paupières, une image de Simon apparut. Il était comme elle l'avait vu dans le jardin la nuit précédant leur départ de Barradine. En imagination, elle sentit la chaleur de son souffle et se plut à croire qu'il n'était qu'à quelques pas d'elle et l'attendait.

En se remémorant les moments qu'ils avaient passés ensemble à Édimbourg, le plaisir inouï qu'elle avait ressenti dans ses bras, la tendresse de leurs baisers après que leur premier désir fut apaisé, la tentation fut grande de se laisser entraîner dans une rêverie où un avenir entre Simon et elle serait possible.

Mais elle savait que chaque heure qui passait l'éloignait de l'homme qu'elle aimait au-delà de toute mesure.

Le reverrait-elle un jour ?

La possibilité que ce ne soit pas le cas lui déchirait le cœur. Ils ne seraient peut-être plus jamais intimes, et elle en était profondément malheureuse, connaissant la valeur de ce qu'elle avait gagné, et de ce qu'elle avait perdu.

Pour la première fois de sa vie, elle était tombée amoureuse d'un homme. Et elle ne pouvait pas vivre avec cet homme.

Une immense tristesse s'abattit sur elle, pesant sur ses épaules comme une lourde couverture.

Peut-être aurait-il mieux valu qu'elle ne rencontre jamais Simon Tremain. Alors, elle serait venue tout droit en Écosse, et serait déjà auprès de son oncle.

Mais, tandis que son esprit continuait à vagabonder, elle se demanda ce que Simon faisait à cet instant précis.

Pensait-il à elle comme elle pensait à lui ?

Soudain, une idée cruelle vint s'immiscer dans sa douce rêverie, la ramenant brutalement à une réalité où le danger rôdait en permanence autour d'elle.

Et Jeremy ? Pensait-il également à elle ? Elle n'avait guère de doute à ce sujet, et cela n'était pas pour la rassurer.

Ouvrant les yeux, elle incita sa monture à presser le pas.

Le vent redoublait de violence, et le ciel s'assombrissait, contribuant à créer une atmosphère inquiétante.

Les dernières minutes lui parurent interminables, et ce fut avec un immense soulagement qu'elle vit apparaître la silhouette trapue et ramassée d'un cottage construit sur un sol rocailleux. Il s'en dégageait une impression de désolation presque fantomatique qui ne fit qu'ajouter à sa nervosité.

Elle n'avait pas réfléchi à ce qu'elle trouverait une fois arrivée sur place, obnubilée qu'elle était par les conditions intolérables créées par Jeremy. Et cependant, à cet instant, les terribles circonstances qui l'avaient contrainte à quitter son foyer et à se lancer dans un périlleux voyage lui semblaient étrangement détachées de l'instant présent.

Ce qui lui importait pour le moment, c'était de savoir comment son oncle allait réagir. Serait-il heureux ou fâché de la voir ?

Un joli poney Highland avait passé la tête au-dessus de la porte en deux parties de l'écurie adjacente, et les accueillit, elle et sa monture, par un doux hennissement. Henrietta avait une tendresse toute particulière pour cet équidé très rustique, au caractère placide, que les fermiers écossais, l'appréciant pour son agilité et sa force, employaient comme animal de bât, et notamment pour transporter la tourbe.

N'obtenant pas de réponse à son coup frappé à la porte, Henrietta la poussa et entra.

C'était beaucoup plus grand que ce à quoi elle s'attendait et bien meublé. Partout où se posait son regard, il y avait des livres soigneusement rangés dans des bibliothèques.

Elle se demandait où pouvait bien être son oncle quand une voix s'éleva dans son dos.

— Que voulez-vous, mon garçon ?

Elle pivota sur les talons, ôta son chapeau, et lui adressa un petit sourire embarrassé.

— Ma chère Henrietta… Car c'est bien toi, n'est-ce pas ? Quel bonheur ! Mais je n'en crois pas mes yeux. Que fais-tu en Écosse ? J'espère que tout va bien. Mais, en te voyant seule et si loin de la maison, j'imagine que ce n'est pas le cas.

Henrietta s'était imaginé retrouver son oncle tel qu'il était onze ans plus tôt, mais son visage s'était profondément ridé sous le poids des ans et du rude climat des Highlands. Son regard, en revanche, était toujours vif et intelligent, et l'âge n'y avait pas laissé de marque.

Tout sourires, les bras tendus, il s'avança pour la serrer contre lui, et l'embrassa sur les deux joues, à la française, car il avait passé plusieurs années à étudier en France.

— Je ne rêve pas. C'est vraiment toi. Seigneur, ma petite fille, comme tu es devenue jolie. Quand je pense que cela fait onze ans que je ne t'ai pas vue. C'est beaucoup trop long. Beaucoup trop long pour être éloigné de sa famille.

— C'est vous qui avez choisi de vous isoler, lui rappela Henrietta.

— Ah… Eh bien, cette histoire avec ton père…

Il secoua la tête avec tristesse.

— Je n'ai jamais compris pourquoi il s'était acoquiné avec ces fichus Jacobites.

Henrietta s'étonna.

— Vous avez toujours été un militant catholique, mon oncle. Auriez-vous renié votre foi ?

— Parlons d'autre chose, mon enfant. Tu n'imagines

pas à quel point je pensais à toi à Londres et te souhaitais tout le bonheur possible.

Il lui prit les mains et les serra fort, visiblement très ému.

— Tes lettres étaient un enchantement, bien sûr, mais je suis tellement heureux de ta visite. Je commençais à croire que je ne te reverrais jamais. Tu es la seule famille qu'il me reste maintenant.

Ces mots attendrirent Henrietta aux larmes.

— Eh bien, je suis là désormais, murmura-t-elle.

Elle regrettait infiniment de ne pas l'avoir mieux connu avant qu'il disparaisse de sa vie. Mais elle avait l'espoir que cela change maintenant.

— Vivez-vous seul ?

Il eut un sourire.

— J'aime la solitude. Je m'assois souvent dans le noir, et je médite. Cela doit te sembler étrange, mais c'est ainsi.

— Vous n'avez pas d'amis ?

— Si, bien sûr. La plupart sont à Inverness et je leur rends visite quand j'en ressens l'envie. Mais je suis seul la plus grande partie de l'année.

— Pourquoi ne vous êtes-vous jamais marié, oncle Matthew ?

— Je n'en ai jamais eu le souhait. J'étais trop occupé à voyager, et…

— À lire vos livres de philosophie et d'histoire, termina Henrietta à sa place.

— C'est exact. Il se trouve aussi que je n'ai jamais eu beaucoup de succès avec les femmes. Je pense que celles avec qui j'ai eu des contacts ont dû me prendre pour un vieux croûton sans intérêt.

— Cela m'étonnerait beaucoup. Ma mère disait toujours que votre compagnie était très plaisante.

Il balaya cette remarque d'un geste de la main.

— Allons donc… Au lieu de dire des sottises, raconte-moi un peu ce que tu fais ici, et dans cet accoutrement.

— Je vous assure, insista Henrietta. Plus j'y songe, plus je trouve qu'il y a quelque chose en vous qui me fait penser à mon père. Il était si charmant…

Elle pinça dédaigneusement les lèvres.

— Quand il n'était pas occupé à fomenter des rébellions avec sa bande de Jacobites, s'entend.

— Et nous savons où cela l'a mené.

La tristesse assombrit son visage, et Henrietta devina qu'il songeait à son frère défunt. Elle changea alors de sujet.

— J'ai des choses importantes à vous dire, oncle Matthew.

— Bien, bien…

Il lui fit signe de s'approcher du feu.

— Quel genre d'hôte suis-je ? Tu m'as l'air à bout de forces. Assieds-toi. Je vais te préparer du thé. J'ai même des petits gâteaux.

Il rit devant l'air surpris d'Henrietta.

— Je n'ai pas grand mérite, car je paie une femme du village, Moira, pour venir cuisiner et faire le ménage une fois par semaine. Son fils l'amène en carriole et me dépose les provisions dont j'ai besoin.

— Je suis ravie de l'apprendre. Le cottage est tellement isolé que je n'aimerais pas vous savoir seul ici jour après jour.

Tandis qu'ils partageaient du thé et des muffins, Henrietta raconta à son oncle tout ce qui lui était arrivé.

— Mais c'est l'œuvre du diable ! déclara Matthew, horrifié. Cet homme est un gredin de la pire espèce. Et un meurtrier, si ce que tu viens de m'apprendre sur la mort de tes tuteurs est véridique.

— Ça l'est, oncle Matthew. Vous ne pouvez pas imaginer de quoi Jeremy est capable pour obtenir ce qu'il veut.

Henrietta remit à son oncle la copie du testament qu'elle avait réussi à subtiliser, et il lut attentivement le document.

— Je ne m'attendais pas à cet héritage, dit-elle, quand il eut terminé sa lecture. Je n'en voulais pas.

— En tout cas, tu as bien fait de venir ici, et je vais tout faire pour te protéger. Mais il faudra bien que tu retournes à Londres un jour…

Le vieil homme s'accorda quelques secondes de réflexion, avant de poursuivre :

— Je t'accompagnerai. Mais je pense que nous devrions attendre que l'agitation liée à l'arrivée en Écosse de Charles Stuart se calme.

— Je dois avouer que j'en ai assez des voyages.

— Dans ce cas, je suggère que nous attendions jusqu'au printemps. Mais en attendant, je vais écrire à Me Goodwin et lui expliquer la situation.

— Merci, oncle Matthew. Je sais que j'aurais dû lui parler moi-même, mais j'avais peur de Jeremy. Quand j'ai quitté Londres, j'étais désespérée. Je ne savais pas vers qui me tourner. Il n'y avait personne, à part vous, et vous étiez à des centaines de miles.

— Mais tu es venue. Et tu as chevauché seule depuis Londres ?

— Non, je… J'ai rencontré quelqu'un qui devait

également se rendre en Écosse. Sa maison se trouve à la frontière, au sud d'Édimbourg.

— Comment s'appelle-t-il ?

— Lord Simon Tremain of Barradine, répondit-elle, en baissant les yeux de peur que son oncle n'y lise ce qu'il y avait dans son cœur.

— Est-il honorable ?

— Oui, il l'est, sans conteste.

— Puis-je te demander où il se trouve maintenant ?

Henrietta marqua un temps d'hésitation.

— Lorsque nous nous sommes séparés, il devait rejoindre le prince Charles à Prestonpans, dans la région de l'East Lothian. Je n'ai eu aucune information depuis que j'ai quitté Édimbourg, mais je crois qu'une bataille devait avoir lieu.

Matthew hocha la tête.

— La bataille de Gladsmuir, qui s'est déroulée le 21 septembre. J'en ai entendu parler hier, quand j'étais à Inverness. L'armée gouvernementale, fidèle au roi George et menée par Sir John Cope, a été battue. Composée à la fois de troupes d'infanterie et de cavalerie, elle se croyait pourtant invincible. Mais les troupes rebelles, composées de près de mille cinq cents Highlanders, ont mené la charge sans faiblir, et n'ont finalement comptabilisé que très peu de pertes.

Le soulagement d'Henrietta fut si intense que les larmes lui montèrent aux yeux.

Matthew la dévisagea avec curiosité.

— Que représente-t-il pour toi, ce lord dont tu sembles faire grand cas ? Y a-t-il quelque chose de spécial entre vous ?

Elle secoua vigoureusement la tête.

— Oh non, mon oncle. Lord Tremain est un Jacobite. Comprenez-vous ?

Matthew l'observa encore un moment, puis il hocha la tête.

— Oui, ma chère, je comprends. Je comprends parfaitement bien.

Les jours suivants, Henrietta vit peu son oncle. Quand il n'était pas plongé dans ses livres, il sortait se promener à cheval, ou allait à la chasse avec ses voisins, dont les plus proches résidaient à deux miles du cottage.

Des nouvelles leur parvinrent, selon lesquelles Charles Stuart et ses fervents soutiens highlanders, grisés par leur succès à Prestonpans, se préparaient à marcher sur l'Angleterre, et même à se rendre à Londres pour réclamer les terres de son père.

Certains chefs de clans écossais n'étaient pas aussi enthousiastes et essayaient de l'en dissuader. Car si les hommes affluaient du nord pour le soutenir, il n'y avait guère de soutien au sud.

Mais le prince traitait par le mépris les réticences des lords jacobites et des chefs de clans, et faisait la sourde oreille.

Simon n'avait aucunement l'intention d'accompagner le prince Charles dans le Sud. Charles en fut fort mécontent mais il accepta finalement sa décision, en échange de sa promesse de rallier de nouveaux soutiens parmi les Highlanders. Ce fut ainsi que Simon partit vers le nord, en direction d'Inverness.

En dépit de tous ses efforts, il n'était pas parvenu à oublier Henrietta. La pensée qu'il ait pu lui arriver quelque chose, et qu'elle n'ait jamais réussi à rejoindre son oncle le torturait.

Était-elle en sécurité ? Il avait absolument besoin de le savoir.

Il voulait tant l'embrasser à nouveau, la tenir dans ses bras, regarder son beau visage…

Que se serait-il passé s'il avait rencontré Henrietta Brody quelques années auparavant ?

Serait-il tombé amoureux d'elle ? Sans doute pas, car il était bien différent aujourd'hui du jeune homme qu'il avait été. Il s'était endurci physiquement et mentalement après des années passées à se battre aux côtés du prince Charles.

Et pourtant, s'il avait alors découvert son frais minois, ses splendides yeux verts, sa luxuriante chevelure cuivrée…

Il secoua la tête, s'exhortant à un peu de bon sens. Il ne servait à rien de conjecturer au sujet du passé. Ce qui était fait était fait, et on ne pouvait rien y changer.

Mais peut-être avait-il la possibilité d'influer sur le futur ?

Cette femme, qu'il avait envie d'épouser, s'était insinuée au plus profond de son âme. Elle l'avait marqué au fer rouge, faisant de lui son esclave pour toujours.

Jamais il ne se libérerait d'elle. Il l'aimait avec une force inédite, et savait que, si cet amour n'avait pas de réciproque, il serait condamné à vivre l'enfer.

— Quelque chose ne va pas, déclara un jour Matthew, d'un ton qui ne souffrait pas de contradiction. Tu es pâle comme une pâquerette et tu te morfonds à longueur de journée. Une jeune personne comme toi devrait passer du temps avec des amis.

— Vous savez bien que je n'en ai pas, mon oncle. Le cottage est si isolé… Qui voulez-vous que je rencontre ici ?

— Peut-être une visite à Inverness te mettrait-elle un peu de baume au cœur ? Je dois m'y rendre pour consulter mon avocat, et tu pourrais m'accompagner.

— Cela me plairait beaucoup, approuva Henrietta, enthousiaste à l'idée d'un changement de décor.

Matthew observa avec un dégoût non dissimulé les vêtements masculins de sa nièce.

— Apprécierais-tu de faire quelques emplettes ? proposa-t-il.

— Eh bien…

— J'avoue que je préférerais te voir dans une tenue plus féminine. Les femmes aiment toujours acheter des fanfreluches, et il m'a été donné d'entendre qu'il y avait d'excellentes couturières en ville.

Sa proposition fit naître un sourire sur les lèvres d'Henrietta.

Son oncle, perdu comme il l'était dans ses livres, était fort peu au fait des humeurs féminines et s'imaginait qu'il suffirait d'une nouvelle robe pour lui redonner de l'entrain. Elle n'avait pas la tête à s'intéresser à la mode, mais c'était si gentil de la part du cher vieil homme de proposer de l'accompagner et de lui offrir une tenue sur ses propres deniers, qu'elle n'eut pas le cœur de le décevoir en refusant.

— J'adorerais aller à Inverness avec vous, oncle Matthew, et je suppose que vous en profiterez pour visiter quelques échoppes de livres quand nous serons là-bas.

L'étincelle qui s'alluma dans le regard de l'excentrique universitaire lui apprit qu'elle avait vu juste.

Henrietta apprécia le trajet jusqu'à Inverness dans la petite carriole d'oncle Matthew, tirée par son poney highland, aux crins abondants qui lui donnaient une allure échevelée.

La campagne était encore verte, avec çà et là quelques taches rousses annonçant l'automne. Un soleil voilé tentait de percer derrière l'écran opaque des nuages, et l'air humide portait la menace de la pluie.

Le paysage était une splendeur. Bordée de falaises escarpées où nichaient des oiseaux marins, la lande, jonchée de bruyères et de fougères et parsemée de rochers, s'ouvrait sur des vallées profondes ponctuées de lacs, où le sol marécageux se couvrait de tourbières.

Située sur les rives de la rivière Ness, moins turbulente que la mer du Nord où elle prenait sa source, et d'où remontaient des vents glacés, Inverness ne ressemblait à aucune autre ville.

Finalement, le soleil s'était levé, et ce fut sous un ciel clair et une température clémente qu'ils firent leurs emplettes.

Henrietta porta son choix sur des vêtements simples et pratiques — robes en laine cardée dans des tons de feuilles mortes ou de bleus, capes de lourd velours vert bouteille ou gris, châles épais, unis ou à motifs — parfaitement adaptés à son séjour en Écosse.

Matthew, quant à lui, visita sa boutique de livres préférée, et présenta avec fierté sa nièce au propriétaire.

Puis il invita cette dernière à déjeuner dans une taverne où il avait ses habitudes. Il y flottait des odeurs mêlées de rôti, de laine mouillée, de whisky et de bière, et l'ambiance y était chaleureuse et bon enfant.

Le repas à peine terminé, ils reprirent la route. La lumière déclinait vite à cette époque de l'année, et Matthew ne tenait pas à voyager de nuit.

Le lendemain après-midi, tandis que le temps se maintenait au beau, Henrietta laissa son oncle plongé dans ses livres et alla se promener sur la lande. Pour l'occasion, elle avait revêtu une robe de laine d'un bleu turquoise soutenu, et avait discipliné ses courtes boucles sous une coiffe de dentelle.

La soudaine apparition au loin d'un cavalier la sortit de ses pensées mélancoliques.

Elle s'immobilisa, resserra son châle autour d'elle, et regarda l'homme s'approcher.

Il sauta à terre à quelques pas d'elle, et son cœur fit un bond dans sa poitrine.

— Simon !

Comment avait-elle pu croire qu'il ne viendrait pas la retrouver ?

Folle de joie, elle adressa une prière muette de remerciement au ciel.

En un instant, elle avait fait son choix entre la peur et le bonheur.

Plus rien n'existait que la joie de ces retrouvailles. Son être tout entier irradiait de ravissement.

Et cependant, alors qu'elle prenait conscience de l'étendue de son amour pour Simon, elle comprit qu'elle ne pouvait pas, qu'elle ne devait pas, être à nouveau sienne tant que le conflit sanguinaire qui déchirait l'Écosse n'était pas réglé, et que Simon n'était pas libéré de ses engagements à la cause jacobite.

Chapitre 7

Il suffit à Henrietta de poser les yeux sur le visage de Simon pour comprendre qu'il était en colère contre elle. Ses yeux avaient la froideur d'un lac gelé en hiver, et sa mâchoire était contractée à l'extrême.

Immédiatement, elle fut sur la défensive.

— Quelle surprise ! dit-elle, d'un ton pincé. Je pensais que vous seriez occupé à aider le prince Charles dans sa rébellion.

Complètement seuls sur la lande, ils se tenaient face à face, et se contemplaient avec ébahissement.

Henrietta était offusquée par la mimique butée et ombrageuse de Simon. Que lui reprochait-il ? Elle savait, car il le lui avait dit, qu'il la considérait comme une douce et gracieuse créature. Était-ce parce qu'il découvrait de la résistance derrière une fragilité trompeuse qu'il réagissait ainsi ?

— Allons-nous continuer à nous dévisager ainsi, Henrietta ? demanda Simon.

L'agacement de Simon était flagrant.

— Dites-moi simplement une chose. Était-ce trop difficile pour vous d'attendre la fin de la bataille de Prestonpans pour quitter Édimbourg ? Ou bien étiez-vous impatiente à ce point de me quitter que cela ne pouvait attendre une heure de plus ?

Simon était extrêmement contrarié, mais il ne parvenait pas à en déterminer l'exacte raison.

Après tout, Henrietta ne s'était pas cachée de vouloir retrouver son oncle. Et cependant, le fait qu'elle ait mis ses projets à exécution lui avait fait l'effet d'un coup de couteau en plein cœur.

En dépit de ses doutes passés à propos d'un engagement avec elle, il était réticent à la laisser partir et à voir leur histoire se terminer sans avoir accompli tous les efforts nécessaires pour la garder.

— Était-ce vraiment votre but de réveiller toutes les émotions contradictoires que je suis capable de ressentir ? demanda-t-il, non sans une certaine brusquerie.

Déconcertée par la colère de Simon, Henrietta le dévisageait sans rien dire.

— Vous avez quitté Édimbourg sans avertir personne, insista-t-il. Vous ne m'avez même pas fait vos adieux. D'ailleurs, vous n'avez pas non plus manifesté votre intention de partir.

Le ton de Simon se fit accusateur.

— Vous m'aviez dit que vous attendriez mon retour.

— La principale raison que j'avais de quitter Édimbourg, était mon souci de rejoindre mon oncle.

Elle marqua une brève hésitation avant de poursuivre.

— Mon autre raison était que mes sentiments pour vous sont d'un genre qu'une femme ne devrait pas éprouver pour un homme qui a bafoué les lois de son pays. Imaginez un peu que vous ayez trouvé la mort dans cette bataille, Simon. Le moment me semblait approprié pour partir.

— Approprié ? répéta-t-il avec un ricanement. Imaginez-vous que j'ai quitté le prince pour venir vous retrouver.

— Et pourquoi cela ?

— Il le fallait. Bon sang, petite sotte, vous auriez pu porter mon enfant. N'y avez-vous donc pas pensé ?

— Ce n'est pas le cas. Vous pouvez donc retourner auprès du prince. J'ai entendu dire qu'il marchait vers l'Angleterre. Je suis surprise que vous ne l'ayez pas accompagné. Que faites-vous ici ? Que voulez-vous ? Si vous espérez me convertir à votre cause, je vous préviens que c'est peine perdue.

— Je suis venu parce que je voulais vous voir. Le conflit se poursuit, et il n'y aura pas de retrait tant que le prince n'aura pas gagné.

— Le prince ! Toujours le prince ! s'exclama-t-elle d'un ton colérique. Vous êtes un traître à la Couronne d'Angleterre. Vous et les hommes comme mon père parlez de la cause avec la même passion que s'il s'agissait de votre maîtresse. Avez-vous oublié que j'ai considérablement moins de raison d'aimer la cause ? Vous chérissez peut-être la nostalgie d'une Écosse dirigée par les Jacobites. Mes propres souvenirs sont beaucoup moins reluisants, je vous l'assure.

— Vous avez tort de croire que je souhaite cela. Oui, je suis un Jacobite, et j'admets qu'au début je rêvais de voir l'Écosse dirigée par James Stuart. Mais je considère que c'est de la folie de s'être aventuré dans cette campagne sans le soutien du roi Louis. Mais j'ai cependant engagé mes ressources dans cette cause, et je ne peux plus faire machine arrière.

Avec un soupir, il lui prit la main et chercha son regard. Ses yeux bleus étaient noyés par de sombres pensées, tandis que ses doigts lui massaient délicatement la paume.

— Henrietta, ô Henrietta ! Oubliez tout ce qui n'est pas nous. Une part de moi ne rêve que de vous ramener à Barradine en tant qu'épouse, d'administrer mon domaine et de vous retrouver chaque soir. Mais si je faisais cela, j'aurais la sensation de m'être parjuré, et je serais hanté par les voix des gens que j'ai trahis.

Henrietta chercha ses mots.

Comme souvent auparavant, l'énormité de ce qui se passait en Écosse la glaçait et la laissait sans voix.

De quel droit lui demanderait-elle d'abandonner la cause pour laquelle il se battait depuis si longtemps ?

Mais, quels que soient les efforts de Simon pour lui en expliquer les tenants et les aboutissants, elle ne voulait pas y être mêlée.

— Je suis désolée si je vous ai mis en colère, et je ne m'attendais certes pas à ce que vous veniez ici.

D'une petite voix contrite, elle ajouta :

— Je ne pensais vraiment pas que cela avait de l'importance.

— Eh bien, cela en avait. Énormément, figurez-vous. Je ne parvenais pas à croire que vous étiez bel et bien partie. Et pourtant, j'aurais dû m'y attendre. Après tout, vous aviez déjà prouvé que vous étiez tout à fait capable de prendre la fuite.

Alors qu'elle détournait la tête, il chercha obstinément son regard.

— De quoi aviez-vous peur, Henrietta ? Si je ne vous connaissais pas mieux, je serais enclin à penser que vous étiez mal à l'aise à l'idée de vous trouver face à moi après ce qui s'était passé entre nous.

Offensée, Henrietta leva fièrement le menton.

— Je ne suis pas une lâche, Simon.

Il exprima son désaccord par un ricanement.

— Je ne dirais pas la même chose.

— Je ne voyais aucune utilité à reporter notre séparation, expliqua Henrietta, d'un ton buté.

— À l'évidence ! répliqua-t-il d'un ton sec. Mais, grâce au ciel, vous avez rejoint votre oncle sans encombre.

— Vous saviez où j'allais, dit Henrietta, d'un ton radouci.

D'une certaine façon, elle se sentait un peu ragaillardie de voir que le visage de Simon s'était détendu.

— Je vais retourner à Londres, annonça-t-elle. Et oncle Matthew va m'accompagner.

— Et lorsque Jeremy Lucas sera condamné pour meurtre, et que vous serez rentrée en possession de votre maison, vous serez bientôt assaillie de demandes en mariage. Combien de temps cela prendra-t-il avant que vous ne vous trouviez un mari ?

Elle rit, et il la dévisagea avec sévérité.

— Il n'y a guère matière à rire, Henrietta.

— On dirait que vous êtes jaloux, Simon !

Il ne répondit pas, et elle sut qu'elle avait vu juste.

— Vous n'avez aucune raison de l'être, dit-elle d'une voix douce. Je suis liée à vous.

— Et cependant, vous épouserez quelqu'un d'autre.

Elle s'enflamma.

— Et croyez-vous que je devrais vous épouser ? Vous savez pourtant aussi bien que moi que vous n'avez pas d'avenir.

Une flamme de défi vibrait dans son regard.

— Qu'avez-vous à m'offrir, à part une vie de fugitive ? Je ne comprends pas ce que vous attendez de moi.

Pour toute réponse, Simon la prit dans ses bras et la serra contre lui.

Envoyant voler son chapeau, il commença à couvrir son visage de baisers.

— Voilà ce que j'attends de vous, murmura-t-il, la bouche contre ses lèvres, tandis qu'il l'entraînait doucement vers le sol couvert de bruyères.

Sa main avait glissé dans le corsage d'Henrietta, lui caressant un sein, non sans une certaine rudesse.

Henrietta eut un petit cri de surprise, consciente qu'elle ne devrait pas l'encourager, mais au contraire le repousser et lui signifier qu'elle ne voulait plus rien avoir à faire avec lui.

La première fois pouvait être mise sur le compte d'un moment d'égarement. Mais recommencer serait une erreur.

C'était totalement impensable.

Et cependant, l'idée de connaître à nouveau ces sensations qu'il avait fait naître en elle à Édimbourg la tentait irrésistiblement. Ne serait-ce pas absolument merveilleux ?

Tandis que la chaleur qui émanait du corps de Simon commençait à la rassurer, et que la pression de ses lèvres se faisait plus intense, elle oublia ses bonnes résolutions.

Transportée par la façon dont il la touchait, par son odeur enivrante, elle se sentait trop faible pour lutter.

Laissant échapper un petit gémissement, elle rendit les armes et commença à lui retourner ses baisers, les bras fiévreusement noués autour de lui.

Les mains de Simon couraient sur son corps, caressaient sa poitrine, ses cuisses, son ventre. Il la trouva bientôt conquise et se perdit dans sa chaleur, l'entraîna dans une danse sauvage en lui imposant un rythme rapide et puissant.

Plus tard, alors que déclinaient les derniers frissons de volupté qui les traversaient encore, elle reposa sa tête sur l'épaule de Simon tandis qu'il la berçait doucement dans ses bras.

Pendant quelques minutes on n'entendit plus que les cris occasionnels des oiseaux qui volaient haut dans le ciel, puis Simon reprit la parole.

— Henrietta…, dit-il, en lui caressant la joue du bout des doigts.

Elle le regarda fixement, et soudain la peur l'emporta sur la passion.

Se relevant d'un bond, elle mit de l'ordre dans sa tenue. Elle tremblait et se demandait si elle avait froid, ou si c'était la nervosité.

Il avait été doux avec elle, tendre, attentionné, et il y avait de l'amour dans ses yeux bleus. L'amour était même aussi présent dans sa voix profonde et envoûtante.

Leur étreinte lui avait procuré du plaisir, il est vrai, mais aussi de la culpabilité. Elle était une femme non mariée et si, comme elle le redoutait, la tentative de Charles Stuart pour chasser le roi George du trône échouait, Simon deviendrait un fugitif.

Leur amour n'avait pas d'avenir.

Elle ne pouvait pas l'épouser.

Et s'ils continuaient à entretenir cette relation, ils finiraient tous les deux pendus.

Elle serra fort les paupières dans l'espoir d'effacer les images atroces que cette pensée avait fait naître. Mourir dans de telles conditions n'était pas exactement l'idée que l'on se faisait du bonheur éternel apporté par le mariage.

— Je vous en prie, ne dites pas un mot de plus. Je dois retourner à la maison. Venez, je vais vous présenter à oncle Matthew. Il sait que vous m'avez apporté votre protection durant mon voyage jusqu'en Écosse, et je suis persuadée qu'il voudrait vous remercier.

— Oncle Matthew ?

Henrietta entra d'un pas décidé dans le cottage, suivie par Simon. Sans grande surprise, elle trouva son oncle dans son bureau.

— Voici Lord Simon Tremain, le gentleman dont je vous ai parlé. Nous… Nous venons juste de nous rencontrer sur la lande.

Matthew posa le livre qu'il était en train de lire et se leva, avec une lenteur qui ajoutait encore à sa dignité. Puis il reporta son attention sur l'étranger à la haute stature qui accompagnait sa nièce.

L'implacable autorité dans la contenance de l'homme l'impressionna. Quand Henrietta lui avait expliqué qu'elle avait voyagé seule avec cet homme, il s'était gardé de faire un commentaire, de peur de trahir son inquiétude.

Le sujet le préoccupait grandement, car il se demandait ce que Lord Tremain avait en tête. Il aurait aimé avoir plus d'informations à son sujet, mais Henrietta n'avait pas voulu lui en parler. Elle s'était bornée à lui dire qu'il était un Jacobite et soutenait la demande de restitution de son trône du roi James.

— Je suis ravi de faire votre connaissance, Lord Tremain. Et je dois vous remercier d'avoir veillé sur ma nièce.

Simon remarqua la gêne de Matthew Brody. Il était important pour lui que cet homme sache qu'il n'était nullement malintentionné à l'égard d'Henrietta.

— Je suis ravi d'avoir pu être utile, monsieur. Bien que votre nièce m'ait mystifié quelque temps. Ce n'est qu'une fois chez moi que sa mascarade a été éventée, et que j'ai réalisé qu'elle n'était pas un jeune garçon, mais une jeune demoiselle.

— Et une demoiselle tout à fait ravissante, qui plus est, ajouta Matthew.

Enveloppant sa nièce d'un regard affectueux, il ajouta :

— Peut-on savoir ce qui vous amène ici, Lord Tremain ? Nous avons eu peu d'informations sur la bataille de Prestonpans. Nous avons simplement su que cela avait été une défaite pour l'armée du roi George, et que les aides financières et armées affluent du nord en soutien au prince Charles.

Simon hocha la tête.

— C'est exact, mais l'argent manque. Nous n'avons jamais vu la couleur de l'or promis par la France et l'Espagne. Les Lowlands persistent à ne pas vouloir envoyer d'hommes pour le soutenir.

— Et, en dépit de cela, il continue à porter l'étendard de son père vers le sud.

— J'ai dans l'idée qu'il ne trouvera pas beaucoup de soutien en Angleterre, et qu'il fera vite demi-tour vers l'Écosse.

— Il est donc peu probable qu'il prenne Londres au débotté ?

— J'en doute.

— Moi aussi. Mais vous ne m'avez toujours pas dit ce qui vous amène dans la région. Pourquoi n'avez-vous pas accompagné le prince ?

— Escorté par quelques hommes qui m'attendent à Inverness, j'ai fait route vers le nord pour rallier de nouveaux soutiens dans les Highlands.

— Vous êtes donc un émissaire des Stuarts ?

Simon eut un sourire énigmatique.

— On peut dire ça.

Jetant un coup d'œil à Henrietta, qui était restée à côté de lui depuis qu'ils étaient entrés dans le cottage, il ajouta :

— Je voulais également prendre des nouvelles de votre nièce. J'avais besoin de savoir si elle était arrivée à bon port. Ce n'est pas la meilleure période pour voyager seule quand on est une femme.

— Je suis bien d'accord avec vous. Mais, dites-moi, quel est l'état d'esprit des hommes qui ont rallié le parti du prince ?

— Beaucoup des chefs écossais ne sont pas enthousiastes à l'idée de marcher sur l'Angleterre. Ils estiment que le prince devrait se retirer dans les Highlands durant les mois d'hiver. Le prince oublie que si les Highlanders sont de fiers guerriers, ce sont aussi des fermiers. C'est pourquoi nombre d'entre eux ont refusé de se rendre dans le Sud. Quant à moi, je dois à présent aller retrouver mes hommes.

— Ne voulez-vous pas rester dîner avec nous ? proposa Matthew.

— Merci, mais je dois décliner votre invitation.

— Je comprends. Y a-t-il une Lady Tremain, qui attend votre retour ?

— En dehors de ma mère, qui se trouve à Paris avec mes deux jeunes frères, il n'y a pas de femme dans ma vie.

Simon avait répondu en gardant les yeux fixés sur Henrietta, dont les joues soudain empourprées lui apportèrent une certaine satisfaction, et allumèrent une lueur de compréhension dans le regard de Matthew.

Matthew avait remarqué que sa nièce se tenait obstinément près de Lord Tremain.

Henrietta était rouge comme une pivoine, et ses yeux avaient un éclat inaccoutumé, ce qui l'incita tout naturellement à se demander ce qui s'était passé entre eux quand ils s'étaient retrouvés sur la lande.

En tout cas, ils formaient vraiment un beau couple.

Il escorta son visiteur jusqu'à la porte, tandis qu'Henrietta ôtait son châle.

— Je vois que ma nièce est devenue une femme parfaitement en mesure de se prendre en charge, dit-il d'une voix étouffée, prenant garde à ce qu'Henrietta n'entende pas la conversation.

— Il ne m'a pas fallu longtemps pour m'en rendre compte, répondit Simon. Cependant, je m'inquiète pour elle. Vous a-t-elle fait part des circonstances entourant son départ précipité de Londres ?

Matthew hocha la tête d'un air grave.

— Oui. Elle se trouvait alors sous le coup d'une terrible menace. Je vous avoue que, moi aussi, je me fais beaucoup de souci. Le danger que ce vaurien de Jeremy Lucas apparaisse pour exercer sa vengeance est immense et ne peut être ignoré.

— Je partage votre crainte. Voyez-vous, je suis extrêmement attaché à Henrietta, monsieur. En fait, elle représente beaucoup pour moi. Soyez sûr que j'ai les meilleures intentions qui soient à son égard. Je ne voudrais pas qu'il lui arrive malheur.

— Soyez assuré que je veillerai sur elle comme il se doit.

— Je n'en doute pas, mais je regrette grandement de ne pas pouvoir le faire moi-même. Je ne me le pardonnerais jamais s'il lui arrivait quelque chose. J'ai fait de mon mieux mais, malheureusement, il lui est difficile d'accepter ma loyauté envers le roi James et son fils.

— Cela est bien compréhensible. Vous a-t-elle parlé de son père, et des tragiques circonstances de sa mort ?

Simon hocha la tête.

— Ce fut une période épouvantable pour Henrietta et sa mère. La pauvre petite en a été très affectée. Surtout après que sa mère…

Il se tut, ne voulant pas révéler toute l'étendue de la tragédie.

— Henrietta a depuis beaucoup de mal à tolérer les sympathies à l'égard des Jacobites.

Simon hocha la tête avec gravité.

— C'est bien compréhensible.

Son regard se riva à celui de Matthew.

— Il serait peut-être plus prudent pour vous deux de retourner à Londres, car personne ne peut dire ce qui se passera quand le prince Charles reviendra en Écosse.

Lorsque Henrietta vint dire au revoir à Simon, Matthew se retira dans le salon et observa discrètement le couple, tout en se massant le menton d'un geste pensif.

Personne ne pouvait vraiment juger le caractère d'un homme sur une première rencontre, mais il était évident que Lord Tremain avait des sentiments pour Henrietta et, hormis ses sympathies, le gentleman semblait tout à fait honorable. Il était rare en tout cas qu'un homme et une femme se complètent d'une telle façon.

Quant à l'avenir, personne ne pouvait le prédire.

Simon jeta un coup d'œil à Matthew, tandis que ce dernier se tournait et déposait une bûche dans la cheminée.

Il avait le sentiment que l'homme serait un formidable opposant si quelqu'un cherchait à s'en prendre à sa nièce. Par ailleurs, il était persuadé que Matthew serait son allié s'il décidait de faire d'Henrietta sa femme.

Reportant son attention sur Henrietta, il resta un long moment à la dévisager, ne sachant pas quand ils se reverraient.

Pour finir, Henrietta murmura :

— Êtes-vous sûr de ne pas vouloir vous restaurer avant de partir ?

C'était à la fois une banalité et une question d'importance. La faim pouvait être une source de distraction et d'affaiblissement.

— Non, merci. Prenez soin de vous, Henrietta. Je ne veux que votre bonheur. Quand vous ferez route vers Londres, n'hésitez pas à faire étape à Barradine. Vous y serez toujours la bienvenue.

Elle secoua vigoureusement la tête.

— Je vous remercie, Simon. Mais c'est impossible.

Henrietta esquissa un sourire triste, tandis que, une fois encore, les souvenirs affluaient pour la tourmenter.

Tant d'obstacles se dressaient entre eux. Mais elle savait que le principal venait d'elle-même. Ne pouvait-elle mettre de côté son aversion pour la cause afin de sauver leur amour ?

Une fois de plus lui vint la tentation, si puissante qu'elle en était presque impossible à ignorer, de baisser les armes, de se jeter dans les bras de cet homme, et de se laisser emporter sans plus se poser de questions.

Elle avait tellement besoin de lui, de sa force, de la protection qu'il lui apportait… Et cependant, elle avait tellement souffert que sa fierté la retenait encore.

Le pire était qu'elle ne pouvait pas réellement blâmer Simon. Si on se plaçait de son point de vue, ses décisions étaient légitimes.

Mais elle ne pouvait pas non plus renier ses propres principes.

Levant la tête, elle chercha courageusement le regard de son amant.

— À plusieurs reprises, je vous ai expliqué pourquoi cette rébellion me rebute. Rien n'a changé. La question de votre implication auprès du prince Charles reste ma première inquiétude. Ce sujet sera toujours une source de conflit entre nous, et un jour il finira sans doute par nous séparer.

C'était dit simplement, sans animosité, un simple constat des faits.

Cependant, Simon ne le prit pas ainsi.

— Vous êtes injuste, dit-il. Il me semble que vous avez pris votre décision sous le coup de l'émotion, ce qui peut se comprendre, mais je vous implore de la reconsidérer.

Une expression de tristesse assombrit le regard d'Henrietta.

— Vous connaissez peut-être mon corps, Simon, mais vous avez beaucoup à apprendre sur ma personne.

Sa voix était étonnamment calme.

— Je vous connais comme amante et comme femme. Je n'ai pas l'intention de renoncer, Henrietta. Peu importent les reproches que vous avez à me faire, je vous veux pour épouse.

Henrietta voulut l'interrompre, mais il ne lui en laissa pas le temps.

— Je comprends qu'il faut d'abord régler le sujet de mon allégeance au prince Charles. Mais soyez assurée que c'est votre vie et votre sécurité qui m'importent en premier lieu, et naturellement aussi votre bonheur. Je n'aurai de cesse de faire en sorte que nous ayons un avenir commun.

Tandis qu'elle le regardait, les émotions d'Henrietta étaient à leur comble, et elle ne parvenait pas à trouver un juste équilibre dans ses pensées.

Ce que souhaitait son cœur allait à l'encontre de ce qu'elle considérait comme honorable.

— Ne songez pas à faire de moi votre femme, Simon. Je ne le peux pas et ne le veux pas.

La déception et la tristesse dans le regard de Simon lui brisèrent le cœur.

Il eut un geste vers elle, mais se ravisa et s'inclina légèrement, sans un mot.

Puis il traversa le hall en quelques enjambées, ouvrit la porte et s'en alla.

Le cœur brisé, Henrietta le suivit, s'arrêta sur le seuil, et le regarda enfourcher son cheval.

— Au revoir, Simon. Que Dieu vous accompagne et vous protège.

Un muscle se contracta à la commissure de ses lèvres, et il regarda au loin.

Le fossé entre eux, un instant comblé lors de leurs retrouvailles, venait de se creuser à nouveau, et cette fois sans doute de façon irrémédiable.

Elle savait très bien quel but il poursuivait quand il lui avait sauvagement fait l'amour sur la lande. Il voulait annihiler sa volonté, son esprit et son âme, et faire naître en elle une faim éternelle de cette extase dévastatrice qu'il lui avait fait connaître.

Mais elle ne se laisserait pas ensorceler par une quelconque rêverie romantique. Elle lui avait dit qu'ils ne pouvaient pas être ensemble, et elle ne reviendrait pas sur cette décision.

Et bientôt, elle retournerait à Londres, où elle renouerait le fil brisé de sa vie.

Lorsque Henrietta rentra dans le cottage, son oncle remarqua aussitôt la tristesse dans ses yeux et l'affaissement de ses épaules.

— Lord Tremain devait être extrêmement inquiet à ton sujet, pour faire tout ce chemin afin de s'assurer par lui-même que tu étais saine et sauve, au lieu d'aller en Angleterre avec le prince Charles.

— Vous tirez des conclusions trop hâtives, mon oncle. Vous avez entendu ce qu'il a dit. Il est venu dans le Nord pour rallier de nouveaux soutiens à la cause.

— Tu peux le penser si tu le souhaites, ma petite fille, mais tu ne m'ôteras pas de l'idée qu'il tient beaucoup à toi. Et je soupçonne que ses sentiments sont réciproques, même si tu t'interdis de le reconnaître.

— Je tiens à lui, c'est vrai, dit-elle posément. Et je crois que ce sera toujours le cas. Je ne peux pas lutter. Voyez-vous, les sentiments, ça ne se commande pas.

— Eh bien, lorsque tout sera terminé…

— Non, mon oncle.

Une lueur de révolte dans le regard, Henrietta redressa le menton, et Matthew comprit que sa nièce était prête à riposter, preuve qu'elle s'était parfaitement ressaisie.

— Nous ne pouvons pas être ensemble. Un point, c'est tout.

— Ah là là, murmura Matthew.

Tout en secouant la tête face à tant d'entêtement, il s'installa dans son fauteuil près du feu.

— C'est bien malheureux, ajouta-t-il, entre ses dents.

— Je vous en prie, essayez de comprendre, plaida-t-elle. La perte d'une personne aimée est notre lot commun et, dans des circonstances normales, nous trouvons la force de supporter cette épreuve.

Tout en parlant, elle s'était avancée vers le second fauteuil, et elle y prit place.

— Mais je ne peux ni oublier ni pardonner la façon

dont mon père est mort, poursuivit-elle. Et encore moins ce que ma mère a fait suite à cela. Lorsqu'il a été enterré, j'ai eu l'impression qu'on enterrait une partie de mon cœur avec lui. Je ne veux pas revivre cela.

Elle soupira.

— Je ne suis pas venue en Écosse pour me faire ravir mon cœur par un Jacobite. Avec tout ce qui occupe mes pensées en vue d'un prochain retour à Londres, ce n'est pas le moment de faire des sottises.

— Je suis désolé, ma chère. J'aurais tellement aimé que les choses se passent autrement.

— Moi aussi, murmura-t-elle. Vous ne pouvez pas imaginer à quel point.

Simon se réveilla dans la semi-pénombre de la tente, entouré par les Highlanders qui s'étaient rassemblés pour la bataille à venir.

L'air était froid, et cependant il avait la peau moite et se sentait presque fiévreux. Il avait rêvé d'Henrietta, de leurs deux corps enlacés dans une étreinte passionnée.

Cela semblait tellement réel… Et puis, il s'était réveillé subitement, essoufflé, en proie à un désir brûlant.

Il se leva, quelque peu vacillant, et se servit un verre d'eau. Puis il sortit et observa un moment le campement.

Tout semblait si vrai, les sons, les caresses, le contact de la peau… Il avait vraiment cru qu'Henrietta était avec lui.

Il retourna à l'intérieur, contempla son bat-flanc, et fit rouler ses épaules douloureuses.

Il posa son verre sur une petite table, d'un geste si brusque qu'il se brisa. Comme sa vie.

À l'instant où Henrietta lui avait dit qu'elle ne l'épouserait jamais, sa vie n'avait plus eu aucun sens.

Le prince William, duc de Cumberland et fils cadet du roi George II, fut désigné pour mettre un terme à la rébellion jacobite.

Rappelé des Flandres, alors que le prince Charles, ne recevant qu'un soutien limité de la part des Jacobites anglais, avait décidé de retourner en Écosse, le duc de Cumberland se lança aux trousses de son ennemi.

Lorsque les Highlanders prirent Carlisle en décembre, le duc retourna à Londres où on se préparait à une possible invasion des Français. Son remplaçant en Écosse, Henry Hawley, fut battu à Falkirk en février.

L'invasion française n'ayant finalement pas eu lieu, le duc de Cumberland revint en Écosse, et décida d'attendre la fin de l'hiver à Aberdeen, où il en profita pour faire entraîner ses troupes en vue de l'étape suivante du conflit. En avril, il fit route vers Inverness.

Matthew et Henrietta ne quittèrent pas le cottage. Le temps froid et humide avait transformé les voies en marécages, et des groupes d'hommes arpentaient la lande d'un pas décidé, la tête baissée pour lutter contre le vent.

L'oncle et la nièce n'avaient donc pas d'autre choix que de reporter leur voyage à Londres, particulièrement à cette époque de l'année, où la nuit tombait vite, et durant laquelle les chutes de neige étaient fréquentes.

Ils étaient complètement isolés du monde, comme si le cottage était une sorte d'île au beau milieu d'une mer inconnue. Ils apprirent cependant que la bataille de Falkirk avait été un succès pour les Écossais.

Tout le monde ignorait où était actuellement l'armée écossaise. D'après les rumeurs, elle se trouverait dans le Nord, mais ne serait pas en position de force. Le temps avait été mauvais, les rations limitées, les désertions de plus en plus nombreuses et à présent les hommes étaient épuisés et affamés.

Finalement, Matthew et Henrietta apprirent que l'armée écossaise se déplaçait vers Drummossie Moor, à cinq miles au nord-est d'Inverness. Et ils attendirent.

Le 16 avril, il y eut du bruit à l'est, et Henrietta songea d'abord que c'était l'orage. Puis elle comprit qu'il s'agissait de quelque chose de bien plus sinistre que ça. Les lointains coups de feu évoquaient l'apocalypse.

Elle n'avait pas eu de nouvelles de Simon depuis qu'il avait quitté le cottage en décembre, mais elle ne s'y attendait pas non plus.

Le cœur lourd elle écouta les échos lointains de la bataille. En songeant que Simon devait se trouver en première ligne, elle fit une prière pour qu'il ne lui arrive rien.

L'armée jacobite fut finalement débordée à Culloden, et la ville se rendit à la force des fusiliers de Cumberland.

La bataille fut rapide et sanglante, et ne dura pas plus d'une heure. Les clans furent décimés et l'armée jacobite battit lamentablement en retraite.

Simon rampa dans l'obscurité et prit appui contre un rocher, en respirant à petits coups.

La bataille avait été un calvaire pour lui et ses hommes, et il y avait été grièvement blessé.

Épuisé, ravagé de douleur, il avait conscience de la gravité de sa blessure, et savait qu'il ne tarderait pas à mourir s'il ne trouvait pas très vite de l'aide.

Sous une pluie glacée, s'orientant grâce au clair de lune, il arpenta la lande telle une bête à l'agonie cherchant à regagner son terrier.

Par miracle, il retrouva son chemin jusqu'au cottage et Henrietta.

Depuis qu'ils s'étaient quittés, il n'avait jamais cessé de penser à elle.

Le souvenir de leur séparation le hantait. Il se torturait constamment en se demandant si elle allait bien. Il aurait voulu lui dire tant de choses…

Henrietta ne parvenait pas à dormir. Elle tremblait, non parce qu'elle avait froid ou peur, mais parce qu'un sentiment de malaise l'envahissait.

Enveloppée dans une épaisse couverture matelassée, elle écoutait les souris courir sur les poutres au-dessus de sa tête, et le vent souffler sur la lande.

Les contours de la chambre, baignés de lune, étaient aussi nets qu'en plein jour et néanmoins différents, mystérieux. Une étrange sensation flottait dans l'air, comme si quelque chose était en préparation.

À l'aube, Henrietta se leva et se posta à la fenêtre. Observant la lande battue par les vents et la sombre masse des montagnes au loin, elle fut à nouveau saisie de frissons.

Et puis soudain, quelque chose retint son attention au loin, un mouvement qui la mit en alerte.

Le cœur battant à tout rompre, elle chercha son souffle, tandis qu'elle essayait de distinguer la forme mouvante qui zigzaguait entre les rochers, non loin du cottage.

C'était un homme, réalisa-t-elle.

Ses bras se couvrirent de chair de poule, et elle hésita à réveiller son oncle, à le prévenir. Finalement, son instinct lui souffla d'attendre encore.

Enveloppé dans une cape couverte de boue, l'homme leva les yeux, comme s'il se savait observé.

Elle découvrit alors son visage.

— Simon ! s'exclama-t-elle.

Elle resta encore un moment à le regarder, en se demandant pourquoi son sentiment d'angoisse ne se dissipait pas.

Puis elle attrapa un châle, le jeta sur sa chemise de nuit, glissa les pieds dans des mules, ouvrit la porte de sa chambre, dévala l'escalier, traversa le hall, et se précipita dans le jardin.

Simon franchissait les derniers mètres qui le séparaient de la porte d'entrée, en respirant fort et en vacillant.

— Simon ! l'appela-t-elle.

Il releva la tête. Son visage était blafard, pas rasé, et couvert de transpiration.

— Henrietta, dit-il d'une voix cassée, à travers des lèvres craquelées de sécheresse. Je ne vais pas rester longtemps. Je ne veux pas vous mettre en danger.

— Ne soyez pas ridicule !

Voyant que ses jambes allaient se dérober sous lui, elle se précipita pour le soutenir et le faire entrer.

— Que vous est-il arrivé ? demanda-t-elle en refermant la porte.

— J'ai reçu une balle.

Le guidant vers le canapé, elle l'aidait à s'installer, quand des bruits de pas dans son dos la firent sursauter.

Elle poussa un énorme soupir de soulagement en voyant que c'était son oncle.

Médusé, Matthew regarda Henrietta penchée au-dessus d'un homme blessé, qui avait les yeux clos.

— Que s'est-il passé ? Qui est-ce ?

— C'est Simon. Il est blessé.

— C'est grave ?

— Je ne sais pas. Je crois qu'il a perdu connaissance.

Une intense sensation de froid avait envahi Henrietta, mais elle serra les dents avec détermination.

Ce n'était pas le moment de se laisser paralyser par la peur. La situation exigeait de l'action.

Matthew prit le tisonnier, et remua les braises du feu qu'il avait étouffé avant d'aller se coucher. Quand une flamme naquit, il souleva le chandelier sur le manteau de la cheminée, et alluma les bougies.

— Je vais regarder, dit-il, en se penchant sur le blessé. Je ne peux pas te laisser accomplir une telle tâche. Tu n'as aucune expérience médicale. Je vais cependant avoir besoin de ton aide. Il me faut de l'eau bouillante, des torchons propres, et un couteau.

Henrietta hocha la tête, et Matthew reporta son attention sur Simon. Il écarta la cape et vit que le devant de la chemise était entièrement rougi. Il l'ouvrit avec précaution, et grimaça en découvrant la blessure, dont jaillissait du sang à chaque respiration.

Prenant les tissus que lui tendait Henrietta, il les pressa sur la plaie, en se demandant s'il parviendrait à arrêter l'hémorragie. Puis, tout doucement, il glissa une main sous le dos de Simon, pour vérifier l'étendue des dégâts, et sentit une humidité poisseuse.

Il soupira de soulagement.

— Je n'aurai pas besoin du couteau, Henrietta. La balle est ressortie toute seule. Et comme la blessure est du côté droit, son cœur n'est pas menacé. En revanche, l'hémorragie pourrait s'avérer fatale.

Tandis que son oncle officiait, Henrietta comprit qu'elle n'avait jamais pris la pleine conscience de ce qu'elle ressentait pour Simon.

Jusqu'à ce qu'elle le voie ainsi impuissant et vulnérable. Il avait toujours été si fort, si capable.

C'était un tourment pour elle de ne pas pouvoir le toucher avec tendresse et lui dire qu'elle l'aimait.

— Il ne peut pas rester dans la maison, déclara Matthew, après qu'il eut nettoyé et bandé la plaie, et réussit à revêtir Simon d'une de ses chemises de nuit. Les Dragons recherchent certainement ceux qui ont survécu à la bataille. Ils ne tarderont pas à venir frapper ici. Nous devons le déplacer.

— Mais que pouvons-nous faire ? demanda-t-elle d'un ton désespéré. Où peut-il aller ?

— Dans la grotte.

Elle le dévisagea avec stupeur.

— Quelle grotte ?

— Dans les rochers, derrière la maison.

— J'ignorais son existence. Est-elle grande ?

— Pas tellement. Mais suffisamment quand même pour cacher un homme. Elle a déjà été utilisée à cet effet après que Cromwell eut battu les royalistes à Dunbar. Personne ne pensera à venir y chercher Simon. Laisse-moi m'en occuper. Je vais y aller et la rendre un peu plus habitable.

Une demi-heure plus tard, l'oncle et la nièce transportèrent Simon jusqu'à la grotte, dans la carriole tirée par le poney.

Henrietta était très étonnée d'être passée si souvent devant cette élévation rocheuse, sans jamais deviner qu'elle abritait une cavité. Mais il est vrai que l'entrée était petite et bien cachée. Elle fut aussi surprise de constater combien il faisait sec et chaud dans ce lieu, illuminé par une lampe posée sur une pierre.

Ils déposèrent le blessé sur le lit de fortune, composé d'un matelas et d'oreillers. Simon avait sombré dans un profond sommeil, et semblait moins souffrir à présent.

Henrietta avait rasé la barbe noire qui couvrait son visage, et il ressemblait davantage maintenant à l'homme qu'elle avait connu.

— Voulez-vous bien rester auprès de lui, mon oncle ? Je crois qu'il va falloir changer ses pansements régulièrement.

— Je suis d'accord, et nous nous relayerons pour veiller sur lui.

— Oui, dit Henrietta, en lui adressant un sourire de remerciement.

— Je vais également faire prévenir Moira que je ne vais pas avoir besoin de ses services pendant quelques jours. Ça pourrait devenir compliqué si elle se doutait que nous hébergeons un rebelle.

Henrietta approuva, tout en se passant une main lasse sur le visage.

— Je vais me changer et remettre un peu d'ordre dans la maison. Puis je viendrai vous relever. Tant que Simon ne se sera pas réveillé, il faut quelqu'un en permanence avec lui.

Elle s'empressa de sortir, accueillant avec soulagement la sensation de l'air frais sur ses joues brûlantes, et regagna le cottage.

Dans sa chambre, elle ôta rapidement ses vêtements tachés de sang, se changea, et s'étendit sur son lit.

Mais les événements des heures précédentes se bousculaient dans sa tête, et elle fut incapable de trouver le repos.

Elle avait été si heureuse de revoir Simon, jusqu'à ce qu'elle réalise qu'il était blessé. À présent, il gisait dans une grotte, et peut-être ne rouvrirait-il jamais les yeux.

En proie à un terrible sentiment d'abandon et de détresse, elle sentit ses yeux s'emplir de larmes.

Prenant conscience que tout espoir de bonheur avec Simon était peut-être anéanti à jamais, elle enfouit la tête dans l'oreiller et pleura à chaudes larmes.

Les jours suivants, Simon lutta contre une forte fièvre et fut très agité. Henrietta et son oncle le veillèrent à tour de rôle.

En l'écoutant gémir et en le regardant se tourner en tous sens entre les draps trempés de sueur, Henrietta avait le cœur déchiré.

Si seulement elle avait pu appeler un médecin.

Mais en ces temps particulièrement troublés, elle ne voulait pas prendre ce risque. Le médecin insisterait pour connaître son identité, et l'information pourrait remonter jusqu'aux Dragons. Ils viendraient et emmèneraient Simon. Son oncle et elle connaîtraient sans doute le même sort.

Seule avec Simon, elle contempla tristement son visage. Des cercles noirs creusaient le dessous de ses yeux, et quand ils les ouvraient de temps en temps, il semblait ne rien voir. Ses yeux bleus avaient perdu leur éclat, son visage était crispé, et sa peau brûlante au toucher.

Elle prit une de ses mains entre ses paumes fraîches. Lorsqu'il gémit, elle la relâcha et, saisissant une serviette qui trempait dans l'eau fraîche, elle lui baigna le visage et le cou, en espérant que cela ferait baisser sa fièvre.

— Que pouvons-nous faire ? demanda-t-elle à son oncle, quand celui-ci vint la relever. La fièvre ne semble pas baisser.

— Il est entre les mains de Dieu, déclara Matthew avec renoncement.

— Oui, je crois que vous avez raison.

Henrietta continua à veiller sur lui, ravagée de chagrin tandis qu'elle le regardait lutter contre ses démons.

Les heures s'écoulèrent avec une lenteur éprouvante. Sachant combien elles étaient décisives, Henrietta pria, parla à Simon, rafraîchit son visage…

Elle voulait qu'il se batte pour vivre, qu'il ouvre les yeux et la regarde, que sa bouche si belle lui sourie.

Finalement, l'épuisement eut raison d'elle, et elle s'endormit, le visage baigné de larmes, assise à côté de l'homme qu'elle aimait plus que tout.

Chapitre 8

Simon tendit l'oreille.

Il percevait un léger son à côté de lui. Lentement, il ouvrit un œil, et son étonnement fut total quand il découvrit l'endroit où il se trouvait. C'était une sorte de caverne, éclairée par une lampe. Le lit sur lequel il était couché était passablement confortable.

Il ressentait une vive douleur au torse et, quand il le toucha, ses doigts entrèrent en contact avec un bandage.

La mince silhouette d'une femme se déplaça au fond de la caverne, et il la reconnut aussitôt.

Il essaya d'humecter du bout de la langue ses lèvres parcheminées.

— Henrietta ?

Ces efforts se réduisirent à un pitoyable coassement.

Henrietta s'approcha en hâte du lit, le regard interrogateur et inquiet, tandis qu'elle observait le visage de Simon.

Touchant son front, elle fut soulagée de constater que sa température était redevenue normale et que ses joues avaient perdu leur couleur de cendre.

Il avait les yeux ouverts, et elle retrouva le bleu si vif et si clair qu'elle aimait tant.

— Bienvenue dans le monde des vivants, dit-elle. Vous nous avez fait très peur. Comment vous sentez-vous ?

— Pourriez-vous me donner à boire ?

Sa voix était à peine plus élevée qu'un murmure rocailleux.

Elle s'écarta du lit et revint.

Acceptant l'aide d'Henrietta, Simon se redressa et but lentement.

La fièvre avait disparu, mais chaque muscle de son corps était en feu, et la douleur dans son torse ne semblait vouloir connaître aucun répit.

— Cela vous fait très mal ? demanda Henrietta.

Simon massa très doucement le bandage qui comprimait son torse.

— C'est un enfer.

Heureux d'être en vie et d'avoir retrouvé Henrietta, il parvint à esquisser un sourire.

— J'avais oublié combien vous étiez belle, dit-il, parvenant enfin à s'exprimer de façon intelligible. Où suis-je ?

— Dans une grotte, près de la maison. Vous êtes en sécurité, mais vous devrez rester ici si vous voulez qu'il continue à en être ainsi. Les soldats anglais recherchent ceux qui ont survécu à la bataille de Culloden. Il ne faut pas qu'ils vous trouvent dans la maison, si jamais ils viennent.

— Je suis désolée si je vous ai mise en danger. Ce n'était pas mon intention.

— Vous seriez mort si vous n'étiez pas venu. Vous avez été blessé par balle. Vous vous en souvenez, n'est-ce pas, Simon ?

Il hocha la tête, le regard soudain assombri tandis que les souvenirs de la bataille lui revenaient en masse.

— Je ne suis pas le seul à avoir été blessé ce jour-là. À quand cela remonte-t-il ?

— Trois jours.

— Et maintenant ? À quel moment de la journée sommes-nous ?

— Tôt, le matin.

Fermant les yeux, il laissa sa tête retomber contre l'oreiller.

— Ceux qui ont fui le champ de bataille ne seront pas allés loin, affaiblis comme ils l'étaient par le froid, la faim et la fatigue. Ce fut un carnage. À ma connaissance, tous les hommes de Barradine ont été tués. Cumberland a autorisé l'exécution immédiate de tous les rebelles. Ses troupes vont ravager les Highlands dans leur quête frénétique de vengeance.

— Charles Stuart est un fugitif. Vous l'êtes aussi. À présent que votre cause est perdue, vous devez songer à sauver votre vie, Simon.

— Je le ferai dès que je serai en mesure de voyager. Je vais essayer de rejoindre les îles Hébrides, et de là j'embarquerai pour la France. Mais, ce ne sera pas facile.

— Il vaut mieux attendre que la fureur soit retombée. Vous êtes encore très faible. Vous avez perdu beaucoup de sang.

Un spasme de douleur traversa ses yeux. Il les ferma un moment, et attendit que ça passe.

Lorsqu'il les rouvrit, il se concentra sur le visage penché au-dessus du sien.

Levant un bras, il essaya de toucher les cheveux d'Henrietta, qui bouclaient autour de ses joues et avaient repoussé presque jusqu'à ses épaules. Mais l'effort était trop grand.

— Qu'y a-t-il ? demanda gentiment Henrietta.

— Vos cheveux.

— Eh bien ?

— Ils ont poussé.

— Oui.

— Vous avez l'air…

— Oui ?

— Très féminine et adorable, Henrietta.

Il sourit, et ses yeux se fermèrent tout seuls.

Elle s'assit à côté de lui et le regarda dormir.

On tambourinait à la porte avec insistance. Jetant un coup d'œil à son oncle, Henrietta posa son ouvrage de couture et alla ouvrir.

Un homme de haute taille se tenait sur le seuil. Ses bottes étaient boueuses, et ses vêtements trempés par la pluie.

— Oui ? dit-elle.

— Je vous demande pardon, miss, mais je suis le capitaine Garnet, des Dragons de Son Altesse.

— Les Dragons ? répéta Henrietta, en feignant la surprise.

Heureusement, son oncle les avait repérés sur la lande, et avait eu le temps de prévenir Simon. Ils l'avaient laissé dans le noir, et s'en étaient retournés au cottage pour attendre.

— Oui, miss, dit poliment le capitaine.

— Que voulez-vous ?

— Nous cherchons des Jacobites en fuite. Nous pensons que certains sont venus par ici.

— Des Jacobites ! s'exclama-t-elle d'un air effrayé.

— Il n'y a pas de Jacobites dans cette maison, déclara fermement Matthew, en venant se placer à côté de sa nièce. Je suis Matthew Brody, capitaine, un loyal sujet du roi George, et cette jeune personne est ma nièce.

Le capitaine hocha la tête. Il avait entendu dire que Matthew Brody était un érudit quelque peu excentrique, qui ressentait une vive animosité à l'égard des Jacobites.

— C'est bien possible, monsieur, mais nous avons l'ordre de fouiller toutes les maisons. Je suis donc dans l'obligation de vous demander de laisser mes hommes entrer.

Henrietta réfléchit à toute allure. S'ils refusaient, le capitaine aurait des soupçons. Ses hommes et lui pourraient même entrer de force et mettre à sac la maison de son oncle.

L'espace d'un instant, elle céda à la panique, songeant que les Dragons pourraient soupçonner quelque chose, qu'ils savaient même peut-être qu'ils hébergeaient un rebelle.

Mais ne s'étaient-ils pas préparés à une telle éventualité ?

Ils n'avaient pas le choix. Ils devaient se risquer à tester leur ruse.

— Très bien, capitaine. Dites à vos hommes d'entrer.

Elle s'écarta pour lui laisser le passage.

— Mais demandez-leur d'essuyer leurs pieds d'abord.

— Oui, miss.

L'homme lui sourit et porta la main au rebord de son chapeau noir.

Elle regarda son oncle, qui lui fit un signe de tête encourageant.

Henrietta resta à l'écart, affichant un calme olympien, tandis que les hommes franchissaient la porte. Le cottage n'était pas très grand, et il ne leur fallut pas longtemps pour faire le tour du rez-de-chaussée.

Lorsqu'ils montèrent l'escalier étroit qui menait à sa chambre, il sembla à Henrietta que son cœur cessait de battre. Même si elle savait qu'il n'y avait rien à trouver, elle ne pouvait s'empêcher d'avoir peur.

Lorsque les soldats redescendirent, en secouant la tête, le capitaine se tourna vers Matthew.

— Y a-t-il d'autres bâtiments ?

— Une écurie et une grange. C'est tout.

— Nous y jetterons un œil en sortant. Si je peux vous donner un conseil, faites attention à vos chevaux. Ils pourraient attirer l'attention des rebelles.

— Je n'y manquerai pas.

— Bien, je crois qu'il n'est pas utile de nous attarder davantage. Veuillez nous excuser pour le dérangement.

— Pas du tout, capitaine. Vous faites ce que vous avez à faire.

Après le départ des soldats, Henrietta attendit une heure avant de retourner à la grotte pour changer le pansement de Simon.

— Ils sont partis, dit-elle en allumant la lampe.

Ils ne se sont doutés de rien. Je ne pense pas qu'ils reviendront. Maintenant, je vais changer vos bandages, et vous pourrez manger. Vous devez avoir faim.

Simon était calé contre les oreillers, et un pli soucieux barrait son front. Une semaine s'était écoulée depuis son arrivée et, bien que sa blessure le fasse encore souffrir, il se sentait un peu mieux. Mais il faudrait encore du temps avant qu'il se sente assez fort pour se lancer dans un long et dangereux périple vers l'ouest.

Quand elle eut changé son pansement, Henrietta lui fit manger à la cuillère un épais et nourrissant potage. Il aurait sans doute pu se nourrir seul, mais ses mains tremblaient et il craignait de tout renverser.

Il l'étudia tandis qu'elle lui donnait la becquée.

Elle était si jolie, avec une bouche si tendre qui appelait les baisers… Il se rappela leur nuit à Édimbourg, qui semblait si loin maintenant, et, pour la première fois depuis qu'il avait été blessé, il ressentit l'appel lancinant de la passion.

— Vous me gâtez trop, Henrietta, dit-il en l'enveloppant d'un regard aimant.

Elle lui sourit gentiment.

— N'est-ce pas agréable, de temps en temps ?

— Votre présence seule suffit à me satisfaire.

Il fixa avec insistance sa poitrine dissimulée de façon respectable sous une robe de laine bleue.

Comme si elle devinait la nature de ses pensées, elle fit un mouvement brusque, et renversa le liquide sur lui.

— Veuillez m'excuser, dit-elle, en fixant la tache avec embarras. J'espère que je ne vous ai pas brûlé.

— Ce n'est rien, dit-il, incapable de détacher ses yeux du visage d'Henrietta.

— Je suis désolée…

— Henrietta…

Il prit le bol et le déposa par terre, puis il saisit la main d'Henrietta dans la sienne.

— Ce n'est rien, je vous assure.

Pendant un moment, elle ne dit rien, puis elle retira sa main et se leva.

— Ne partez pas, dit Simon d'une voix douce. Ne voulez-vous pas rester et me parler ?

Désignant la grotte, il ajouta :

— Mon environnement est quelque peu limité.

Comme elle ne disait rien, il la dévisagea en essayant de comprendre les émotions qui traversaient son visage.

— Je suis désolée si je vous ai donné l'impression de vous négliger, dit-elle.

Simon ne sut pas quoi dire. Pourquoi était-elle aussi froide avec lui ?

Qu'avait-il fait ? On aurait dit qu'ils n'avaient jamais partagé de moments d'intimité. Il se sentait comme un intrus, dans son cœur, dans sa vie.

Il avait envie de lui dire tellement de choses, mais il ne trouvait pas les mots pour exprimer correctement ses sentiments.

— Je voudrais vous remercier d'avoir pris autant de risques pour m'héberger, et de m'avoir sauvé la vie.

L'espace d'un instant, il sentit un radoucissement dans son attitude, puis le masque de froideur réapparut.

— Vous êtes le bienvenu, Simon.

— Vous m'avez manqué, dit-il finalement.

— Vraiment ? demanda-t-elle d'un ton indifférent.

— Je pensais que vous aviez apprécié ma compagnie, si ce qui s'est passé entre nous à Édimbourg puis de nouveau sur la lande vous rappelle quelque chose.

— C'est du passé, dit-elle en baissant les yeux.

— En êtes-vous vraiment sûre ?

Le silence s'éternisa entre eux, puis elle le regarda droit dans les yeux.

— Je pensais que vous aviez été tué à Culloden. Je ne m'attendais pas à vous revoir.

Il brûlait de la serrer contre lui, de la rassurer. Mais comment l'aurait-il pu, alors qu'il ne savait pas ce que lui apporterait le lendemain ?

— Vos yeux sont rouges. Avez-vous pleuré, Henrietta ? Pourquoi ?

— J'ai pleuré à cause de nous. À cause de ce qui aurait pu être, mais qui ne sera jamais.

Simon sentit sa gorge se serrer.

Henrietta ramassa le bol vide.

— Je reviendrai plus tard. Peut-être voudriez-vous que je vous fasse la lecture ?

— Ce que je veux…

— Oui ?

Il avait envie de dire qu'il souhaitait qu'elle reste plus longtemps. Elle semblait si différente, si guindée. Il ne reconnaissait plus la femme qu'il avait aimée à Édimbourg.

Que lui était-il arrivé depuis ? Le détestait-elle à présent ?

À regret, il finit par admettre qu'elle avait raison de le maintenir à distance.

Bientôt, il lui faudrait la quitter.

Plus longtemps il resterait, plus ce serait difficile quand viendrait le moment de la séparation.

Ce ne serait pas chose évidente pour lui d'arriver jusqu'aux Hébrides. Mais libérer Henrietta et son oncle de la suspicion valait grandement la peine de prendre ce risque. Si les Dragons s'avisaient de revenir pour une seconde fouille, l'issue n'en serait peut-être pas si heureuse.

Désireux de la retenir, il essaya de relancer la conversation.

— Nous avons été séparés pendant un long moment, Henrietta. Vous est-il arrivé de penser à moi ?

— Bien sûr. Quelquefois.

Il haussa un sourcil.

— Seulement quelquefois ?

— Chaque semaine.

— C'est honnête, mais guère flatteur. Seulement une fois par semaine ?

L'intensité de son regard eut enfin raison de la posture impassible d'Henrietta.

— Ai-je dit une fois par semaine ?

— Deux fois ?

— Peut-être, mais je n'ai pas l'intention de flatter votre orgueil. Il est déjà démesuré.

Il sourit, considérant qu'il avait obtenu la réponse qu'il voulait.

— Vous êtes toujours la même Henrietta, qui ne s'en laisse jamais compter.

Elle lui rendit son sourire.

— Je ne peux pas me le permettre. Surtout en ce qui vous concerne, milord.

Lorsqu'elle se tourna pour partir, il tendit le bras et lui saisit la main.

— Revenez si vous avez du temps.

— Je viendrai. C'est promis.

Ayant découvert en elle une sensualité dont elle ignorait l'existence, Henrietta éprouvait quelques difficultés à s'en tenir à son personnage de jeune femme vertueuse.

Quand elle était en présence de Simon, elle devenait la proie d'un incontrôlable tumulte intérieur, et elle redoutait qu'il puisse discerner quelque chose en découvrant son visage rougissant.

Le moment le plus éprouvant pour elle était celui des soins, car il lui était quasiment impossible de maîtriser le tremblement de ses doigts quand elle changeait son pansement.

Même si elle essayait de se concentrer sur sa tâche, elle ne pouvait s'empêcher d'admirer son torse, ou de laisser son regard dériver sur le renflement de son entrejambe sous le drap.

Revenant au présent, elle réalisa que Simon l'observait avec un sourire narquois, et un appétit dans le regard qui n'avait rien à voir avec un besoin de nourriture.

Cela suffit à lui faire battre le cœur plus vite, ce qu'elle s'empressa de dissimuler derrière une admonestation.

— Si vous voulez que je fasse vos soins, Simon, j'insiste pour que vous fassiez preuve de davantage de contrôle de vous.

Guère affecté par la remontrance, il passa la main sur son bandage.

— Je suis surpris que vous ayez le cœur à faire cela.

Henrietta s'assit sur le rebord du lit.

— Je ne suis pas une mauviette, si c'est ce que vous pensez. En outre, votre blessure a bien meilleure allure maintenant.

— Eh bien, je suis tout à vous, dit-il, en écartant les bras pour la laisser œuvrer.

Mais, quand elle se pencha pour couper le bandage qui barrait son épaule et sa poitrine, il en profita pour poser une main sur son genou.

Elle s'interrompit, souleva ostensiblement sa main par le poignet, et la posa sur le matelas.

— Je ne tolérerai aucun comportement déplacé, Simon.

Un lent sourire séducteur retroussa les commissures de ses lèvres.

— Vous êtes terriblement formelle, mon aimée. M'auriez-vous tout à coup pris en grippe ?

— Je souhaite changer votre bandage le plus rapidement possible, et je n'ai aucune envie de vous encourager dans votre manifeste irrespect de mon statut de femme non mariée, expliqua-t-elle d'un ton cassant. Voilà tout.

— Vous croyez que le fait de nier ce qu'il y a entre nous m'empêchera de vous désirer ? demanda-t-il, tandis qu'il la caressait du regard. Vous me connaissez bien mal si vous pensez que des mots peuvent annihiler ce que je ressens pour vous. Ce n'est pas une simple envie physique qui me tourmente, Henrietta, mais le désir de vous avoir près de moi à chaque instant, et de pouvoir vous déclarer mienne.

Henrietta ne s'en laissa pas compter. Elle savait que c'était une ruse pour qu'elle baisse sa garde.

Pour autant, elle n'était pas complètement indifférente à Simon. Le fait d'être avec lui jour après jour lui faisait prendre conscience, avec une terrible acuité, de la profondeur des sentiments qu'elle éprouvait pour lui.

Elle brûlait de se blottir dans ses bras, de l'embrasser à en perdre le souffle. Il venait même la hanter dans ses rêves, lui inspirant des images fabuleusement audacieuses.

Mais il pouvait déployer tous les efforts qu'il voulait pour l'attirer dans son lit, elle ne ferait pas tomber les barrières qu'elle avait érigées entre eux.

Il soutint son regard sans faillir, lui promettant plus que ce qu'elle ne pouvait, en toute conscience, accepter.

Ses mains tremblaient tandis qu'elle refaisait le pansement, et elle eut conscience que ses gestes mal assurés devaient être douloureux pour Simon. Pourtant, il ne se plaignit pas, et continua à l'observer avec adoration.

Tandis qu'elle commençait à enrouler la bande autour de son torse, il l'attira contre lui et captura ses lèvres.

Déstabilisée, elle ne put pas s'écarter immédiatement, et fut assaillie de baisers enfiévrés qui mirent à mal sa décision de lui résister quoi qu'il arrive.

La bouche de Simon dévorait la sienne, avec une avidité délicieuse.

Un flot d'excitation se répandit en elle, et elle fut tentée de se laisser aller. Mais le souvenir de ce qu'il était, et de la promesse qu'elle s'était faite de ne jamais avoir de relation avec un Jacobite, lui donna la force de repousser Simon.

Elle se leva, les joues rougies de honte.

— Je vous en prie, Simon, ne faites pas ça. Vous prenez trop de libertés dans la maison de mon oncle. Vous allez nous détruire tous les trois si vous persistez dans votre folie.

Sa réprimande n'eut pour effet que de l'amuser, à

en juger par son grand sourire. Cela la fit douter de sa capacité à le décourager.

Retrouvant un peu de contrôle sur elle-même, elle rassembla les pansements souillés et les plaça dans la cuvette à côté du lit.

— J'ai terminé. Votre blessure semble saine et commence à cicatriser. Je vais aller vous chercher de quoi vous restaurer, puis vous pourrez vous préparer pour la nuit.

Sans attendre, elle s'en alla, passablement contrariée.

Elle était troublée par sa présence, et pourtant elle ne pouvait pas exiger de lui qu'il s'en aille, la gravité de sa blessure lui interdisant de voyager pour le moment.

Cependant, elle ne savait pas combien de temps encore elle allait pouvoir supporter de l'avoir aussi près d'elle. Il lui rappelait constamment ce qu'ils avaient fait ensemble, et le manque de retenue dont elle avait fait preuve, son incapacité à contrôler ses passions, sa désinvolture à l'égard de l'avenir.

Le fait de résider chez son oncle lui avait fait prendre conscience, avec plus d'acuité encore, de la faute qu'elle avait commise. Elle était une femme non mariée, de naissance respectable, et ce qu'elle avait fait, à deux reprises qui plus est, ne pouvait se répéter.

Vint enfin le jour où Simon put se lever. Il était faible et vacillant tandis qu'il accomplissait ses premiers pas.

Matthew venait le matin, l'aidait à se lever, puis le laissait faire seul le tour de la grotte. La première fois, la douleur dans son torse et son dos fut si forte qu'il faillit perdre connaissance.

Peu à peu, sa force revint, mais il se fatiguait vite, et s'endormait dès qu'il avait regagné son lit.

Finalement, il commença à se laver et s'habiller seul, et vécut comme un véritable triomphe le fait de prendre un bain, quand il fut autorisé à se rendre dans la maison.

Les patrouilles anglaises n'étant jamais loin, il ne quittait pas la grotte sans que Matthew soit venu lui dire que tout allait bien. Il s'échappait alors comme un fantôme de sa tanière de roche, et gagnait le cottage.

Moira ne venant plus, Matthew se rendait régulièrement à Inverness en carriole, afin d'acheter des provisions et de prendre des nouvelles.

Ce jour-là, Matthew était donc parti, et Simon se trouvait seul dans la maison. Tandis qu'il s'aspergeait d'eau et se savonnait vigoureusement les reins, il sentit disparaître l'angoisse du confinement.

À cet instant, il se sentait libéré de son corps blessé, de ses pensées moroses. C'était comme s'il se découvrait à nouveau vivant.

Quand l'eau commença à refroidir, il sortit précautionneusement du baquet et commença à se sécher.

Henrietta entra, tenant entre ses bras un grand panier de linge qu'elle avait mis à sécher plus tôt.

Elle écarquilla les yeux quand elle vit Simon, et eut du mal à retrouver son souffle. Son corps était toujours aussi superbe qu'avant, ses épaules aussi larges, ses hanches aussi étroites. En résumé, il était un splendide spécimen d'homme.

Elle sentit son propre corps s'embraser, tandis qu'elle laissait courir ses yeux sur sa nudité. Relevant la tête, elle croisa le regard narquois de Simon. Embarrassée d'avoir été surprise en train de l'observer, elle rougit violemment, et s'empressa de s'excuser.

— Oh ! j'avais oublié que vous vous… J'aurais dû faire le tour pour aller à la lingerie. Veuillez m'excuser.

Il lui adressa un sourire en coin.

— Je n'aurais peut-être pas dû mettre autant d'empressement à sortir du bain. Vous auriez pu me frictionner le dos.

— Je pense que vous êtes capable de vous débrouiller tout seul.

Gênée, elle traversa la pièce pour se rendre à la lingerie. Lorsqu'elle lui changeait ses pansements, il était faible, et nullement en condition de la submerger de son désir amoureux. Mais à présent qu'il était presque complètement remis, il lui semblait plus dangereux que jamais, et elle avait peur qu'il ne la poursuive à nouveaux de ses assiduités.

Quand elle s'était donnée à lui, tout son être s'était enflammé. Ses mains sur son corps, ses lèvres sur les siennes, sa force de persuasion avaient contribué à sa chute.

Elle n'avait pas été capable de résister à son ardeur, et sa fierté avait cédé sous l'attaque délibérée de Simon sur ses sens. Il lui avait fait découvrir l'extase en sachant parfaitement ce qu'il lui faisait, et désormais elle ne cesserait de se languir de ce moment.

Simon la rattrapa, lui prit le panier, le posa par terre, et l'attira contre lui.

— Je vous en prie, Simon, ne faites pas ça. Je ne peux pas.

La repoussant à bout de bras, il la regarda intensément.

— Dans ce cas, mentez-moi, Henrietta. Dites que vous ne m'aimez pas.

Henrietta ouvrit la bouche, mais aucun mot n'en sortit, et elle resta à fixer Simon, irrémédiablement prise dans la toile d'araignée de ses propres désirs.

Elle avait déjà péché deux fois, par le corps et par l'esprit. Mais en dépit de la culpabilité qui la rongeait, elle savait qu'elle irait vers lui encore et encore, sans que rien puisse tarir le besoin envahissant qu'elle avait de cet homme.

Lentement, il inclina la tête et posa les lèvres sur les siennes. Elle ne lui opposa aucune résistance, ouvrant au contraire la bouche pour lui offrir la possibilité d'un baiser plus appuyé.

Bientôt, elle perdit la notion du temps dans le cercle de ses bras. C'était comme s'ils ne s'étaient jamais séparés.

Les baisers de Simon étaient puissants et tendres à la fois. Enfiévrée par le contact de son corps nu contre le sien, elle les lui rendit avec une ferveur qui la surprit.

Rejetant la tête en arrière, Simon sourit et lui caressa la joue du bout des doigts.

— Je vous veux, dit-il d'une voix enrouée. Ici, et maintenant.

Pour toute réponse, elle lui effleura les lèvres d'un baiser.

— Je vous veux aussi, Simon. Mais pas ici.

Il hocha la tête.

— À l'étage. Dans votre lit.

Sans un mot, sachant qu'elle avait perdu la bataille, Henrietta lui prit la main et le guida vers l'escalicr, puis jusqu'à sa chambre.

Une fois que la porte se fut refermée sur eux, elle se sentit soudain intimidée, sachant ce qui allait se passer.

Simon perçut sa nervosité, et lui sourit.

— Je suis le seul à avoir le droit de grelotter, ou bien pensez-vous ôter vos vêtements prochainement ?

Elle rit.

— Aidez-moi.

Délicatement, il commença à la déshabiller avec des gestes aussi attentifs que la plus dévouée des femmes de chambre.

Lorsque enfin elle fut nue devant lui, il détailla chaque parcelle de son corps.

— Vous êtes toujours aussi belle que dans mon souvenir. Et même plus encore. Si belle que j'en souffre quand je vous regarde.

— Flatteur, murmura-t-elle.

— Non. Je n'ai nul besoin de vous flatter.

Fermant les yeux, Henrietta s'étendit sur le lit et le sentit s'enfoncer sous elle tandis que Simon la couvrait de son corps.

— Votre oncle ? demanda-t-il, tandis qu'il picorait son cou de tendres petits baisers.

— Il ne sera pas de retour avant des heures. Mais…

Elle tourna la tête.

Simon lui prit le menton et l'obligea à tourner le visage vers lui.

— Regardez-moi, Henrietta, dit-il d'une voix basse et caressante. Qu'y a-t-il ? Avez-vous peur que je vous fasse mal ?

Lentement, elle ouvrit les yeux et le fixa.

— Est-ce cela ?

Elle secoua la tête.

— Alors, qu'est-ce donc ?

— Je… J'ai honte de ce que nous avons fait… De ce que nous allons faire à nouveau.

— Il n'est pas dans mon intention de vous forcer.

— Je sais.

Elle prit une profonde inspiration.

— Mais j'y ai longuement réfléchi. J'ai essayé de lutter, et j'ai misérablement échoué. Alors, tant pis. Même si mon âme doit être damnée, cela m'est égal. Je vous veux, Simon… Tant que vous êtes avec moi. Et pour aussi longtemps que cela durera.

À nouveau, leurs bouches se joignirent en une chaude communion, dévorées par une passion brûlante.

Prononçant des paroles enfiévrées, Simon parcourut son corps de baisers qui firent basculer l'univers d'Henrietta dans un chaos de sensations.

Penché sur sa poitrine, il la parcourut de baisers tendres et langoureux, tandis que ses mains exploraient son corps, et l'embrasait par de troublantes caresses dans les régions les plus secrètes de sa féminité.

Transporté de plaisir, le corps en feu, Henrietta se soulevait voluptueusement, accentuant par les mouvements de son ventre les caresses de Simon.

C'était tellement merveilleux de l'avoir là avec elle, d'être dans ses bras, de l'aimer et d'être aimée de lui.

Il y avait si longtemps qu'elle brûlait de connaître à nouveau cette exaltation du corps, ce bonheur d'être enlacée avec force, et ce désir violent qui l'avait entraînée à accomplir des gestes d'une audace dont elle se croyait incapable.

Couvrant de caresses ce corps tout entier tendu vers elle, elle explora les cicatrices de batailles antérieures, la puissance des muscles et la fermeté de la peau. Puis, ne pouvant plus attendre, elle cambra le dos et s'ouvrit à lui, impatiente de le sentir en elle.

Enivré par son désir, Simon pénétra Henrietta. Leurs corps se reconnurent, se souvenant instinctivement du plaisir déjà éprouvé, et réclamèrent leur dû.

Ensemble, ils recherchèrent le plaisir avec la même ardeur, la même intensité, aussi insatiables l'un que l'autre. Bientôt, un incoercible sursaut de volupté les fit exploser ensemble.

Assommé par la violence de son plaisir, ses bras le soutenant à peine, Simon attendit que déclinent les derniers frissons de volupté qui le traversaient encore. Puis il roula à côté d'Henrietta, s'émerveillant d'avoir retrouvé des sensations qu'il n'avait jamais oubliées durant ces terribles mois où ils avaient été séparés.

Peu après, il observa son visage en feu, ses yeux brillants et ses cheveux en désordre.

— Vous êtes très belle, Henrietta, murmura-t-il, avant d'incliner la tête et de l'embrasser.

— Vous me flattez, Simon.

— Ce n'est pas de la flatterie, mon aimée.

Elle soupira et garda le silence.

Simon déposa un baiser dans le creux de son épaule, l'effleurant de sa langue. Elle frissonna. Il caressa alors la courbe de sa hanche.

Elle lui prit la main et la posa sur son ventre.

— Contentez-vous de me serrer contre vous, Simon.

Simon hocha la tête et interrompit le ballet de ses mains.

La tête d'Henrietta s'emboîtait à merveille dans le creux de son épaule. La chaleur de son corps blotti contre le sien le réconfortait.

Les battements de son cœur ralentirent, son souffle s'apaisa.

Pour la première fois depuis des mois, il se sentait complètement détendu et serein.

Plus tard, Henrietta s'étira et réveilla Simon qui somnolait.

— Nous devons nous habiller avant qu'oncle Matthew ne rentre. N'oubliez pas que ce n'est pas ma maison.

— Oui, je sais.

Simon avait conscience que Matthew avait fait preuve d'une grande gentillesse envers lui, et il savait que cela lui ferait l'effet d'une douche froide s'il rentrait et les trouvait au lit.

À regret, il se leva et quitta la chambre.

Henrietta le regarda partir, puis laissa retomber sa tête contre l'oreiller. Les larmes brouillant sa vision, elle ferma les yeux.

Elle était folle, se dit-elle, folle de lui avoir à nouveau cédé. Elle n'était pas une sainte, c'était désormais une certitude.

Peut-être devrait-elle lui demander de partir maintenant. Pourquoi pas aujourd'hui même ?

Mais non, elle savait qu'il n'était pas encore en état de voyager. De toute façon, il ne tarderait pas à partir.

Mais alors elle serait seule, il emporterait son cœur avec lui.

Ses larmes redoublèrent lorsqu'elle songea qu'elle ne le reverrait plus.

C'était totalement incohérent, pensa-t-elle, non sans un certain dégoût d'elle-même. Elle ne pouvait pas avoir Simon, mais ne pas le vouloir.

Il n'y avait ni temps ni place pour l'amour dans sa vie, essaya-t-elle de se persuader. En tout cas, pas tant que Jeremy chercherait à la tuer.

Oui, il fallait vraiment qu'elle ait perdu la raison pour tomber amoureuse de Simon Tremain, un rebelle, un fugitif, un homme accusé de sédition, d'actes de traîtrise à l'encontre du roi George.

Les lettres arrivaient de façon irrégulière dans les Highlands. Considérant les efforts que devaient déployer les messagers pour les apporter dans les coins les plus reculés d'Écosse, Henrietta s'étonnait même qu'elles parviennent à destination.

Matthew sortait de l'écurie, quand il vit le messager qui chevauchait sur le chemin menant au cottage. Immédiatement, il alla prévenir Simon, qui avait quitté le confinement de la grotte pour passer un peu de temps en compagnie d'Henrietta.

Ne désirant pas être vu, et répugnant cependant à quitter son confortable fauteuil au coin du feu, Simon se retira prestement dans sa triste tanière.

Matthew accueillit le messager, qui avait apporté des paquets contenant des livres, et plusieurs lettres. L'une d'elles provenait de Londres.

— Enfin ! Je commençais à me demander quand

nous aurions des nouvelles du notaire du baron Lucas. Je pense que c'est ce que nous attendions.

Matthew s'éclaircit la gorge, tandis qu'il s'installait dans un fauteuil. Puis il ouvrit l'enveloppe, déplia la lettre, et commença à lire.

Après quelques secondes, un pli soucieux barra son front.

Henrietta eut un mauvais pressentiment.

— Que se passe-t-il, oncle Matthew ? Quelque chose ne va pas ?

— Il semblerait. Cette lettre est du fils de Mᵉ Goodwin, Christopher Goodwin. Il m'écrit en réponse à ma lettre, pour m'informer que son père a disparu.

— Mais… c'est une terrible nouvelle. Qu'a-t-il pu lui arriver ?

— Dieu seul le sait. Christopher Goodwin poursuit en expliquant qu'il a repris l'étude de son père, et qu'il va se pencher sur l'épineuse question du testament du baron Lucas.

— Je vois. En tout cas, rien ne pourra se régler tant que je serai en Écosse. Je dois retourner à Londres.

— Je suis d'accord. Et le plus tôt sera le mieux. J'ai toujours dit que je ne te laisserais pas affronter cela toute seule. Nous allons faire en sorte de partir dès que Simon sera en mesure de plier bagage lui aussi.

Regardant par la fenêtre, Matthew vit Simon qui se dirigeait vers la maison.

— Le voici justement. Je te laisse l'informer du contenu de la lettre. Je dois aller nourrir les chevaux.

Le lendemain, Henrietta alla faire une courte promenade sur la lande, puis revint à la maison. Simon se reposait dans la grotte, et Matthew était allé voir un voisin pour lui apprendre qu'il partait en voyage, et lui demander de jeter un œil sur sa propriété et de s'occuper de ses chevaux. Il devait rentrer d'une minute à l'autre.

La semaine précédente, il avait rapporté d'Inverness une nouvelle étonnante : le prince Charles avait abandonné la cause jacobite, et tentait de fuir l'Écosse. Pour le moment, il avait réussi à ne pas être capturé. On pensait qu'il se cachait sur la lande, où quelques fidèles sympathisants pourraient l'aider à s'échapper. Sa tête avait été mise à prix trente mille livres, mais personne ne s'était présenté pour réclamer la prime.

Matthew avait également appris que Cumberland avait vidé les prisons d'Inverness des personnes emprisonnées par les soutiens des jacobites, et les avait remplacées par des prisonniers Jacobites. Certains prisonniers allaient être transférés à Londres afin d'y être jugés pour trahison.

Ôtant sa cape, Henrietta se rapprocha du feu pour se réchauffer.

— Alors, c'est là que vous vous cachez ! Je savais bien que je vous retrouverais, s'exclama une voix masculine dans son dos.

Henrietta se figea. Elle ne connaissait que trop bien cette voix. Elle évoquait de sombres souvenirs, qui lui donnèrent la chair de poule.

Elle vacilla légèrement sur ses jambes et prit une profonde inspiration pour se calmer, avant de se retourner lentement.

— Jeremy ! Vous comprendrez que je sois surprise. J'étais loin de m'attendre à votre visite.

Les vêtements de Jeremy étaient mal coupés, froissés par le voyage, et tachés. On était loin de l'apparence de dandy qu'il affichait à Londres. Il était plus mince, et son visage s'était creusé.

Au moins, ses mésaventures l'avaient épuisé et sans doute déprimé, constata Henrietta, non sans un certain plaisir.

Avec un grommellement furieux, Jeremy sortit de l'ombre et s'avança dans la pièce, outragé par cette jeune femme, dont la disparition l'avait laissé dans une situation financière dramatique.

Détaillant avec dédain l'objet de sa haine, il ressentit une pointe de déception en remarquant l'air assuré de la jeune femme.

Une moue amère tordit ses lèvres, tandis qu'il commentait :

— La vie de fugitive semble vous réussir.

— Je ne suis pas en fuite, Jeremy. Mais comment m'avez-vous trouvée ?

— Cela, ma chère Henrietta, fut relativement aisé. Je savais que vous aviez un oncle en Écosse. Il m'a simplement fallu un peu de temps pour le localiser. Les événements politiques m'ont quelque peu retardé, mais me voici enfin.

— Comment êtes-vous arrivé jusqu'à la maison ?

— J'ai laissé mon cheval près des rochers, et j'ai continué à pied.

— Je vois. Vous vouliez me surprendre. Eh bien, je

vous souhaite la bienvenue en Écosse. J'espère que la région vous plaît.

Il exprima son dégoût par un ricanement.

— Je n'ai vu jusqu'ici que des moutons et des Highlanders en maraude. Rien de tout cela n'est de nature à me donner envie de m'aventurer à nouveau dans le Nord.

Henrietta afficha un sourire indulgent.

— Mais Édimbourg et les autres villes écossaises sont très belles. Pour ma part, j'apprécie l'espace et la liberté qu'offre l'Écosse. L'esprit d'aventure fleurit sur cette lande et parle à mon cœur. Le voyage jusqu'à Inverness a été pour moi une expérience très enrichissante.

Jeremy n'appréciait guère les péroraisons d'une Écossaise butée, surtout quand elle était la fille d'un traître.

— Je suis certain que vous devez vous sentir chez vous dans cette immensité sauvage, mais je préfère le raffinement civilisé de Londres. Évidemment, seul un véritable Anglais peut apprécier cet héritage culturel.

Henrietta ne releva pas l'insulte. Elle en connaissait tellement de ces hommes arrogants qui se croyaient supérieurs au commun des mortels.

— Que voulez-vous, Jeremy ? Ce doit être important pour que vous vous soyez donné le mal de venir jusqu'ici.

— Vous le savez bien. Si nous parlions du testament de mon oncle ? Celui que vous m'avez volé.

Henrietta haussa les épaules, et le détachement qu'elle ressentait l'étonna. Jamais elle ne se serait imaginée capable d'un tel calme face à un danger de cette importance. Elle avait toujours redouté de céder à la panique lorsqu'elle se retrouverait devant Jeremy.

En silence, elle remercia le ciel pour son aplomb.

— Je possède en effet une copie du testament. L'original se trouve à l'étude de Me Goodwin. Mais je suis certaine que vous le savez, sinon vous ne seriez pas venu ici. Avant de me jeter à la rue, vous étiez trop occupé à vociférer pour me laisser une chance de vous expliquer que votre oncle avait fait appel aux services d'un nouveau notaire et rédigé un nouveau testament.

— Qui m'exclut totalement.

— Pas totalement. Il vous a laissé quelques objets d'art.

— Des objets d'art ! Que voulez-vous que j'en fasse ? Avec les créanciers sur mes talons nuit et jour, c'est d'argent que j'ai besoin. Je les ai tenus éloignés autant que j'ai pu, en priant pour que mon oncle meure,afin que je puisse hériter. J'en avais assez de devoir le supplier pour n'obtenir qu'une maigre obole.

— Mais il persistait à vivre, n'est-ce pas, Jeremy ? Votre situation est devenue désespérée, et vous avez décidé de tuer votre oncle, ainsi que votre tante et leur cocher.

Le visage de Jeremy se tordit de fureur.

— Je n'ai jamais rien entendu d'aussi ridicule ! Je ne comprends pas ce que vous voulez dire. Il s'agit d'un mensonge éhonté.

Il la fusilla du regard.

— Je suis surpris de la cruelle inventivité dont vous êtes capable de faire preuve pour m'humilier.

Henrietta le toisa, sans se laisser impressionner.

— Je vous ai entendu évoquer le meurtre avec votre femme. Il est donc inutile que vous vous donniez la peine de nier.

— Eh bien oui, je l'avoue, dit-il. J'en avais assez d'attendre, et j'ai décidé de prendre les choses en main. Ce ne fut pas compliqué. Mon seul regret fut toutefois que vous ne vous trouviez pas dans la calèche avec eux.

— Je m'en doute. Et vous avez dû être terriblement désappointé quand Mᵉ Goodwin vous a présenté la nouvelle version du testament. Et cependant, vous n'avez pas renoncé, n'est-ce pas ? Qu'espériez-vous obtenir en partant à ma recherche ?

— Je veux cette copie.

— Afin que vous puissiez la détruire ?

Elle esquissa un sourire.

— Cela ne vous servira à rien. Mᵉ Goodwin possède le document original. Oncle Matthew lui a écrit de ma part pour lui expliquer ce qui s'était passé. Malheureusement, il a mystérieusement disparu. Son fils a repris son étude. Nous allons le rencontrer dès notre arrivée à Londres.

— Croyez-vous que j'allais laisser un tel rendez-vous avoir lieu ?

En proie à une funeste prémonition, Henrietta sentit son sang se glacer.

— Goodwin et le nouveau testament ont disparu.

Henrietta n'osa comprendre. Elle savait que Jeremy était diabolique, mais elle ne s'attendait certes pas à ce qu'il avoue un nouveau meurtre.

— Vous voulez dire que… vous l'avez tué ?

— Pas immédiatement.

— Espérez-vous m'effrayer avec une litanie de meurtres ?

— Vous effrayer ?

Jeremy ricana, tout en l'observant de ses yeux si pâles qu'ils semblaient ne pas avoir de couleur.

— Mais bien sûr que non.

Il se mit à arpenter le tapis, et l'informa calmement :

— J'avais envisagé de vous ramener de force à Londres, de vous garder prisonnière dans la maison, et de vous affaiblir avec de puissantes drogues, jusqu'à ce que vous en mouriez. Naturellement, vous auriez auparavant rédigé un testament en ma faveur, et j'aurais récupéré toute la fortune de mon oncle. Mais cela aurait pris trop de temps. J'ai donc choisi une méthode beaucoup plus simple. Je vous fais disparaître avec une copie du nouveau testament, et ce sera tout bonnement comme s'il n'avait jamais existé. L'ancien testament qui me laisse tout deviendra le seul et unique, et personne ne contestera sa légalité.

Henrietta était stupéfaite de la légèreté avec laquelle il parlait de sa mort.

Lentement, elle commença à s'écarter de lui.

— Vous allez avoir des difficultés à m'emmener à Londres. Mon oncle ne le permettra pas.

Jeremy éclata de rire.

— Que croyez-vous ? Je vais m'occuper de lui aussi. La région est inondée de cadavres de Highlanders qui n'ont pas survécu à Culloden. Un mort de plus ne se remarquera pas. Et maintenant, hâtez-vous d'aller chercher le testament. Ne me compliquez pas inutilement la tâche.

Henrietta secoua la tête d'un air obstiné.

— Si vous croyez que je vais vous obéir et vous laisser me tuer, vous avez perdu la tête.

La rapidité avec laquelle Jeremy réagit la prit totalement par surprise. Le visage déformé par la fureur, il lui saisit le poignet et lui tordit le bras dans le dos.

— Dites-moi où vous avez caché la copie du testament, ou je vous casse le bras.

Il accentua la pression, arrachant un cri de douleur à Henrietta. Elle avait l'impression que son épaule était en feu, et ses yeux se remplissaient de larmes.

Elle réalisait un peu trop tard toute l'étendue de la haine que Jeremy lui portait.

— Dites-le-moi, insista-t-il.

— Je… Je ne peux pas parler alors que vous me faites mal. La… La douleur… Mon bras, s'il vous plaît…

L'étau de ses doigts se desserra. Et soudain, il la libéra si violemment qu'elle tomba à genoux au sol.

— Si vous ne parlez pas, ce sera pire pour vous et votre oncle.

Henrietta se releva maladroitement, encore tremblante du choc ressenti.

Percevant un léger mouvement derrière elle, elle tourna la tête, et vit son oncle qui se tenait sur le seuil.

Chapitre 9

Matthew évalua immédiatement la situation mais, avant qu'il ait eu le temps de traverser la pièce et de sauter à la gorge de l'intrus, l'homme sortit un pistolet de sa poche, l'arma, et le pointa dans sa direction.

— Reculez, siffla l'homme entre ses dents, ou bien je vous tue.

Face à une telle menace, Matthew n'eut d'autre choix que d'obéir. Désemparé de ne pouvoir agir, il se demandait comment Henrietta et lui allaient pouvoir s'en sortir, quand une porte s'ouvrit en grand dans le dos de l'intrus, livrant le passage à Simon.

Au sortir de la grotte, Simon avait repéré un cheval inconnu attaché à proximité de l'amas rocheux, comme si quelqu'un avait voulu le dissimuler et pénétrer par surprise dans la maison.

En proie à un mauvais pressentiment, il était retourné dans la grotte prendre ses pistolets. Il en avait glissé un dans sa ceinture, le dissimulant sous sa redingote. Puis, tenant l'autre à la main, il s'était discrètement approché du cottage.

Voyant par la fenêtre que Matthew et Henrietta étaient

sous la menace d'une arme, il s'était immédiatement porté à leur secours, en entrant dans le cottage par la porte de derrière.

Henrietta regarda avec effroi Jeremy pivoter sur les talons en entendant du bruit dans son dos.

Aussitôt, l'infâme personnage dirigea son arme vers Simon. Il ne devait certainement pas s'attendre à ce que son oncle et elle aient de la compagnie.

Simon s'était figé. Tout son corps s'était tendu à l'extrême. Mais elle le connaissait suffisamment pour savoir qu'il bouillait d'une furieuse énergie, et qu'il était prêt à entrer en action.

Elle lui lança un regard alarmé.

— Prenez garde, Simon. C'est Jeremy Lucas, l'homme dont je vous ai parlé.

Comprenant aussitôt, Simon plissa les yeux d'un air dangereux.

— Ainsi, ce criminel vous a retrouvée.

— Comme vous le voyez, dit Jeremy. Posez votre arme sur le sol, ou je vous tue sans l'ombre d'une hésitation.

— Il le fera, Simon, dit Henrietta, d'une voix affolée. Je vous en prie, faites ce qu'il vous demande.

Après un moment d'indécision, Simon déposa à regret son pistolet par terre. Tout en continuant à le viser, Jeremy donna un coup de pied dans l'arme pour l'envoyer plus loin.

— Et maintenant, allez rejoindre les deux autres, ordonna Jeremy.

Simon fit ce qui lui était demandé, bien qu'il ne fût pas totalement sans défense. Mais, le temps qu'il ôte son second pistolet de sa ceinture, Lucas risquait de tirer le premier.

L'air se chargea d'une tension presque palpable tandis qu'il étudiait l'homme qui avait fait de la vie d'Henrietta un tel enfer.

Il aurait voulu lancer un assaut dès maintenant, mais il ne pouvait négliger le risque qu'Henrietta ou Matthew soient blessés.

La raison l'emporta, et il décida de gagner du temps, en attendant que les événements tournent en sa faveur.

— Restez où vous êtes, aboya Jeremy, comme s'il avait deviné ce que Simon avait à l'esprit. Je sais me servir de cette arme. N'imaginez donc pas que je vais hésiter à faire feu.

— Oh ! je ne doute pas que vous en soyez capable. Vous ne semblez pas manquer de sang-froid dès qu'il s'agit de prendre une vie.

— Il est sans pitié, dit Henrietta. À un point que vous ne sauriez imaginer. Non content d'avoir tué son oncle et sa tante, il vient juste d'avouer avoir tué Me Goodwin.

Elle se tourna vers Jeremy, le regard furieux et choqué.

— Me Braithwaite vous a-t-il aidé dans vos desseins meurtriers ?

— Il ne savait rien de tout cela. Il n'est devenu partie prenante que lorsque je lui ai offert de le rémunérer grassement s'il m'aidait à prouver la validité de la première version du testament.

Il eut un rire méprisant.

— Voyez-vous, Braithwaite est sensible aux petits luxes de la vie.

— Je comprends mieux pourquoi votre oncle ne l'appréciait pas, fit remarquer Henrietta.

— Comme je l'ai dit, deux options se présentaient à moi. Je pouvais vous retrouver, détruire la copie du testament, et vous faire disparaître également, ou vous ramener à Londres, et vous obliger à signer un testament en ma faveur, avant de me débarrasser de vous. La seconde semblait un tantinet tarabiscotée et peu rapide. Il vaut mieux vous tuer ici, et qu'on n'en parle plus.

Il lui adressa un sourire satisfait, visiblement très fier de son raisonnement.

— Alors, vous voyez, Henrietta, d'une façon ou d'une autre, vous allez mourir.

— Il faut d'abord que vous mettiez la main sur la copie.

— Sachez que je me battrai vaillamment pour vous en empêcher, déclara solennellement Simon.

Le regard glacial perçant la pénombre du cottage ralentit considérablement les ardeurs belliqueuses de Jeremy.

Le souvenir de la douleur qu'il avait ressentie, lorsqu'il avait été attaqué sur la route en provenance d'Inverness, par deux ruffians qui avaient l'intention de lui voler son cheval, était encore trop présent à sa mémoire pour rechercher délibérément à être blessé. Mais c'était lui qui tenait le pistolet, et il était parfaitement capable de tuer ces deux hommes dès que l'envie lui en prendrait.

— Vous êtes fier de ce que vous avez fait, n'est-ce pas ? dit Henrietta. Vous jubilez quand vous parlez de la façon dont vous avez organisé la mort de votre oncle et de votre tante. Mais vous n'êtes pas aussi intelligent que vous le pensez. La vérité finira bien par se faire un jour. N'oubliez pas que nous sommes trois à savoir ce que vous avez fait.

Commençant à perdre le peu de patience qu'il possédait, Jeremy agita son pistolet de façon menaçante.

— Dans ce cas je vais devoir vous tuer tous. Maintenant, allez me chercher ce fichu testament, ou votre vie prendra fin à cet instant.

— Si vous me tuez, il vous sera difficile de trouver le testament, car je suis la seule à savoir où il est.

— Dans ce cas, c'est votre amant que je vais tuer. Car c'est bien ce qu'il est, n'est-ce pas, Henrietta ? D'ailleurs, je me demande ce qu'il fait ici. Ne serait-ce pas un de ces maudits Jacobites qui ont fui le champ de bataille de Culloden ?

La soudaine pâleur d'Henrietta lui tint lieu de réponse. Il eut alors un profond rire de gorge.

— Juste ciel ! Quel rebondissement.

Ne se sentant plus du tout intimidé par Simon, Jeremy osa le regarder droit dans les yeux.

— Finalement, je ne vais pas avoir besoin de vous tuer. Une mort bien plus cruelle vous attend. Quand j'aurai parlé au capitaine des Dragons, et que vous aurez été pendu pour traîtrise, je pourrai tranquillement rentrer à Londres. Ils pourraient peut-être même vous pendre tous les deux côte à côte. Auquel cas, cela vaudrait la peine de suspendre mon retour de quelques jours, si vous me pardonnez ce mauvais jeu de mots.

Il rit, très fier de sa plaisanterie de mauvais goût.

D'humeur belliqueuse, Simon esquissa un geste, mais il s'immobilisa dès qu'Henrietta posa la main sur son bras, devinant que celle-ci redoutait de le voir se faire tuer.

Une lueur de défi s'alluma aussitôt dans le regard de Jeremy, comme s'il attendait ce moment avec impatience.

— Si vous tentez quoi que ce soit, je vous fais exploser la tête.

— Arrêtez ! cria Henrietta.

— Et vous aimeriez ça, n'est-ce pas, Lucas ? dit froidement Simon. Mais je n'ai pas l'intention de vous laisser me tuer, et de vous laisser ainsi le champ libre pour ramener Miss Brody à Londres.

— Je vous ai dit que je n'avais aucune intention de la ramener.

Il resta songeur quelques instants, et Simon comprit qu'un autre plan commençait à se former dans son esprit.

— Cependant, reprit Jeremy, je pense que les Redcoats apprécieraient sans doute de savoir que son père a été pendu pour trahison et actes séditieux à l'encontre du roi. Ça pourrait être intéressant d'entendre ce qu'elle a à dire pour sa défense. Et, comme les Anglais sont très affairés à traquer les rebelles évadés, je doute qu'ils prennent le temps de l'écouter, et plus encore qu'ils la croient innocente.

Jeremy perçut un léger mouvement. Tout entier fixé sur Simon, il n'avait pas prêté attention au vieil homme. Et voilà que celui-ci se déplaçait sur le côté, les yeux rivés sur le pistolet que Simon avait déposé à terre. Aussitôt, Jeremy braqua son arme sur Matthew Brody.

Simon en profita pour sortir l'arme dissimulée dans sa ceinture. Il ne lui fallut qu'une seconde pour basculer le mécanisme de mise à feu et tirer.

Du sang jaillit du torse de Jeremy. Saisi de convulsions, il eut un étrange sourire tandis qu'il tournait les yeux vers Henrietta. Cette dernière, encore surprise de ce qui venait de se passer, et de la rapidité avec laquelle Simon avait réagi, eut soudain l'impression de regarder la mort en face.

— Non ! cria-t-elle, en ayant l'impression que son cœur allait s'arrêter tant elle était terrorisée.

Mais Simon se jeta en avant, et repoussa le bras de Jeremy. Un coup partit, et la balle alla se ficher dans le plafond.

Jeremy se mit à tanguer, baissa les yeux vers le devant de sa chemise, où la tache rouge s'élargissait, telle une rose en pleine floraison. Puis il tomba à genoux, et chercha Henrietta des yeux.

— J'aurais dû… vous tuer… avant que vous ne quittiez Londres. Vous… Vous…

Il tomba face contre terre et rendit son dernier soupir.

Ne parvenant pas à réaliser ce qui venait de se passer, Henrietta resta figée tandis que son oncle se penchait sur le mort. Simon la rejoignit aussitôt et l'attira contre lui.

— C'est fini, murmura-t-il, la bouche contre son oreille. Il ne peut plus vous faire de mal.

— J'étais persuadée qu'il allait me tuer, dit-elle d'une voix tremblante.

— Vous n'avez plus rien à craindre désormais, dit Simon, d'une voix apaisante. Son intention était de nous tuer tous les trois, et il l'a payé de sa vie.

— J'ai su qu'il s'agissait de Lucas à la minute où j'ai posé les yeux sur lui, murmura Matthew.

Il se redressa et regarda tour à tour Henrietta et Simon, d'un air anxieux.

— L'un d'entre vous est-il blessé ?

— Non, répondit Simon. Mais cela aurait pu se produire si vous n'aviez pas eu la présence d'esprit de détourner son attention comme vous l'avez fait.

— Je savais déjà qu'il n'avait pas eu le moindre scrupule à tuer sa tante et son oncle, ainsi que le cocher de ces derniers, dit Henrietta. Mais j'ai eu de la peine à croire qu'il avait également tué Me Goodwin.

— Nous l'avons tous entendu confesser ce crime, dit Simon. Il nous a également appris que Braithwaite avait accepté de devenir son complice. Dans son cas, je ne doute pas que la justice fera son œuvre.

Encore fragilisée par les événements, Henrietta prit une profonde inspiration et rassembla tout son courage pour ne pas laisser libre cours aux larmes qui lui brûlaient les yeux.

— Qu'allons-nous faire de lui ? demanda-t-elle, d'une toute petite voix.

— L'enterrer, répondit Simon avec dédain.

Matthew hocha la tête en signe d'approbation.

— C'est ce qu'il y a de mieux à faire. Mais je vais l'emmener à Inverness dans la matinée. J'aviserai un responsable des Redcoats, et lui raconterai qu'il errait sur la lande, et qu'il a menacé de me tuer si je ne lui donnais pas mon cheval et de l'argent. Je doute qu'ils perdront du temps à essayer de découvrir son identité. Pour eux, il viendra tout simplement grossir le lot des rebelles ayant fui Culloden Field.

— Mais ce n'est pas le cas, protesta Henrietta.

— Cela vaut mieux pour nous qu'ils le croient, répliqua posément Matthew.

Deux jours plus tard, Matthew avait emmené le cadavre de Jeremy à Inverness.

Quittant son lit, Henrietta se dirigea vers la fenêtre, et vit Simon qui observait la lande. Jetant un châle sur ses épaules, elle quitta la maison et le rejoignit.

Tandis qu'elle observait son visage aux traits forts, il lui sembla soudain qu'elle regardait un autre homme, un homme qu'elle ne connaissait pas. À quoi cela était-il dû ? Le pli amer de sa bouche ? Une certaine désillusion dans le regard ? Ou bien quelque chose de distant dans son attitude générale ? On aurait dit qu'il s'était soudain replié dans un autre monde.

— Il semblerait que vous soyez en pleine réflexion, Simon.

Sans prendre la peine de tourner les yeux vers elle, il hocha la tête.

Le silence retomba entre eux, occasionnellement brisé par le cri d'un oiseau.

Henrietta luttait pour apaiser les battements frénétiques de son cœur. Il lui semblait que le temps s'était soudain rafraîchi, alors que le vent était retombé. Elle réalisa alors que la sensation de froid était en elle. Elle se propageait depuis la gangue de glace qui encerclait son cœur.

— Vous allez partir, n'est-ce pas, Simon ? demanda-t-elle, au bout d'un moment.

Il avait pris sa décision. Elle le voyait dans son visage

assombri, où se mêlaient résignation et détermination. Il y avait sur ses traits de la tristesse et des regrets, mais on devinait également qu'il n'avait plus le temps à présent de faire du sentimentalisme.

— Oui, je le dois. J'ai déjà perdu assez de temps.

Elle eut un petit rire amer.

— Oui, vous avez raison, vous avez perdu beaucoup trop de temps.

Perçut-il sa rancœur ? D'un geste brusque, il lui prit le bras et l'attira contre lui.

— Henrietta, pourquoi dites-vous cela ? Vous saviez très bien depuis le début que je ne pourrais pas rester ici indéfiniment. Tant que je n'aurai pas quitté l'Écosse et découvert ce qui se passe, je ne m'appartiendrai pas. Il est vrai que j'ai perdu du temps au regard de mon pays, qui souffre toujours. Nous savions que ce moment viendrait. Nous étions d'accord sur la nécessité de mon départ. Vous ne l'avez pas oublié, n'est-ce pas ?

— Non.

Henrietta s'était refusée à penser que ce jour viendrait. Tout en sachant qu'ils n'avaient pas d'avenir ensemble, elle avait espéré un miracle.

Elle resta immobile, sentant son cœur se briser, sa vision se brouiller, tandis que le vent sifflait lugubrement à ses oreilles.

Simon lui sourit alors, et la regarda avec une grande tendresse. Puis son sourire s'évanouit, et il porta à nouveau son regard sur la lande et sur les collines qui la bordaient. Pour le moment, le soleil les éclairait, mais Henrietta ressentirait leur présence comme une menace dès que la nuit tomberait.

Se plaçant derrière elle, il noua les bras autour de sa taille.

Ils restèrent longtemps silencieux tandis que la journée s'étirait. Tout était calme, et elle n'entendait plus que la respiration de Simon proche de son oreille.

— Quand ?

— Ce soir.

— Si vite ?

Plus tard, quand le cheval fut sellé et qu'il ne resta plus rien d'autre à faire que se dire au revoir, Simon observa le visage livide d'Henrietta et ses grands yeux assombris par l'appréhension. Il la prit alors dans ses bras et déposa un baiser sur son front.

— Nous devons y faire face, Henrietta.

Sa voix s'amenuisa jusqu'au murmure, et ses bras se refermèrent autour d'elle.

— Si vous attendez un enfant, ce sera peut-être tout ce qu'il restera de moi. Je vous demande de faire en sorte qu'il ne lui arrive rien. Je vais vous donner l'adresse où ma mère réside à Paris. Allez la voir. Me le promettez-vous ?

Il ne fut pas possible à Henrietta de répondre tout de suite, tant les larmes lui obstruaient la gorge. Elle reprit son souffle, sachant qu'elle devait être forte pour tous les deux. Finalement, elle dit :

— Il n'y a pas d'enfant, Simon, ce qui est aussi bien.

S'arrachant à ses bras, elle recula de quelques pas et leva la tête vers lui.

— Rien n'a changé, dit-elle. À cause de ce que vous êtes, nous ne pouvons pas être ensemble.

— Mais si, bien sûr. À condition que je survive à cela. Soyez honnête avec vous-même et admettez-le. Nous sommes pris dans quelque chose qui ne peut aisément s'effacer, et je sais que ni la distance ni le temps n'affaibliront nos sentiments.

Henrietta secoua la tête avec une infinie tristesse.

— Je n'oublierai jamais la souffrance que mon père nous a causée à ma mère et à moi, en raison de son entêtement à soutenir cette vaine cause Stuart. Et vous faites preuve de la même obstination. Je ne peux pas et ne veux pas vivre de cette façon. De toute façon, ma vie est à Londres.

— Et qu'allez-vous y faire, Henriette ? Devenir une adepte des réceptions mondaines, et épouser un beau célibataire incapable de vous résister ?

— Probablement. Mais, j'avoue que je n'ai guère eu le temps d'y penser. Je dois d'abord rencontrer Christopher Goodwin et lui apprendre ce que Jeremy à fait à son père, puis je mettrai mes affaires en ordre.

Simon l'observait sans relâche, la mâchoire crispée et les lèvres pincées. Fouillant les profondeurs émeraude des yeux de cette jeune et fière beauté, il résolut de tout faire pour l'empêcher de mener cette vie qu'elle avait prévue, et où il n'y avait pas de place pour lui. L'idée qu'elle puisse épouser un autre homme le dévastait.

— Regardez-moi.

Il lui prit le menton entre le pouce et l'index et l'obligea à lever le menton. Elle résista quelques instants puis elle redressa la tête et le regarda droit dans les yeux.

— Faites comme vous voulez, Henrietta, si vous

pensez que ça vous aidera à vous sentir mieux. Mais, je sais que nous nous aimons et, quoi que vous disiez, nous sommes destinés l'un à l'autre.

— Parce que nous avons fait l'amour, vous vous êtes imaginé que nous allions nous marier. Mais je ne conçois pas les choses de la même manière.

— Je sais ce que vous ressentez quand vous êtes dans mes bras. Je l'ai vu dans vos yeux, et j'ai senti comment vous réagissiez quand nous faisions l'amour. Aussi, je suis certain que vous faites erreur si vous pensez pouvoir me regarder partir et m'oublier.

— Je ne souhaite nullement m'opposer à vous, Simon, mais il ne peut pas en être autrement. Comment pourrions-nous vivre ensemble si vous continuez à soutenir Charles Stuart, et à le suivre partout ?

La colère s'ajouta à l'amertume de Simon. Il savait que la haine qu'éprouvait Henrietta à l'encontre des Jacobites relevait presque du fanatisme, mais il avait espéré que cela n'affecterait pas ce qu'elle ressentait pour lui.

Il lui saisit les avant-bras avec rudesse.

— Vous devez me faire confiance, Henrietta.

— Comment le pourrais-je ? s'écria-t-elle, en se libérant. Je ne vous connais même pas. Vous ne semblez pas vous rendre compte que vous me demandez, en devenant votre femme, de partager un mode de vie que je réprouve.

— Vous ne comprenez pas que j'ai un devoir à accomplir.

— Et qui vous importe apparemment bien plus que moi, répliqua-t-elle, les larmes aux yeux.

— Non !

Il tendit la main vers elle, mais Henrietta recula pour se placer hors de sa portée.

— Henrietta, vous êtes pour moi ce qu'il y a de plus précieux au monde, et votre sécurité est la seule chose qui m'importe.

Elle secoua la tête.

— Je crois que vous devriez y aller, car il me semble que nous ne tomberons jamais d'accord.

Simon s'écarta et dévisagea longuement Henrietta.

Pour la première fois de sa vie, il découvrit qu'il commençait à ressentir de l'amertume à l'égard de la cause Stuart. Après tout ce qu'Henrietta avait vécu avec son père, ce n'était pas juste de lui demander de s'impliquer à nouveau dans cette histoire.

Mais cependant il ne s'imaginait pas se dérober à son devoir. C'était trop profondément enraciné en lui.

Peut-être n'aurait-il pas dû lui faire une cour aussi insistante. Peut-être aurait-il dû lui épargner tout cela…

Et en même temps il ne pouvait imaginer sa vie sans sa ravissante Henrietta. Elle était pour lui ce qu'il y avait de plus important au monde. Et parce qu'il l'aimait, il ne lui imposerait pas de partager sa vie tant qu'il resterait un fugitif.

Finalement, il lui adressa un bref signe de tête.

— Très bien. J'accepte ce que vous dites. Je n'argumenterai pas avec vous sur ce point. Je ne possède pas toutes les réponses, et il est trop tôt pour connaître les répercussions que notre défaite à Culloden aura sur la cause. Peut-être le conflit se poursuivra-t-il.

— J'espère sincèrement que ce ne sera pas le cas.

— J'ai bien conscience d'être égoïste. Je ne peux pas être gagnant sur tous les tableaux. Tout bien considéré, je pense que vous serez mieux sans moi. Pour le moment, je n'ai rien à vous offrir. Je n'ai pas le droit de vous demander de partager la vie d'un fugitif.

Henrietta perçut l'angoisse qui sous-tendait les paroles de Simon, et elle s'en émut. Mais elle ne pouvait cependant accepter sa dévotion au prince Charles et à l'obsession qu'avait ce dernier de reprendre le trône de son père.

— Je suis désolée qu'il en soit ainsi, mais je ne peux pas...

— Je comprends. Et j'aurais sincèrement préféré ne pas avoir à vous quitter. D'une certaine façon, quoi qu'il arrive, je ne serai jamais libéré de vous. Je ne vous écrirai pas, ce serait trop dangereux. Mais sachez que je vous aime, Henrietta. Je ne vous oublierai jamais, je ne cesserai jamais de vous aimer. Cependant, si vous me laissez partir sans me donner le moindre espoir, je ne reviendrai pas. Croyez-moi, je ne suis pas homme à supplier.

— Arrêtez ! s'écria-t-elle, d'un ton désemparé. Ne me faites pas de chantage, Simon.

Le visage de l'homme qu'elle aimait se radoucit.

— Ce n'est pas du chantage, Henrietta. Je pense ce que je dis. Mais je voudrais un baiser à emporter en souvenir, pour me tenir chaud lors des froides nuits à venir.

Simon se pencha pour l'embrasser et, malgré ses résolutions, elle s'accrocha à lui.

Tout à coup, il était à nouveau l'amant passionné qu'elle avait appris à connaître. Les bras de Simon s'étaient refermés autour d'elle, et son souffle était chaud sur son visage, mais elle ne lui rendit pas son baiser. Quelque chose en elle demeurait figé.

Quand il ôta les mains qu'elle avait passées autour de son cou, en un geste instinctif, elle tint ses bras raides le long de son corps.

Apercevant Matthew sur le seuil du cottage, Simon se dirigea vers lui et s'inclina cérémonieusement.

— Je suis à jamais votre obligé, dit-il d'un ton grave.

Matthew lui offrit sa main sans réserve.

— Ne vous inquiétez pas pour Henrietta. Je veillerai sur elle.

Baissant la voix pour n'être entendu que de Simon, il ajouta :

— Essayez de revenir. Elle en vaut la peine et le mérite.

— Je le sais depuis longtemps. Mais votre nièce est têtue, bien plus inflexible que je ne l'aurais pensé.

— Ah, mais l'amour déplace des montagnes et change même les personnes les plus obstinées.

Chevauchant le poney Highland de Matthew, dont ce dernier n'avait plus l'usage puisqu'il s'apprêtait à partir pour Londres, Simon s'en alla, après un dernier signe de la main.

Le cœur brisé, Henrietta le regarda s'éloigner. Puis, les yeux brouillés de larmes, elle amorça une retraite vers le cottage, en s'efforçant de conserver devant son oncle une attitude suffisamment digne.

Dès qu'elle eut regagné sa chambre, elle se pelotonna dans un fauteuil, submergée par une vague de désespoir.

Comment allait-elle pouvoir continuer à aller de l'avant ? Il serait aussi bien qu'elle meure.

Pendant un moment, elle se demanda même si elle

n'était pas déjà morte, car l'enfer ne pourrait pas être pire que d'affronter la vie en sachant que tout espoir de bonheur avec Simon était anéanti à jamais.

Combien de temps resta-t-elle là ? Elle n'aurait su le dire.

Quand elle eut épuisé ses larmes, elle voulut se lever, mais son corps, comme doté d'une volonté propre, refusait de bouger.

Finalement, elle parvint à quitter son fauteuil et alla se passer de l'eau fraîche sur le visage. Puis elle partit à la recherche de son oncle, et le trouva sur la lande.

Lorsque Henrietta s'approcha de Matthew, le vieil homme passa gentiment un bras autour de ses épaules.

— Pensez-vous que je le reverrai ? demanda-t-elle. Je souhaite tellement être avec lui, mais…

— Mais il y a trop de divergences entre vous, termina son oncle. Le conseil que je peux te donner, c'est de mettre de côté ce que ton père vous a fait subir à ta mère et à toi. Tu dois passer à autre chose et aller de l'avant, Henrietta. Le fait de trop regarder en arrière te rend aveugle au présent. À supposer que Simon parvienne à échapper aux Redcoats, et réussisse à gagner la France, je pense qu'il t'écrira, même s'il a prétendu le contraire, pour te faire savoir qu'il est sain et sauf. Aussi, je te demande de prendre soin de toi. Veux-tu mourir avant de pouvoir laisser libre cours à votre amour au grand jour ?

Matthew s'était exprimé avec un tel air de chagrin et de regrets qu'Henrietta sentit à nouveau les larmes lui monter aux yeux. Déjà, l'instinct de vie reprenait le dessus, l'exhortant à poursuivre le but qui primait pour le moment.

— Comment le savez-vous ? demanda-t-elle à son oncle.

— Je m'en suis rendu compte dès le premier jour où je vous ai vus ensemble. Il t'aime. Toi aussi. Et je n'ai pas le droit d'interférer dans vos vies.

Il lui pressa l'épaule d'un geste d'encouragement.

— Tout s'arrangera, tu verras.

Simon prit la route la plus directe vers la côte ouest, contournant les lochs, suivant des chemins truffés d'embûches à travers des marécages, et traversant des forêts infestées de hors-la-loi.

Torturé par l'épuisement, les crampes et la douleur de sa blessure au torse, il s'en réjouissait néanmoins car cela l'empêchait de penser à Henrietta. La sensation de perte était encore fraîche, et laissait en lui un vide atroce.

Plus d'une fois, il faillit croiser des Redcoats, qui menaient des battues à travers les forêts, et parvint à leur échapper grâce à la vivacité de ses réactions.

En entrant dans les Highlands de l'Ouest, à Fort Augustus, il rencontra des Jacobites qui faisaient route vers la France, et continua le voyage avec eux.

Ils embarquèrent pour les Hébrides, où Simon retrouva le prince Charles. Poursuivis par les soutiens du gouvernement, et les fermiers locaux qui espéraient toucher la prime de trente mille livres en livrant le prince aux autorités, ils passèrent d'une île à l'autre.

Finalement, une frégate française leur permit de quitter l'Écosse pour la France, où ils accostèrent en septembre 1746.

Dans la lumière grise et balayée de pluie d'une morose fin de journée, Henrietta et son oncle arrivèrent à Whitegates.

Elle avait le moral en berne, et cet état d'esprit se retrouvait chez tous ceux qui s'étaient rassemblés sous la bannière du prince Charles.

Culloden était dans toutes les mémoires. La rapide et sanglante défaite les avait tous démoralisés. La cause des Stuarts était désormais perdue.

Les domaines des lords et des chefs de clan qui avaient soutenu la rébellion jacobite avaient été saisis, et le tartan des Highlands avait été banni dans toute l'Écosse.

Quel étonnement ce fut pour Henrietta, quand elle franchit la porte d'entrée, de constater que rien dans la maison ne semblait avoir changé. Les domestiques, qui avaient tenu à lui souhaiter la bienvenue, étaient tous rassemblés dans le hall, et cette vision lui fut d'un grand réconfort.

— Pardonnez ma surprise, dit-elle à Coleman, qui était déjà majordome à Whitegates bien avant qu'elle ne vienne y vivre, mais je pensais retrouver une maison vide.

— Pas du tout, miss Brody. Lorsque Mr Lucas a quitté Londres, il a précisé qu'il prendrait le contrôle complet des affaires de son oncle à son retour. En attendant, nous devions nous adresser à Me Braithwaite s'il se passait quelque chose.

— Je vois. Eh bien, j'ai le regret de vous apprendre que Mr Lucas a été victime d'un accident fatal en Écosse. Quant à Me Braithwaite, vous devez savoir que le baron Lucas avait changé de notaire douze mois avant son décès. Il a rédigé un nouveau testament, qui me laissait tout, au cas où son épouse ne lui survivrait pas. Si Me Braithwaite venait à se présenter, il va sans dire que vous lui refuseriez l'entrée. Et maintenant...

Se tournant avec un sourire vers Matthew, elle ajouta :

— Je voudrais vous présenter mon oncle, Matthew Brody. Il va séjourner un moment avec nous. Je voudrais donc que vous lui fassiez préparer une chambre. En attendant, des rafraîchissements seraient les bienvenus.

Henrietta s'apprêtait à se diriger vers le salon, quand elle fut alertée par un curieux regard qui passait de domestique en domestique.

Elle marqua une pause, le front plissé par une interrogation inquiète.

— Que se passe-t-il ?

N'obtenant pas de réponse, elle tourna la tête vers Rose, qui ne la quittait plus d'une semelle depuis son arrivée.

— Rose ? Allez-vous me dire pourquoi tout le monde semble aussi nerveux ?

— C'est la femme de Mr Lucas, Miss Henrietta. Elle vit ici depuis qu'il est parti.

Henrietta n'en fut guère étonnée.

— Je vois.

Elle reprit son souffle, et s'arma de courage.

— Eh bien, je vais aller lui parler.

— Elle n'est pas là pour le moment. Je crois qu'elle avait un engagement théâtral.

— Dans ce cas, nous aurons une discussion à son retour. Et si elle rentre vraiment tard, eh bien, cela pourra attendre demain matin.

Elle se tourna vers son oncle, et lui fit signe de la suivre au salon.

— Nous devons voir Me Goodwin le plus tôt possible demain matin, dit Matthew. Il n'y a pas une minute à perdre.

— J'en suis consciente, mais je dois d'abord m'occuper de Claudia.

Grâce à la sincérité et à la chaleur de l'accueil des domestiques, Henrietta était heureuse d'être de retour chez elle.

Cette opinion dura jusqu'au retour de Claudia, tard dans la nuit. Il suffit en effet d'un seul regard à la femme de Jeremy, qui portait trop de maquillage et de bijoux, pour que sa bonne humeur retombe.

Prévenue par Coleman du retour d'Henrietta, Claudia se tenait sur le seuil du salon, les bras croisés en une attitude hostile, le visage écarlate et les yeux étincelants de fureur.

— Alors comme ça, vous êtes de retour ! s'exclama-t-elle, d'une voix vulgaire où transparaissait un accent des faubourgs qu'elle ne faisait plus l'effort de gommer.

— Comme vous le voyez, répondit sèchement Henrietta. J'aurais aimé rentrer plus tôt, mais divers contretemps m'en ont empêchée.

En regardant Claudia avancer dans la pièce d'une démarche mal assurée, Henrietta se demanda si elle avait bu.

— Peut-être devriez-vous vous asseoir, suggéra-t-elle.

— Je n'ai aucune envie de m'asseoir avec vous.

Claudia se mit soudain à tanguer et s'agrippa au dossier d'un fauteuil pour ne pas perdre l'équilibre.

Henrietta s'inquiéta.

— Vous ne vous sentez pas bien ?

— Je suis ivre, mais je me sens bien. Très bien, même. Et je serai encore mieux quand vous serez partie.

— Mais je n'ai pas l'intention de partir.

Claudia se déchaîna.

— Vous n'avez rien à faire ici, espèce de sorcière écossaise. J'ai vu dans votre jeu depuis le début. Cette façon que vous avez eue de vous immiscer dans la famille… Jeremy aussi a très bien compris quel genre de personne vous étiez.

Henrietta soupira d'agacement.

— Vous pouvez bien dire ce que vous voulez, Claudia, vos paroles ne m'atteignent pas. Cette maison m'appartient, ainsi que vous le savez. Je ne perdrai pas mon temps à en dire davantage puisque vous connaissez parfaitement la situation.

Claudia ne chercha pas à nier.

— Jeremy a découvert que son oncle lui avait fait une entourloupe quand Goodwin s'est présenté ici. C'est pour ça qu'il est parti en Écosse. Il voulait récupérer la copie du testament et la détruire. A-t-il réussi à vous retrouver ?

— Oh oui. Je dois dire que votre mari avait le flair d'un chien de chasse.

Les yeux de Claudia s'étrécirent de façon suspicieuse.

— Avait ?

— Jeremy est mort.

Claudia ne sembla pas comprendre tout de suite. Puis elle ouvrit de grands yeux affolés.

— Mort ? Mais ce n'est pas possible. Vous mentez. Il ne peut pas être mort.

— Je vous assure qu'il l'est tout à fait. On lui a

tiré dessus. Entre les troupes gouvernementales et les Highlanders qui ne demandent qu'à en découdre, l'Écosse est en plein chaos. Il a mal choisi son moment pour s'y aventurer.

— Vous l'avez tué !

Les yeux de Claudia débordaient de haine.

— Maudite soyez-vous ! Je vais vous dénoncer.

— À votre place, je ne ferais pas ça. Et ce n'est pas moi qui ai tiré sur lui. De toute façon, il méritait ce qui lui est arrivé. Après tout, il a tué quatre personnes de sang-froid.

— De quoi parlez-vous ?

— Je sais que Jeremy a tué son oncle et sa tante, sans oublier leur cocher. Et plus tard Me Goodwin, le notaire du baron Lucas. Avant de mourir, votre mari a confessé ses crimes devant moi-même, mon oncle, et une autre personne. Tous deux peuvent en témoigner.

Ce disant, Henrietta pria pour que Simon survive.

Claudia devint livide.

— Jeremy n'aurait jamais fait cela.

— Bien sûr que si, et vous le savez. Quant à moi, j'ai l'intention de parler aux autorités dès demain. C'est pourquoi, si vous ne souhaitez pas être impliquée, je vous conseille de quitter cette maison sur-le-champ.

Claudia s'exhorta à ne pas céder à la panique.

Si elle tardait à quitter la maison, elle risquait fort de se retrouver au bout d'une corde.

À cet instant, les éventuels sentiments de tendresse qu'elle aurait pu éprouver pour son mari disparurent.

Elle le maudit même de s'être fait tuer, d'avoir tout fait

de travers, précisément au moment où elle commençait à apprécier de vivre dans le luxe.

— Je vais aller faire mes bagages et demander à Coleman de faire avancer la calèche. J'ai des amis chez qui aller.

Henrietta attendit avec impatience que les semaines s'écoulent, tandis que son oncle écrivait lettre après lettre à l'intention de son vaste cercle d'amis en France, pour leur demander s'ils auraient, par hasard, des nouvelles de Jacobites réfugiés dans leur pays.

Au début, les amis de Matthew répondirent tous la même chose : ils n'avaient entendu parler de rien.

Et Henrietta continua à attendre, incapable de penser à autre chose.

Sans relâche, le manque de Simon se rappelait à elle, se transformant en désespoir quand elle songeait qu'elle ne le reverrait peut-être jamais. Elle se rappelait avec une douloureuse acuité chaque petit détail de sa physionomie : le bleu profond de ses yeux, la souple ondulation de ses cheveux sombres, la séduisante fossette au menton, la douceur de sa peau…

Et comment aurait-elle pu oublier le timbre chaleureux de sa voix, la sensation de ses mains sur elle, la fièvre de leurs étreintes…

Elle ne tenait pas en place, attendant désespérément d'apprendre qu'il était arrivé en France sain et sauf.

Finalement, son souhait fut exaucé. Début octobre, un ami de son oncle lui écrivit que Lord Simon Tremain faisait partie des gentlemen accompagnant Charles Stuart.

Matthew observait sa nièce, s'inquiétait pour elle. Depuis qu'elle avait appris que Simon était en vie, jamais elle ne parlait de lui. Elle était souriante, sa conversation était animée, mais il trouvait sa joie de vivre exagérée et factice. En d'autres circonstances, il aurait pu songer que c'était bon signe, mais il devinait qu'elle cherchait tout simplement à se cacher la vérité.

— Tu as l'air fatigué, ma chérie, dit-il un soir au cours du dîner. Tu devrais aller te reposer.

Elle lui lança un regard absent.

— Plus tard.

— Ton cœur n'est pas ici, Henrietta, dit-il en s'essuyant délicatement les lèvres dans sa serviette, qu'il reposa sur la table. Il est en France, avec Lord Tremain.

Elle soupira.

— Vous avez raison. Je ne peux m'empêcher de songer à lui. Que dois-je faire ?

— Vendre Whitegates, pour commencer.

— Vendre Whitegates ?

Henrietta parut horrifiée par une telle suggestion.

— Mais je ne peux pas faire ça !

— Penses-y, ma chérie. Il n'y a plus rien pour toi ici.

— Ce n'est pas une raison pour vendre la maison.

— Bien sûr que si. Tourne la page une bonne fois pour toutes. Tu aimes Simon. N'est-ce pas pour toi une raison suffisante ?

Henrietta ne répondit pas, mais son expression en apprit à Matthew plus que des mots.

Il tendit une main à sa nièce chérie et, quand il parla, sa voix vibra de tristesse à l'idée de la perdre bientôt. Pourtant, il dit ce qu'il estimait être juste et vrai.

— Lord Tremain est un homme bien, Henrietta. Je le crois sincèrement.

— Est-ce vrai, oncle Matthew ? Même s'il est un Jacobite ?

Il hocha la tête.

— Assurément, ma petite fille. Il ne te fera pas de mal, Henrietta, car tu sais te défendre. Tu as du courage, le sens de la repartie, tu es forte… Ton père t'a fait souffrir, je le sais, mais ce n'était pas délibéré. Il a suivi ce que lui dictait sa conscience. Nous n'avions pas les mêmes convictions, mais je l'admirais de rester fidèle à ce en quoi il croyait. Quant à toi, je l'ai dit et le répète, ta place n'est pas ici. Va en France. Prends cette décision, et sois-en fière.

— J'ai dit à Simon que nous ne pourrions jamais être ensemble.

— La cause est perdue. Maintenant, ceux qui ont suivi Charles Stuart en sont réduits à essayer de survivre. Je pense que tu t'imposes de souffrir pour rien. Peux-tu vraiment oublier cet homme qui t'aime et qui a besoin de toi autant que toi tu as besoin de lui ? Si tu fais cela, tu passeras le reste de ta vie à te haïr, et à te reprocher d'avoir eu peur de saisir ta chance. Vous êtes faits pour être ensemble. J'en suis persuadé.

Henrietta était étendue sur son lit, dans la pénombre. La nuit était silencieuse et humide. En entendant la pendule sonner 2 heures, elle se leva et alla à la fenêtre.

La lune et les étoiles illuminaient le jardin, qu'elle observa d'un regard absent.

Depuis le départ de Simon, elle avait été incapable

d'apaiser la confusion qui régnait dans son esprit, de calmer la tempête d'émotions que Simon avait éveillée en elle.

Il lui avait fait connaître le désir et le plaisir, lui avait appris à ressentir, mais il l'avait aussi mise en colère, et l'avait obligée à penser et penser encore. Lorsqu'il était parti, il avait laissé un vide dans sa vie que rien ni personne ne pouvait combler.

Avec un soupir, elle se retourna et observa la chambre, notant les ravissants objets qu'elle chérissait depuis des années. Mais il s'agissait de possessions matérielles et, bien qu'elle eût tendrement aimé ses tuteurs, elle ne pouvait s'empêcher de penser que cette maison ne lui appartenait pas.

Tout cela n'avait aucune valeur, comparé à Simon. Cet homme qu'elle aimait. Cet homme irremplaçable. Cet homme qui signifiait tout pour elle.

Elle le voulait, songea-t-elle avec désespoir.

Pourquoi n'avait-elle pas réalisé plus tôt la profondeur de son amour pour lui ?

Pourquoi n'était-elle pas partie avec lui ?

Elle était tellement aveuglée par ses ressentiments, tellement déterminée à ne pas être mêlée à la rébellion, qu'elle avait perdu l'homme qu'elle aimait.

Après une nuit sans sommeil, incapable d'ignorer plus longtemps le message que lui adressait son cœur, Henrietta informa son oncle, durant le petit déjeuner, qu'elle avait décidé de suivre son conseil et de mettre la maison en vente, mais à unc condition.

— Venez avec moi, oncle Matthew. Je parle assez

bien français, mais je ne crois pas que je serai capable de me débrouiller toute seule en France.

Matthew observa sa nièce avec une grande tendresse. Jamais elle ne saurait combien il avait été heureux de la voir, le jour où elle s'était présentée au cottage, comme surgie de nulle part. Et, bien qu'elle fût de son sang, il était saisi d'étonnement et de bonheur à chaque fois qu'il la regardait. Henrietta était comme un grand soleil réchauffant tout sur son passage après de longues journées d'hiver. Elle était arrivée dans sa vie à un moment où, malade de solitude, il sombrait dans une profonde morosité et n'attendait plus que la mort. Cette chère petite l'avait sorti du marasme mental où il avait fini par se complaire, et l'avait ramené à la vie.

— Crois-tu que je t'aurais laissée y aller seule ? La France me manque depuis un moment mais, avec tous ces tracas, je ne pensais pas pouvoir y retourner de sitôt.

Il s'inquiéta en la voyant pensive.

— Qu'y a-t-il, mon enfant ? C'est une immense étape que tu t'apprêtes à franchir, et il est normal que tu éprouves de l'appréhension.

— Imaginez que je vende la maison, et que je découvre que Simon ne veut pas de moi. Que deviendrai-je alors ?

— Si cela devait se produire, ma chère petite, alors nous partirions tous les deux en voyage à travers l'Europe. Tu es à présent une jeune femme fortunée, ne l'oublie pas. Quant à moi, je serais ravi de te faire voir tout ce que j'ai découvert dans ma jeunesse : Venise, Rome, Vérone… pour ne citer que quelques-unes des merveilleuses cités d'art et de culture qui regorgent sur ce continent.

— C'est une idée. Mais, où allons-nous demeurer quand nous serons à Paris ?

— Laisse-moi m'en occuper. Je vais prendre contact avec un très cher ami à moi, Armand de Valeze. Cela fait longtemps qu'il insiste pour que je lui rende à nouveau visite. Quant à Simon, n'aie nulle crainte. Il ne te tournera pas le dos. Il t'aime. De cela, tu peux être sûre. Lui écriras-tu pour lui faire part de tes intentions ?

Un sourire malicieux étira les lèvres d'Henrietta.

— Oh ! non ! Je veux lui faire la surprise.

Chapitre 10

Henrietta regarda la côte française grossir et se rapprocher.

Des vagues frangées d'écume blanche venaient heurter la coque du bateau, le faisant tanguer, et elle s'agrippait au bastingage tandis que l'air salin lui fouettait le visage.

Bientôt, elle poserait à nouveau le pied sur la terre ferme, mais ce ne serait pas le sol de son pays natal.

Elle avait quitté ce pays pour retrouver l'homme à qui elle avait donné son cœur.

Avant qu'ils quittent l'Angleterre, Christopher Goodwin était venu à Whitegates pour les informer que Me Braithwaite avait été arrêté pour complicité dans les crimes de Jeremy Lucas.

Bien qu'il clamât haut et fort son innocence, le notaire indélicat était en prison et attendait d'être fixé sur son sort. Il n'avait pas été accusé de meurtre, mais il encourait une longue peine d'emprisonnement.

Après avoir annoncé aux domestiques qu'elle vendait la propriété, Henrietta les avait aidés à trouver des situations ailleurs.

Rose, qui était sans famille, avait décidé de les

accompagner et se réjouissait de commencer une nouvelle vie en France.

Armand, l'ami d'oncle Matthew, avait tout organisé pour eux, et un coche les attendrait à l'arrivée du bateau.

Durant la traversée, Henrietta avait beaucoup réfléchi à ce qu'elle faisait, et se sentait complètement submergée par l'énormité de sa décision.

Pour être vraiment sûre qu'elle ne s'était pas trompée, elle avait besoin de revoir Simon, de sentir à nouveau ses bras autour d'elle.

Le bateau accosta sans encombre dans le port de Calais. Des cordes furent jetées et nouées pour l'arrimer, et la passerelle fut déroulée.

Le coche les attendait comme promis, et ils se mirent en route sans délai.

Le voyage fut long et fatigant, bien qu'entrecoupé de nuitées dans des auberges de campagne, et Henrietta fut à la fois ravie et soulagée d'arriver à destination.

L'imposante bâtisse en pierre de taille où ils devaient loger était précédée d'une cour pavée, fermée par de hautes grilles armoriées. Alignés de part et d'autre du perron, les domestiques étaient sortis pour les accueillir.

— La maison appartient à un ami d'Armand qui voyage à l'étranger, expliqua Matthew, et dont le retour n'est pas annoncé avant au moins un an. Elle est très bien meublée et possède tout le confort souhaitable. Et, comme tu peux le voir, la domesticité ne manque pas. Je suis certain que tu aimeras vivre ici.

Très vite, les invitations commencèrent à arriver, adressées pour la plupart à Matthew, et provenant d'amis et de connaissances qui les invitaient, lui et sa nièce, à différents événements mondains.

Henrietta s'en réjouit, songeant qu'il ne lui serait pas aussi difficile de revoir Simon qu'elle se l'était imaginé.

Quant à Matthew, il revivait tout simplement. Entre ses rendez-vous quotidiens avec Armand, ses retrouvailles avec de vieux amis qu'il n'avait pas revus depuis des années, et la visite des lieux d'intérêt en compagnie de sa nièce, le vieil homme ne tenait pas en place.

Quinze jours après leur arrivée à Paris, il revint à la maison dans un état de grande agitation.

— Henrietta, j'ai été invité à un bal, et je voudrais que tu m'accompagnes.

Occupée à rédiger une lettre à l'attention de Christopher Goodwin, elle releva distraitement la tête.

— Qui y aura-t-il à ce bal ?

— Le roi, ainsi que le prince Charles, et un de ses plus proches amis, à savoir Lord Simon Tremain.

Henrietta ressentit un soudain pincement d'excitation au creux de l'estomac, et lança un regard interrogateur à son oncle. Ce dernier haussa les épaules, comme s'il n'avait rien dit de particulièrement remarquable, mais ses yeux brillaient de malice.

— Ce sera un événement de la plus grande importance, et l'occasion idéale pour toi de te montrer, ne crois-tu pas ? Cela marquera aussi ton entrée officielle dans la société parisienne.

Henrietta eut un soupir heureux et se cala contre le dossier de sa chaise.

— Oui, oncle Matthew. C'est parfait.

Immédiatement, elle commença à se demander ce qu'elle allait porter pour une telle occasion. Simon ne l'avait vue que déguisée en garçon, ou vêtue de tenues empruntées à sa mère, et plus tard dans de rustiques robes de lainage d'habitante des Highlands.

Pour ces retrouvailles à Paris, elle voulait être éblouissante.

Vint enfin le jour tant attendu.

Après qu'Henrietta se fut baignée dans une eau parfumée au lilas, elle s'assit devant sa coiffeuse, et Rose coiffa en chignon sa chevelure cuivrée, qui avait à présent suffisamment repoussé pour lui permettre d'adopter une apparence plus féminine.

S'observant dans le miroir, Henrietta tourna la tête en tout sens, et constata avec satisfaction que cette coiffure mettait en valeur ses hautes pommettes ciselées, faisait paraître plus grands ses yeux verts, et dégageait son long cou à la peau d'albâtre.

Elle avait choisi sa robe avec le plus grand soin, car elle voulait que Simon n'oublie jamais l'allure qu'elle avait cette nuit.

Une heure plus tard, elle avait fini de s'habiller.

S'étant finalement décidée pour une robe de brocart or, elle tourna lentement devant le grand miroir en pied.

Le décolleté carré était très échancré, et le corset, rebrodé de perles. Un châle de soie du même or était drapé sur ses épaules, et elle portait des boucles d'oreilles et un collier de perles.

Oui, sans fausse modestie, elle devait reconnaître que le résultat était à la hauteur de ses espérances.

— Oh ! ma chère petite, s'exclama Matthew, ébahi par l'apparence de sa nièce. Je jure que tu es la plus belle femme que j'aie jamais vue. Tu vas éclipser toutes les autres femmes. Les gentlemen n'auront d'yeux que pour toi.

Elle minauda, jouant les modestes.

— Vous exagérez, oncle Matthew, dit-elle. Mais votre compliment me va droit au cœur.

L'imposante silhouette du château situé au sud de Paris apparut enfin au loin.

Pour Henrietta, qui avait connu à Londres des demeures plus modestes, les somptueuses résidences et les palais parisiens étaient toujours un enchantement.

Les unes après les autres, au rythme lent du pas des chevaux, les calèches s'avancèrent dans la longue allée bordée de chênes.

— Le château est splendide, n'est-ce pas ? remarqua Matthew. C'est bien que tu puisses le voir avant que la lumière du jour décline. Mais peut-être voudras-tu, un peu plus tard, te promener dans le parc avec Simon ?

Un frisson d'impatience la traversa, et elle s'imagina au bras de Simon, déambulant au clair de lune dans les allées et s'arrêtant dans un endroit secret pour partager un baiser.

À la descente de la calèche, elle posa le pied sur un tapis rouge qui se déroulait jusque sur les marches du perron.

Il y avait beaucoup d'animation dans la cour du château. Des valets en livrées aux couleurs chatoyantes s'y mêlaient aux invités. Le roi Louis lui-même devait être présent, mais c'était en l'honneur du prince Charles Edward Stuart qu'était donnée la réception. Les quelque mille invités présents se sentaient donc infiniment privilégiés.

Le hall était comme un hymne à la blancheur, avec son escalier, son sol et ses murs de marbre immaculé, et ses statues et bustes d'albâtre.

Les vastes pièces de réception débordaient de femmes et d'hommes vêtus à la dernière mode de Paris, et l'air était saturé de leurs parfums capiteux et de leur poudre à perruque.

Henrietta et Matthew entrèrent dans un salon blanc et or, illuminé par une invraisemblable quantité de chandeliers, où rires et exclamations ponctuaient le brouhaha des voix.

L'élite de Paris et certains membres de la Cour étaient présents. Henrietta déambula parmi eux, un sourire aux lèvres. Un orchestre jouait dans la salle de bal adjacente, et de nombreux couples dansaient déjà.

Elle regarda autour d'elle, l'estomac légèrement noué d'appréhension.

Un groupe de gentlemen apparut à l'autre bout du salon. Soudain, le regard d'Henrietta fut aimanté par l'un d'eux, qui se tenait légèrement à l'écart, à côté d'une gigantesque urne débordant de fleurs.

Même à cette distance, elle n'eut aucune difficulté à reconnaître l'imposante silhouette de Simon.

Elle dévora des yeux ses traits aristocratiques, ses yeux d'un bleu étincelant, ses lèvres étirées par un petit sourire narquois, et sa masse indisciplinée de cheveux sombres.

Son cœur se mit à battre à tout rompre tandis qu'elle

traversait la foule, inconsciente du radieux spectacle qu'elle offrait dans sa robe dorée, que faisaient scintiller les chandeliers, indifférente aux murmures des hommes qui l'observaient avec curiosité.

Autour d'elle le monde semblait avoir disparu, comme happé par un épais brouillard, et les bruits ambiants s'étaient fondus en une rumeur étouffée.

Débordant de joie, son cœur criait le prénom de Simon bien avant qu'il ne franchisse ses lèvres.

Lorsque enfin il tourna la tête vers elle, il ne parut pas la reconnaître.

Elle lui adressa un sourire séducteur.

— Eh bien, m'auriez-vous déjà oubliée, Lord Tremain ?

Simon se redressa et la dévisagea, avec un mélange de surprise, d'incrédulité et de joie. En tout cas, ce fut ainsi qu'Henrietta décrypta les émotions qui passèrent fugitivement dans son beau regard bleu.

Puis il s'inclina cérémonieusement devant elle.

— Quelle surprise, dit-il. Je ne m'attendais certes pas à vous voir ici… et avec cette apparence si différente. J'ai failli ne pas vous reconnaître. Permettez-moi de vous complimenter. Vous êtes exquise, ce soir.

Totalement prise au dépourvu, Henrietta le dévisagea sans comprendre.

Alors qu'elle s'avançait vers lui, le cœur débordant d'amour et de joie, le ton de Simon était froid et distant.

Que s'était-il passé pour qu'il se transforme en cet étranger poli mais indifférent ?

— Merci, répondit-elle sur le même ton. Je suis également surprise de vous voir. Et je suis soulagée de constater que vous avez pu quitter l'Écosse. Cela n'a pas dû être facile.

— J'ai parfois pensé que je n'y arriverais pas.

On aurait dit deux inconnus échangeant des banalités pour tenter d'agrémenter la conversation.

Henrietta réalisa qu'elle avait envie de pleurer.

Se pouvait-il que cet homme soit le même que celui qui lui avait fait l'amour avec tant de passion ? Celui qui lui avait demandé de devenir sa femme ?

Tandis qu'elle cherchait à dire quelque chose qui ne soit ni stupide ni déplacé, elle avait conscience de l'insistance curieuse avec laquelle Simon scrutait chaque détail de son visage.

Elle baissa les yeux, alors que le silence devenait inconfortable, malgré la musique et les conversations qui bruissaient autour d'eux.

Malade de déception, et incapable de supporter plus longtemps cette tension entre eux, elle était sur le point de s'excuser, quand elle s'avisa qu'une personne s'approchait de lui.

— Simon, vous êtes là ! s'exclama une voix féminine haut perchée. Vous m'avez promis une danse, vous en souvenez-vous ?

Henrietta leva les yeux et dévisagea avec le même effroi qu'une personne voyant le diable la mince jeune femme aux yeux noisette qui les avait rejoints.

— Si vous me permettez, Vanessa, dit Simon, en attirant la nouvelle venue plus près de lui, j'aimerais vous présenter. Miss Henrietta Brody. Henrietta, voici Miss Vanessa Wallace, une vieille connaissance à moi.

Henrietta parvint à masquer sa contrariété, et fit mine d'ignorer la gifle que lui assenait le sort.

Miss Wallace était une connaissance, avait-il dit…

Elle était aussi très jolie. Un peu trop, peut-être…

— Je suis ravie de vous rencontrer, Miss Wallace, dit-elle, avec une courtoisie forcée.

Vanessa la dévisagea d'un air soupçonneux.

— Il en va de même pour moi, dit-elle, tout aussi froidement. Êtes-vous originaire d'Écosse ?

— Oui, bien que j'aie passé la majeure partie de ma vie à Londres. Habitez-vous à Paris, Miss Wallace ?

— Pour le moment. Mon père était un fervent soutien du prince Charles, et il nous est impossible de retourner en Écosse, comprenez-vous ?

— Oui. Oui, je comprends parfaitement.

— Que faites-vous à Paris ? demanda Simon.

Henrietta fit un effort pour ne pas lui laisser voir à quel point elle était malheureuse.

— J'accompagne oncle Matthew. Nous avons décidé de voyager un peu.

— Comment va-t-il ? Bien, j'espère.

— On ne peut mieux. Je sais qu'il serait ravi de vous revoir.

— Moi aussi. Je tâcherai d'aller le saluer un peu plus tard.

Henrietta fit un pas en arrière, et se força à sourire.

— Excusez-moi, je vous empêche de danser.

Ne daignant pas accorder un regard de plus à Simon, le cœur bouillonnant de rage, elle tourna les talons et se mit en quête de son oncle.

Resté en retrait, Matthew n'avait pas manqué une miette des retrouvailles de sa nièce avec Lord Tremain et, rien qu'en observant leurs postures, il avait deviné que les choses ne se passaient pas comme prévu.

La soudaine apparition de cette beauté brune à côté de Simon avait éveillé son inquiétude pour Henrietta.

La pauvre petite n'avait-elle pas commis une terrible erreur en décidant de venir en France ? Si tel était le cas, il portait une part de responsabilité dans ce qui semblait, contre toute attente, être un fiasco.

En colère et blessée par le froid rejet de Simon, Henrietta ne pouvait se cacher la vérité : sur un plan physique, elle n'était pas davantage indifférente à Simon qu'elle ne l'avait été six mois plus tôt.

Son cœur battait frénétiquement, comme s'il voulait s'échapper de sa cage thoracique, et elle avait les plus grandes difficultés à respirer.

Elle parvint pourtant à donner le change, à marcher, à sourire…

Ainsi, c'était cela un chagrin d'amour ?

Comment allait-elle y survivre ?

Il le fallait, pourtant.

Peu importait la suite, elle allait devoir supporter sa douleur en silence.

Et il n'était pas question qu'elle s'apitoie sur son sort.

Simon ne voulait plus d'elle. Il venait de le lui faire comprendre très clairement.

Mais elle était la seule responsable de cette humiliante mise au point. Tandis qu'elle s'imaginait sottement qu'il l'attendait, il avait trouvé quelqu'un d'autre.

Comme cela s'était déjà produit quand elle avait fui Londres et Jeremy Lucas, elle fut saisie par cette vieille tentation de s'en aller en laissant les ennuis derrière elle.

C'était un besoin primitif qui prenait le dessus chaque

fois qu'elle était malheureuse. Il ne s'agissait pas de lâcheté, toutefois. Elle n'avait pas peur d'affronter l'adversité. Mais elle ressentait le besoin de dissimuler ses sentiments aux regards trop curieux, et de suivre une cure de silence et de solitude.

— Tout va bien, ma chérie ? demanda gentiment Matthew.

Sa colère était telle qu'elle avait le plus grand mal à réprimer les tremblements qui l'agitaient.

— Bien sûr, prétendit-elle, avec un petit rire nerveux. Pourquoi cela n'irait-il pas ?

— C'est bien, Henrietta. Tu ne dois pas te laisser abattre par ce qui vient de se passer.

Il la prit par le bras, d'un geste engageant.

— Viens, je voudrais te présenter des amis qui ont exprimé le souhait de faire ta connaissance. À moins que tu ne préfères t'éclipser.

— Je ne souhaite pas m'en aller maintenant, mon oncle. Le roi n'est pas encore arrivé, et ce serait impoli de partir. Mais j'ai compris ce soir que j'ai commis une erreur en venant à Paris. Il n'y a rien pour moi ici. Je crois que j'aimerais passer à autre chose.

— Tu souhaites quitter Paris ? Mais, ma chérie, nous venons à peine d'arriver. Et Lord Tremain…

Ce fut d'une voix glaciale qu'Henrietta répliqua :

— Je ne suis en rien concernée par Lord Tremain. Ses attentions sont désormais dirigées ailleurs. Toutefois, je reconnais que mon souhait de quitter Paris est lié à sa présence dans cette ville. Si vous ne voulez pas m'cmmener loin d'ici, alors je partirai seule. Je suis prête à tout pour effacer Simon Tremain de ma vie.

Son oncle dut réaliser qu'elle pensait ce qu'elle disait

car, l'effet de surprise passé, ce fut de la fierté qu'elle lut dans ses yeux, d'ordinaire toujours chaleureux et bienveillants.

— As-tu un pays en tête ? L'Italie, peut-être ?

— Parfait. Je vais demander à Rose de commencer à faire mes bagages dès demain matin.

En attendant, elle allait continuer à donner le change. Même si son cœur battait douloureusement, et qu'elle frissonnait malgré la chaleur étouffante qui régnait dans la pièce, elle avait l'intention d'aller jusqu'au terme de cette soirée sans se donner en spectacle. Sans laisser voir à quiconque combien elle souffrait.

Simon n'était pas aussi indifférent à la soudaine apparition d'Henrietta à Paris que cette dernière le pensait.

Tandis qu'il escortait Vanessa vers la piste de danse, son esprit était tout entier occupé par la jeune femme qu'il avait laissée en Écosse.

Il avait été surpris de la revoir, et de la découvrir aussi radieuse. Immédiatement, il s'était remémoré la joie qu'il avait ressentie quand ils étaient devenus amants, avec une étonnante réciprocité dans la passion. Il était rare que l'ardeur de deux amoureux soit égale. Il y en avait toujours un des deux qui ressentait davantage de plaisir. Mais avec Henrietta, ils avaient connu l'extase ensemble, en un exquis partage fait de respect et de tendresse. Il rêvait de connaître cela à nouveau, et savait qu'il ne le retrouverait avec aucune autre femme.

Que pouvait-elle bien faire à Paris ?

Lorsqu'il lui avait fait ses adieux, la façon dont elle l'avait rejeté lui avait fait beaucoup de mal. En la retrouvant ce soir, si belle en ces lieux splendides où elle avait toute sa place, il avait voulu à son tour la faire souffrir comme il avait souffert.

Il lui en avait coûté de jouer l'indifférence, et il savait que cette mascarade ne tiendrait pas longtemps s'il devait la revoir. Aussi résolut-il de quitter Paris sitôt la soirée terminée.

Tandis que la réception battait son plein, Henrietta découvrit qu'elle était capable de regarder chacun dans les yeux et de sourire avec insouciance.

Elle avait espéré, naturellement, pouvoir prendre le bras de Simon, se sentir protégée par sa présence, mais elle ne s'en souciait plus désormais.

L'arrivée du roi Louis avec son entourage rapproché causa beaucoup d'excitation. Tandis qu'il balayait la foule de son regard sombre, levant hautainement ce nez si caractéristique des Bourbons, Henrietta put constater qu'il n'était pas très grand. Mais la richesse de sa tenue et son attitude altière rehaussaient sa stature.

Cependant, ce fut surtout vers le jeune homme qui se tenait légèrement en retrait de l'entourage royal que le regard d'Henrietta fut attiré. D'instinct, elle sut qu'il s'agissait du prince Charles Edward Stuart, et une vague d'amertume la saisit.

Séduisant, certes, mais légèrement efféminé, avec une bouche trop rose et des cheveux trop poudrés, il n'était pas du tout comme elle se l'était imaginé.

C'était donc lui, l'homme dont la tête avait été emplie de grandes idées révolutionnaires, dont l'obsession de monter sur le trône de son père avait mené au bain de sang de Culloden… Une fois la cause perdue, il avait fui en France, où il vivait maintenant fastueusement, sans se soucier du sort de ceux qui l'avaient soutenu, et qui se trouvaient en butte à la cruauté sanguinaire de leurs ennemis.

Le reste de la soirée se passa en présentations et conversations dont elle ne retint rien. Ne quittant pas son oncle, elle but plus qu'elle n'en avait l'habitude, et considéra d'un œil morne le feu d'artifice, dont elle s'était pourtant fait une joie.

Elle ne revit pas Simon et, contrairement à sa promesse, ce dernier ne chercha pas à venir saluer Matthew.

Le lendemain, en fin de matinée, Simon se présenta à la résidence de Matthew Brody, qu'il n'avait pas eu de difficulté à découvrir.

Son impatience de revoir Henrietta et d'apprendre pourquoi elle se trouvait à Paris le rongeait. Il était dans l'incapacité de supporter une heure de plus, et encore moins une journée de plus, de cette épouvantable attente.

Installé dans la bibliothèque, Matthew déposa la gazette qu'il était occupé à lire, et se leva pour accueillir le visiteur qu'un valet venait d'annoncer.

Il s'attendait plus ou moins à la visite de Lord Tremain, et fut soulagé que ce dernier se soit décidé à venir.

Mais, après la froideur dont Simon avait fait preuve à l'égard d'Henrietta au bal, il n'avait nulle intention de lui faciliter les choses.

Les deux hommes se serrèrent la main et échangèrent

des politesses. Puis Matthew désigna un fauteuil à son visiteur, et ils s'installèrent face à face.

— Je suppose que vous allez bien, Matthew, demanda Simon, sincèrement heureux de revoir le vieil homme et de pouvoir lui exprimer une fois de plus sa gratitude pour l'avoir hébergé en Écosse.

Matthew l'observa un moment avant de répondre.

— Je vais bien, et je dois vous dire combien j'ai été soulagé quand j'ai appris que vous aviez réussi à gagner la France sans encombre. Mais je ne pense pas que vous soyez venu ici uniquement pour prendre de mes nouvelles. Je suppose que vous voulez voir Henrietta.

— C'est en effet le but de ma visite.

Matthew se leva et se dirigea vers une console, où il souleva une carafe contenant du vin de Madère. Il en remplit deux verres et revint en tendre un à Simon.

— Dans ce cas, il est bien que vous soyez venu aujourd'hui, ajouta-t-il, car nous n'allons pas tarder à partir pour l'Italie.

Sur le point de porter le verre à ses lèvres, Simon se figea.

— Mais pourquoi ? Vous venez à peine d'arriver, à ce que j'ai cru comprendre.

— Je pourrais vous dire que le climat de Paris ne convient pas à ma nièce, répondit Matthew, mais la vérité est que votre comportement d'hier soir est pour beaucoup dans son désir de quitter la France.

Simon avala d'un trait le contenu de son verre, comme pour faire passer la mauvaise nouvelle.

— M'autorisez-vous à la voir ? J'aimerais beaucoup pouvoir lui parler.

— Malheureusement, je crains que ma nièce ne veuille pas vous voir. Son bien-être et son bonheur sont primordiaux pour moi, c'est pourquoi j'ai accepté de l'emmener en Italie.

— Où elle connaîtra sans nul doute un grand succès et rencontrera des célibataires ayant l'étoffe requise pour faire de bons maris.

L'intonation de Simon était féroce, et teintée d'un sarcasme qui n'était pas dans sa nature.

Agacé, il posa son verre d'un geste brusque et se leva.

— Elle le pourrait, en effet, répondit Matthew. Cependant, depuis qu'elle vous a rencontré, l'idée d'épouser quelqu'un d'autre lui paraît impossible. La richesse, les titres, et tout le décorum qui va avec n'ont aucune importance pour elle. Mais depuis la façon dont vous l'avez traitée hier, et qui n'avait aucune raison d'être, si vous me permettez de donner mon avis, elle se trouve dans un terrible état de colère.

Aux yeux de Matthew, la moralité et la justice primaient en toutes circonstances, et il ne pouvait laisser passer l'affront fait à sa nièce sans manifester sa désapprobation.

— Je n'ai certes pas assisté à votre conversation, reprit-il, mais j'ai des yeux pour voir. Et, d'après ce qu'Henrietta m'a raconté, vous n'avez ni cœur ni conscience. Quand je pense à tout ce qu'elle a fait pour venir ici…

— Quoi ? Qu'a-t-elle fait ? l'interrompit Simon avec brusquerie.

— Elle a vendu tout ce que le baron Lucas lui avait laissé, afin de pouvoir être avec vous. Elle a délaissé l'Angleterre et la sécurité de sa maison pour venir vous rejoindre.

Avec une triste satisfaction, Matthew observa un muscle jouer dans la mâchoire de Simon.

— En dépit de ce que je suis ? Malgré le fait que je n'ai rien à lui offrir ?

— Malgré tout cela. Elle a grandement souffert quand son père a été exécuté. Elle n'était qu'une enfant, confuse et blessée, incapable de comprendre. Et puis…

— Quoi donc ? Que s'est-il passé ?

— Sa mère ne pouvait pas supporter de vivre sans mon frère.

Matthew soupira.

— Henrietta m'en voudra certainement de vous raconter cela mais, pour que vous puissiez comprendre parfaitement la situation, je pense que vous devez tout savoir.

— Continuez ! le pressa Simon, alors qu'il observait une pause.

— Comme je le disais, reprit Matthew, ma belle-sœur n'a pu supporter la brutalité de la mort de son mari. Folle de chagrin, elle a commencé à se comporter de façon irrationnelle. Craignant qu'il arrive quelque chose à Henrietta, et qu'elle aussi lui soit enlevée, elle exigeait que l'enfant soit en permanence avec elle. Peu à peu, elle a perdu la raison, et elle a fini par se donner la mort. C'est Henrietta qui l'a découverte, noyée dans la rivière qui longeait leur maison.

Reprenant son souffle, Matthew essuya furtivement une larme.

— Cette double tragédie fut trop lourde à supporter pour un cœur et un esprit si jeunes. L'exécution de son père a eu un impact terrible sur Henrietta, mais le suicide de sa mère a fait de sa vie un enfer permanent.

Le front plissé en une expression attristée, Simon peinait à croire ce qu'il entendait.

Son cœur commença à battre douloureusement vite, tandis qu'il était pris entre tourment et tendresse.

— Je l'ignorais, dit-il d'une voix émue. Elle ne m'en a jamais parlé.

— Il lui est impossible d'évoquer cette partie de sa vie. Quand je l'ai vue pour la première fois après le drame, il y avait dans ses yeux une douleur comme je n'en avais jamais vu chez personne, et que je n'oublierai jamais.

Simon dévisagea Matthew, son esprit se refusant d'abord à croire ce que le vieil homme lui disait. Puis son cœur se gonfla de compassion, tandis que l'image d'une fillette aux cheveux cuivrés et aux grands yeux verts emplis de larmes se formait dans sa tête.

— J'ai fait ce que j'ai pu pour elle, continua Matthew. Et quand elle est devenue plus forte, je l'ai confiée au baron Lucas et à sa femme. Je pensais qu'elle était heureuse, mais le passé la rongeait. Elle avait besoin de quelqu'un ou de quelque chose à blâmer. Peut-être comprenez-vous mieux maintenant pourquoi elle éprouve tant de haine à l'égard des Jacobites et de leur cause.

La gorge nouée, Simon marcha vers la fenêtre, et se perdit dans la contemplation du parc.

Les révélations de Matthew éclairaient d'un jour

nouveau l'attitude d'Henrietta. Et la cruauté dont il avait fait preuve à son égard l'emplissait de honte.

Il la revit telle qu'elle était en Écosse, courageuse et ravissante, débordant d'innocente passion dans ses bras.

Il entendit aussi les mots qu'elle avait prononcés la nuit dernière « M'auriez-vous déjà oubliée ? »

Seigneur, même s'il vivait jusqu'à cent ans, il ne pourrait jamais l'oublier.

Une vague de remords et de colère à l'égard de son aveuglement et de sa stupidité l'envahit.

Les dernières paroles qu'il lui avait adressées en Écosse, « si vous me laissez partir sans me donner le moindre espoir, je ne reviendrai pas », étaient dictées par la colère. Et à présent, il apprenait qu'elle avait tout vendu pour le rejoindre.

Écœuré de lui-même, il ferma les yeux.

Henrietta était si altruiste, si douce…

Elle avait fait cela pour lui.

Matthew n'avait pas bougé. Gardant le silence, il observait Simon, qui se tenait à demi tourné vers la fenêtre, les yeux clos.

La pendule sur le manteau de la cheminée égrena les secondes, puis Simon finit par se tourner complètement.

— Puis-je la voir ? demanda-t-il, d'une voix où vibraient l'impatience et la crainte.

— Uniquement si vous me promettez de ne pas la faire souffrir.

— Cela va sans dire.

Matthew eut du mal à dissimuler son soulagement.

— Eh bien, tout est pour le mieux. Je ne devrais

peut-être pas vous parler de cette façon, mais il me semble que nous avons un peu la même façon de penser. Ma vie, voyez-vous, a été quelque peu solitaire, et je crains que cela ne m'ait rendu trop direct. Je n'ai pas le droit de me mêler de la vie d'Henrietta, je le sais bien, mais je voudrais tellement qu'elle soit heureuse. Elle est amoureuse de vous, et elle a eu le cœur brisé quand vous êtes parti.

Le sourire aux lèvres, Matthew accompagna Simon à la porte.

— Il y a pire que d'épouser une jeune femme qui a le bon goût de tomber amoureuse de vous, dit-il avec humour. Mais je dois vous mettre en garde : elle risque fort de vous dire d'aller au diable.

Tandis qu'il se dirigeait vers le salon, où il savait qu'il pourrait trouver Henrietta, Simon réfléchissait aux explications qu'il allait lui donner.

Elle était en colère, et elle essayerait sans doute de lui rendre la monnaie de sa pièce, en prétendant qu'elle ne voulait pas de lui.

Mais il ne se souciait guère de cela.

Ils s'étaient désirés à la minute où elle avait ôté son déguisement et s'était montrée à lui en femme, et dès lors ils n'avaient cessé d'avoir envie l'un de l'autre.

Par la fenêtre, Henrietta avait vu Simon arriver. Depuis, elle était la proie d'une tension nerveuse insoutenable.

À présent, tandis qu'il entrait et fermait la porte derrière lui avec un claquement sec, elle prenait conscience qu'elle allait, pour la première fois depuis six mois, se retrouver complètement seule avec lui.

Luttant pour paraître calme, elle le regarda fouler le tapis précieux, de cette démarche à la fois élégante et virile qui était la sienne. Il se dégageait de lui une telle énergie qu'on aurait pu croire que le monde entier pénétrait avec lui dans le salon.

Il s'arrêta à quelques pas du siège sur lequel elle était assise, et ses larges épaules lui masquèrent la vue sur la pièce.

Refusant de se laisser intimider par le regard bleu qui la dévisageait, elle s'exclama d'un ton cassant :

— Vous êtes sans doute venu rendre visite à mon oncle. Dans le cas contraire, je ne vois pas la raison de votre présence ici.

— En fait, c'est vous que je viens voir. Bien que j'aie été très heureux de pouvoir m'entretenir avec Matthew. Votre oncle est un homme d'une grande sagesse.

— C'est vrai. Toutefois, je suis très occupée. Je me prépare à partir pour l'Italie, comprenez-vous ? Vous me rendriez donc un grand service en partant sur-le-champ.

— Je n'en ferai rien.

— Cependant, il ne serait pas raisonnable de demeurer avec moi, considérant la relation que vous avez avec Miss Wallace.

— Rien de ce que nous avons fait n'a jamais été raisonnable. Ne commençons pas maintenant.

À contrecœur, elle croisa son regard.

— Que voulez-vous ?

— Vous présenter mes excuses pour mon comportement de la nuit dernière. C'était incroyablement grossier de ma part de vous traiter aussi mal.

Ne croyant pas encore tout à fait à son changement d'état d'esprit, Henrietta le regarda avec méfiance.

— Ça l'était, en effet.

— Suis-je pardonné ?

Déjà radoucie, elle répondit :

— Vous l'auriez bien mérité si je vous refusais mon pardon.

Simon eut la bonne grâce de rire, tandis qu'il se rapprochait un peu plus.

— Grâce au ciel, votre sens de la repartie est intacte. Depuis hier soir, je vivais avec la crainte qu'il n'en soit pas ainsi.

— Vraiment ? Mais pourquoi ?

— Parce que la femme que j'ai vue au bal n'était pas celle que j'ai connue en Écosse.

Malgré sa ferme résolution de ne pas capituler devant son charme, Henrietta sentit une vague de chaleur l'envahir, qui réveilla des sens endormis par le désespoir.

— Sous mes luxueux atours, je suis toujours la même femme. Vous ne pouvez imaginer à quel point je brûlais de vous revoir. Mais quand je vous ai vu avec cette péronnelle, j'ai compris qu'il était trop tard.

— Vanessa est la fille d'un ami. Elle ne représente rien pour moi. Vous devez le croire. Quand je vous ai laissée en Écosse, je ne savais pas si j'allais survivre, et encore moins si j'allais vous revoir. Je pensais vous avoir perdue pour toujours.

Une expression douloureuse déforma le visage de Simon.

— Vous étiez si farouchement opposée à moi et à la cause.

— Non, Simon. Je n'ai jamais eu aucun grief contre vous. Seulement contre cette maudite cause !

— Et je sais maintenant pourquoi. J'étais déjà au courant pour votre père. Mais j'ignorais tout de ce qui était arrivé à votre mère. Votre oncle vient de me l'apprendre.

Il secoua la tête.

— Seigneur, Henrietta, pourquoi ne m'avez-vous rien dit ?

Elle blêmit.

— Parce que je n'ai jamais eu la force d'en parler. Cette double tragédie était plus que je n'en pouvais supporter. Peut-être comprenez-vous maintenant l'étendue de ma haine pour les Jacobites. Si mon père n'en avait pas fait partie, acceptant de donner sa vie pour la cause, rien de tout cela ne se serait produit. Mais, quand nous nous sommes séparés, j'ai compris que je ne pouvais plus continuer à fuir mon passé, si cela signifiait que je devais vous perdre.

— Vous feriez cela pour moi, Henrietta ?

— Je mourrais pour vous, murmura-t-elle, les yeux rivés à ceux de Simon.

— Et il en va de même pour moi, mon aimée. Vous savez bien que je vous aime. Si vous ne croyez rien d'autre de ce que je vous ai dit jusqu'à présent, croyez au moins cela.

— Quand vous êtes parti, mon cœur s'est brisé, murmura-t-elle. Il fallait que je vous revoie. Comme vous ne pouviez pas retourner en Angleterre, alors c'est moi qui suis venue.

— Et vous avez vendu votre maison ?

Elle balaya cette question d'un geste de la main.

— Peu importe. Je n'ai nul besoin de cette maison. Vous seul comptez.

Elle hésita.

— Dites-moi que vous voulez toujours de moi.

Pour toute réponse, il l'attira contre lui et la tint serrée dans ses bras.

— Je n'ai jamais cessé de vouloir de vous, déclara-t-il. Vous m'avez tellement manqué.

— Je n'arrive pas à croire que vous êtes ici avec moi. Il y a quelques heures encore, tout semblait si…

— Vide ? suggéra Simon. Dénué de sens ?

Elle hocha la tête.

— Et sans espoir, ajouta-t-elle.

— Ce n'est plus le cas maintenant. Je vous aime de tout mon cœur.

Elle lui sourit, le regard débordant de tendresse.

— Moi aussi.

Elle lui tendit les lèvres, et ils s'embrassèrent longuement, passionnément.

— Mais, et le prince Charles ? demanda-t-elle. Pensez-vous qu'il voudra lancer une nouvelle rébellion ?

Simon secoua la tête.

— C'est terminé. Le mode de vie des Highlands, en particulier le système de clans, a été démantelé. Même le port du tartan a été banni.

— Et Barradine ? Avez-vous réussi à faire transférer le titre de propriété à votre jeune frère ?

— Cela a causé une certaine confusion au tribunal, mais la légalité du document a été reconnue. Le fait que mon oncle, dont la loyauté envers le roi George est absolue, ait été nommé administrateur jusqu'à ce que mon frère atteigne sa majorité, a joué en notre faveur.

— Votre frère ne risque-t-il pas d'avoir les mêmes idées politiques que vous ?

— Edward ne me ressemble en rien. C'est un garçon sérieux qui se consacre à ses études. Malheureusement, il est de santé fragile. Il souffre de la même faiblesse cardiaque dont est mort notre père, peu après la naissance d'Ewen. Il sera ravi de mener une vie tranquille et rangée en Écosse, ce qui satisfera les Anglais. Quant à moi, je suis heureux que le domaine reste dans la famille.

Simon se rembrunit soudain.

— Et cependant, ce serait de la folie de croire que nous pouvons échapper à notre destin. Nous ne pouvons jamais nous libérer des erreurs que nous avons commises. Je suis un fugitif, Henrietta. Sans nom, sans terre. Quel avenir ai-je à vous offrir ? Aucun.

— Je vous aime de tout mon cœur, Simon. Vous le savez.

— Et cela ne vous préoccupe pas que je ne puisse retourner en Écosse ou en Angleterre ?

— Pas le moins du monde. J'irai partout où vous irez. Tant que je suis avec vous, c'est tout ce qui compte.

— Acceptez-vous de devenir ma femme et de vous jeter avec moi dans l'inconnu et le danger ?

Henrietta lui sourit tendrement.

— Il me semble que la réponse est évidente.

— Nous allons devoir décider où nous voulons vivre. J'avais pensé à émigrer en Amérique.

— Vous avez des liens forts avec la France, Simon. En outre, votre mère et vos frères voudront vous rendre visite… L'Amérique me semble très loin.

— J'aimerais que vous fassiez leur connaissance, avant qu'ils ne partent pour l'Écosse. Ma mère est impatiente de rencontrer la femme qui a su enfin capturer mon cœur. Elle commençait à craindre que cela n'arrive jamais. Depuis le décès de mon père, elle passe une grande partie de son temps en France.

— N'a-t-elle jamais envisagé de se remarier ?

Il secoua la tête.

— C'est mon vœu le plus cher, mais elle n'a jamais rencontré d'homme qui soit à la hauteur de mon père.

— J'ai hâte de faire sa connaissance. Et je crois que nous devrions rester en France. Peut-être dans le Sud. Il paraît que la vie y est paisible, et qu'il n'y fait jamais froid. Je pense que cela me plairait beaucoup.

Simon chercha dans le regard de la femme qu'il aimait éperdument la confirmation d'une vérité qu'il connaissait déjà, mais à laquelle il n'osait croire.

— Sans regret ? demanda-t-il.

Le message qui passa alors dans le regard d'Henrietta contenait tout ce que Simon avait tant attendu d'elle : l'amour, la compréhension, la confiance…

— Sans regret, dit-elle.

En arrivant à la résidence parisienne de Simon, où il vivait avec sa mère et ses deux frères, Henrietta resta un peu en retrait, à observer comment il se comportait avec sa famille.

Ses frères, deux beaux jeunes garçons bruns, rirent de bon cœur à quelque chose que leur aîné leur avait dit, sous le regard attendri de Lady Mary, qui brodait, assise près d'une fenêtre.

Puis Simon vint la prendre par la main, échangeant avec elle un regard empli d'amour, avant de faire les présentations.

— Mère, je voudrais vous présenter Henrietta.

Lady Mary, une blonde délicate à la fine silhouette, se leva et saisit les mains de sa future belle-fille.

— Dieu a enfin exaucé mes prières en envoyant à mon fils une belle jeune femme, dit-elle, les larmes aux yeux. Bienvenue dans la famille, ma chère enfant.

Simon se glissa à côté d'Henrietta et passa un bras autour de sa taille, en un geste possessif et fier.

— Vous devez beaucoup aimer mon fils pour avoir renoncé à tout afin de le retrouver.

— C'est vrai, je l'aime infiniment, reconnut Henrietta, mais il ne m'a pas toujours été facile de le lui dire.

— Eh bien, tu n'as plus à t'inquiéter de cela, intervint Matthew. Tu l'as assez prouvé par tes actions.

Henrietta alla prendre le bras de son oncle, et l'invita à se rapprocher.

— Lady Mary, j'aimerais vous présenter mon oncle, Matthew Brody. C'est chez lui que Simon a trouvé refuge après avoir été blessé à Culloden.

Lady Mary leva un regard poli, et cependant légèrement indifférent, vers l'homme qu'on lui présentait. Mais en croisant des prunelles calmes et claires comme un ciel d'été, un visage encore séduisant et un sourire affable, un intérêt inattendu s'éveilla en elle.

Un sourire charmeur se dessina sur ses lèvres, tandis qu'elle tendait la main à l'oncle de sa future belle-fille.

— Je suis positivement enchantée de faire votre connaissance, monsieur Brody.

Le regard pétillant, Matthew s'accorda le temps de détailler les traits délicats et encore jeunes, avant de prendre délicatement la main tendue et de s'incliner pour un protocolaire baisemain.

— Très heureux, madame.

Lady Mary inclina courtoisement la tête, mais une joie nouvelle éclairait son regard.

— Je dois vous remercier pour l'hospitalité que vous avez offerte à Simon. Vous n'imaginez pas à quel point je me sens votre obligée. Venez donc vous asseoir à côté de moi. Je pense que nous avons quantité de choses à nous dire.

Sans laisser à Matthew le temps de répondre, elle lui prit le bras et le guida vers un ensemble de fauteuils installés près de la cheminée.

Songeant à la même chose, Henrietta et Simon échangèrent un regard et se sourirent.

— Pensez-vous… ? demanda Henrietta à voix basse.

Simon posa les lèvres sur son oreille et murmura :

— En effet, je le pense. Mais, pour le moment, contentons-nous de prendre les paris et d'attendre.

Ils ne tarderaient pas à avoir la confirmation qu'ils avaient vu juste.

Mais il s'agissait là d'une tout autre histoire…

Vous avez aimé ce livre ? Découvrez très bientôt *Pour le coeur d'un duc*, le nouveau roman d'Ann Lethbridge, dans votre collection Les Historiques.

Les Historiques

HARLEQUIN

Retrouvez prochainement, dans votre collection

Les Historiques

L'esclave du Viking, de Caitlin Crews - N°978

Royaume viking d'York, Xe siècle

Elle l'a fait. Eithne, l'insignifiante esclave, s'est affranchie du joug d'Ulfric, ce sulfureux guerrier norrois dont elle était la captive. Dans son élan désespéré pour se libérer de ses chaînes, elle l'a même blessé de sa dague, laissant la marque indélébile de sa rébellion sur son beau visage sombre. Désormais, Eithne en est bien consciente, Ulfric la pourchassera jusqu'au bout du monde pour se venger d'elle ! Si le Viking entend lui rappeler combien il est dangereux de désobéir à son maître, Eithne doit résister à l'attrait qu'il exerce encore sur elle. Pas question pour elle d'abandonner sa liberté si chèrement acquise, pour l'homme détestable qui sait si bien faire éclore en elle ce désir indécent…

Noces à l'écossaise, de Jenni Fletcher - N°979

SÉRIE : ALLIANCES DANS LES HIGHLANDS - TOME 2

Écosse, début de l'automne 1360

Coira est désespérée. Pour éviter une guerre entre son clan et celui des Campbell, la voici contrainte de se marier… avec Fergus MacMillan, l'homme qu'elle a abandonné devant l'autel six ans auparavant ! Au simple souvenir de ce fiancé aussi attirant qu'effrayant, Coira ne peut s'empêcher de frissonner. Quel sombre traitement lui réservera-t-il, après sa trahison ? Fergus, sous ses airs de guerrier intraitable, est-il capable de lui pardonner ? Une chose est sûre : à l'idée de le revoir, Coira sent soudain son cœur battre très fort…

Le baiser du chevalier, de Ella Matthews - N°980

SÉRIE : LES CHEVALIERS DU ROI - TOME 3

Angleterre, XIVe siècle

Lorsqu'il s'éveille, Alewyn est subjugué. Une véritable beauté à la chevelure de feu se tient à son chevet. Elle dit s'appeler Lady Johanne et lui confie l'avoir mis à l'abri après l'avoir trouvé inconscient près du château de Brae. Lady Johanne… la femme soupçonnée de haute trahison qu'il est censé espionner pour le compte du roi ! Pour Alewyn, qui désire tant prouver sa valeur face aux chevaliers d'élite auxquels il appartient, ce tête-à-tête avec la douce lady représente une chance inespérée de mener à bien sa mission. Mais parviendra-t-il à jouer un double jeu auprès de Johanne, tout en résistant à l'attirance extrême qu'elle exerce sur lui ?

Les Historiques

HARLEQUIN

Pour le cœur d'un duc, de Ann Lethbridge - N°981

Londres, XIXe siècle

Il n'est jamais trop tard... pour devenir duchesse ?

Depuis le décès de son époux trois ans plus tôt, Amelia offre ses services de marieuse à la bonne société londonienne. Et elle est fière de sa réputation ! Elle veut donc le meilleur pour ses protégées, qui font leurs débuts dans le monde. Mais sa belle assurance s'envole lorsque, à l'occasion d'un bal huppé de la capitale, elle se retrouve face au très convoité duc de Stone. Cet homme insaisissable n'est autre que le diable au charme ravageur qui a autrefois anéanti tous ses espoirs... Maintenant qu'elle n'est plus une jeune fille innocente, Amelia saura-t-elle contrôler les émotions qu'éveille en elle ce duc au cœur de pierre ?

Les feux de la passion, de Denise Lynn - N°982

Poitiers, 1169

Mariée adolescente à un tout jeune homme qui s'est enfui sitôt après les noces, Adrienna a grandi sans jamais connaître ni rechercher le feu de la passion. Jusqu'au jour où, à la cour d'Aliénor d'Aquitaine, l'arrivée d'un chevalier diaboliquement séduisant fait très vive sensation. Un seul regard de l'étranger... et Adrienna se sent consumée, animée d'une faim nouvelle qui, désormais, ne va plus lui laisser de repos. Et, tandis qu'elle rêve en secret de se donner à lui, voilà qu'elle découvre avec stupeur que ce prétendu étranger n'est, en réalité, pas un inconnu pour elle. Il s'agit... de son époux, Hugh de Ryebourne, plus viril, plus impressionnant qu'autrefois, et qu'elle croyait ne plus jamais revoir !

Un Viking pour défenseur, de Meriel Fuller - N°983

Angleterre, 1069

Libérée des sables mouvants par un inconnu aux yeux de glace, Lady Gisela – déguisée en paysanne saxonne – ne peut que lui obéir. Elle consent donc à cheminer aux côtés de ce Viking pour l'aider à retrouver le bourreau de sa sœur s'il accepte en contrepartie de lui prêter main-forte pour libérer son frère, Richard, retenu au château de Pagenal. S'expose-t-elle à une menace supplémentaire en faisant confiance à cet homme dont elle ignore tout, ou s'assure-t-elle la protection d'un guerrier aussi puissant qu'attirant ?

Harlequin [illegible] offre un large choix

[illegible]